DROEMER

Über den Autor:
Ein renommierter Journalist verliert durch die Wirtschaftskrise seinen Job. Er hat einen kleinen Sohn. Er muss Geld verdienen. Und strandet als Möbelverkäufer in einem Industriegebiet in der Provinz. In einem der größten Möbelhäuser der Republik. Er trifft auf ehemalige Maurer, Musiker, Hoteldirektoren, Architekturstudenten – alles dabei im Kreis seiner Kollegen. Robert Kisch berichtet mit spitzer Feder von seinem neuen Leben: absurd, beklemmend, entlarvend.

Robert Kisch

MÖBEL-HAUS

Ein Tatsachenroman

DROEMER

Besuchen Sie uns im Internet:
www.droemer.de

Originalausgabe Februar 2015
Droemer Taschenbuch

Redaktion: Antje Steinhäuser
Umschlaggestaltung: NETWORK! Werbeagentur, München
Umschlagabbildung: © plainpicture/Mato
Satz: Adobe InDesign im Verlag
Druck und Bindung: CPI books GmbH, Leck
ISBN 978-3-426-30404-4

2 4 5 3 1

FRÜHLING

1

»Waren Sie nicht mal im Fernsehen?«

Ertappt, denke ich. Wie ein Stromstoß pulst das Wort durch meine Hirnlappen.

»In irgend so einer Talkshow …«

Ertappt. Ich halte eine Lasche mit Ledermustern in meiner linken Hand und wollte gerade zurück zu einem Kunden mit schwachsinnigen Extrawünschen, deren Komplexität mich völlig in Beschlag nimmt und deren Absurdität mein Resthirn mit komplizierten Herstellerverzeichnissen und Materialeigenschaften blockiert.

Währenddessen stellt sich mir das fragende Ehepaar einfach in den Weg. Ohne Begrüßung, ohne Höflichkeitsabstand. Sie müssen mich lange vorher schon auf dem Gang beobachtet haben.

Und sie warten auf eine Antwort.

»Sie haben uns letzte Woche ein Sofa verkauft«, sagt der neugierige Mann und strahlt mich an. »Und gestern Nacht war eine Wiederholung im Fernsehen, und da sag ich zu meiner Frau: Das ist doch der Verkäufer aus dem Möbelhaus!«

Prima, denke ich, *jetzt ist alles vorbei. Ausweichen.*

Bis vor wenigen Monaten noch habe ich mit Hollywood-Größen gealbert oder mit deutschen Show-Stars geflirtet,

habe mich tatsächlich auch selber vor der Kamera herumgetrieben, wenn ich nicht dahinter beschäftigt war. Bis vor wenigen Monaten habe ich vor allem für die wichtigsten Magazine und Zeitungen geschrieben, habe dafür als sogenannte Edelfeder fast alle wichtigen deutschen Journalismus-Preise gewonnen; notorisch unrasiert und geistreich. Jetzt allerdings trage ich eine seriöse Krawatte, eine Bundfaltenhose und bin selbstverständlich glatt rasiert. Dabei habe ich zwischenzeitlich nichts Schlimmes verbrochen. Ich bemühe mich lediglich darum, dass mein Sohn regelmäßig essen kann. Weil die ganze Edelfederei inzwischen kein Geld mehr bringt, genauso wenig wie das Albern mit Hollywood-Größen oder Partybesuche mit Show-Sternchen. Und gleichzeitig ist mir das alles unsagbar peinlich. An Hollywood-Maßstäben gemessen bin ich nämlich mal eben grandios gescheitert. Und wenn das jemand erfährt von meinen ehemaligen Kollegen in den Redaktionsstuben – dann folgt bald ein freudiges Zerfleischen und Vierteilen. Dann bin ich endgültig erledigt.
Denn man tritt auf den Gefallenen. Nicht nur in Hollywood.
»Jugendsünden …«, sage ich lächelnd und hebe die Ledermuster vor mein Gesicht.

Der Rest des Tages ist gelaufen.
Was mache ich hier?
Die Frage quält mich weniger, weil ich nach einer Antwort suche (die doch offensichtlich ist: Junge, du musst Geld verdienen!), als vielmehr, weil sie sich als Sehnsucht meldet: nach einer vergangenen Welt.
Hier … In der Realität …
In den neunziger Jahren des letzten Jahrhunderts (und ungefähr so lange kommt es mir auch vor) war ich für eine

Pressekonferenz von Hape Kerkeling akkreditiert – in einem Möbelhaus. Hape Kerkeling wollte eine »bescheuerte Location«, eine skurrile Szenerie, und all das passte damals prima zusammen. Ich amüsierte mich köstlich, zwischen Betten und Schrankwänden, inmitten einer Horde von aufgewühlten Berichterstattern, und vorneweg ein scheinbar chaotischer Fernsehstar. In einem Möbelhaus ...
Die Vorstellung, einmal selber *genau dort* Geld verdienen zu müssen, quasi auf der anderen Seite, wäre mir völlig lächerlich vorgekommen. In den Neunzigern, mit Aufkommen des Privatfernsehens, vor den Zeiten des Internets, wurde noch Papier bedruckt und verkauft, wurde Fernsehen gemacht und verkauft, und Journalisten – junge Journalisten, hungrige Journalisten, gewitzte Journalisten – waren gefragt. Sie wurden hofiert und bezahlt. Und ich war einer der gefragtesten.
Die Tatsache, dass Zeitungen sich einmal einfach so auflösen, Tausende Journalisten auf der Straße stehen, international renommierte Magazine keine Leser mehr finden, dass man in den USA ohne Häme davon spricht, dass Journalismus eine aussterbende Berufsgattung ist (siehe auch: Gerber, Kupferstecher etc.), wäre vor wenigen Jahren noch undenkbar gewesen.
Zumindest bei mir.
Wie allerdings auch bei allen Freunden, Feinden, Kollegen oder sonstigen Analytikern, die noch in *Lohn und Brot* stehen. Es trifft bekanntlich immer die anderen. Und das sind immer die Schlechteren oder zumindest die, die es nicht anders verdient haben. Oder bei denen irgendwas nicht ganz stimmt.
Deshalb stehe ich also mit meinen angekündigten Ledermustern vor Herrn Zacharias, besser: vor seiner Frau, die

sich nicht entscheiden kann. Die sich überhaupt nie entscheiden wird, denke ich, die aber angeblich ein neues Sofa braucht. »Obwohl das alte noch wie neu ist«, wie sie unentwegt betont.
»Also, welche Lederfarbe?«, frage ich zum schätzungsweise fünfunddreißigsten Mal. »Vielleicht Schwarz?«
»Ich weiß nicht«, murmelt Frau Zacharias zum ungefähr siebenundneunzigsten Mal, und die Schwere der Entscheidung steht ihr ins Gesicht geschrieben. »Ich glaube, Stoff wäre vielleicht doch besser ... obwohl ... Leder ist pflegeleichter ... heißt es ja immer ... obwohl ... Leder ist kalt, sagt meine Schwester ... Wilfried! Sag doch auch mal was!«
Aber Wilfried schweigt.

2

Einer war Hoteldirektor. Einer Gitarrist in einer Heavy-Metal-Band. Julia hat Augenoptikerin gelernt. Auf die Schnelle schnappe ich noch auf: abgebrochenes Architekturstudium, abgebrochenes Irgendwas. Andererseits aber auch: Maurer, Hauptschüler ohne Abschluss. Und der Gipfel: ehemaliger Millionen-Erbe.
Diese Aufzählung deckt den biographischen Horizont meiner Mitstreiter ab. Ich kann mich nicht entsinnen, jemals zuvor derart viele soziale Schichten in einem Berufsfeld erlebt zu haben.
Weil es hier nur ums Quasseln geht. Nicht um Diplome oder Abschlüsse.
In meiner Vorstellung war ein Möbelverkäufer eher ein ältlicher Herr mit korrekten Manieren, der irgendein

Fachwissen über Hölzer und den Aufbau von Sitzpolstern vor sich herträgt. Vielleicht ein wenig schrullig, auf jeden Fall aber kompetent, bemüht und auf sein Metier konzentriert. In einem Wort: Loriot.

Vielleicht war das früher tatsächlich einmal so, aber die Realität sieht heutzutage anders aus. Es gibt weder hier in diesem Haus – und es ist eines der größten Möbelhäuser der Republik – noch in irgendeinem der sogenannten Marktbegleiter (der Ausdruck »Konkurrent« ist verpönt) auch nur einen einzigen gelernten »Möbler«. Trotzdem gibt es eine Gemeinsamkeit: Meine neuen Mitarbeiter sind allesamt verkrachte Existenzen. Keine Kriminellen, wohlgemerkt. Aber kaum einer, der in so einem Haus arbeitet, hat sich das freiwillig ausgesucht. Es ist ein Auffangbecken deutscher Mittelschichtsbiographien, gewissermaßen der Kaffeesatz gekündigter und nicht mehr vermittelbarer Randexistenzen. Ehemals stolze Berufsveteranen, die sich nun mehr oder minder schweigend und gebrochen um ihr Tagwerk kümmern.

»Wenn das ein Kunde wüsste«, sage ich zu Eulenberg, der insofern eine gewisse Ausnahme darstellt, weil er schon seit fünfzehn Jahren hier anschaffen geht. Er hatte mal ein gutgehendes Elektronik-Fachgeschäft in einer Kleinstadt, bis der zunehmende Preiskampf der Marktgiganten ihn zur Aufgabe zwang.

»Mach den Leuten nicht ihren Mythos kaputt«, antwortet er.

Denn: Verkaufen ist Geschichtenerzählen, das habe ich schon am ersten Tag gelernt. Und jedes Nebengeräusch, das den Erzählfluss stört, behindert den Umsatz. *Todesstrafe!*

Beiläufig streut Eulenberg im Verlauf des Tages dann doch noch einige Anekdoten über ehemalige Mitarbeiter ein.

Weil die Fluktuation gigantisch ist, wie ich erfahre, ist dieser Story-Schatz unerschöpflich. »Beinahe monatlich wechselt in einer Abteilung ein Gesicht«, warnt er mich vor, »und oft bleiben es auch nur Gesichter …«

Ich gehöre doch selber dazu, denke ich. Vom ersten Tag an suche ich nach einer Möglichkeit, diesen Bunker wieder zu verlassen. Erstaunlich ist für mich nur, dass hier anscheinend fast alle so denken. Bis auf die Geschäftsführung und die Besitzer. Für sie ist das Areal ein steingewordenes Paradies.

»Nein, das hier ist ein Gefängnis«, sagt Eulenberg. »Wenn du es schaffst, hau wieder ab. Die Arbeit macht dich kaputt, und wenn es nicht die Arbeit ist, dann ist es einer der Besitzer.« Eulenberg selber hat sich inzwischen in die innere Emigration begeben. Er zählt die Tage bis zur Frührente.

3

Am ersten Tag schon lerne ich: Vergiss das Gute.

»Unsere Kunden leben in einer Scheinwelt«, sagt Krupp, der mich ein wenig einarbeiten soll, »aber sie wollen gar nicht eines Besseren belehrt werden.«

Krupp hat freundliche Augen, ein angenehmes Wesen, wirkt hilfsbereit, vor allem aber ist er ein sogenannter Top-Verkäufer. Meistens sprechen wir uns nur mit dem Nachnamen an, kaum jemand duzt sich. Ich habe das immer für eine blödsinnige Marotte in deutschen Kriminalfilmen gehalten, für eine verunglückte Übernahme aus amerikanischen Serien. Aber es heißt wirklich: »Kisch, komm mal her!«

Ursprünglich kommt Krupp aus der Gastronomie, hat dort erfolgreich als Geschäftsführer mehrerer großer Betriebe gearbeitet, aber irgendwann, so sagt er, habe man es sich dort angewöhnt, ihn vierundzwanzigstündig anzurufen. Und der Verdienst sei nicht zu vergleichen.
Krupp steht damit für eine Berufsbiographie, die ich von nun an täglich erlebe: so ein Durchwurschteln, Durchschlagen, auf der Suche nach einem Ankerplatz. *Irgendwas* halt. Wo es vielleicht weniger schlimm ist und Verachtung nicht zum Alltag gehört. Eine Wurschtelwelt jenseits süßlicher Karriere-Ratgeber, in denen es vor allem um Verwirklichung und Selbsterkenntnis geht. Oder um Gleichberechtigung und um Betreuungsplätze für den Nachwuchs.
In dieser neuen Mittelstandsrealität bewegt vor allem der eine Wunsch, nicht pausenlos angepinkelt zu werden. Bevor wieder mal die nächste Fusion ansteht. Und damit die nächste Kündigungswelle.
»Der Verdienst kann dich über vieles hinwegtrösten«, sagt Krupp. Wobei unser Gehalt sich ausschließlich aus Provisionszahlungen zusammensetzt, und dieses mysteriöse *P-Wort* soll sich mir bald schon als ein Universum aus verschiedensten sozialen Möglichkeiten und unsozialen Unmöglichkeiten eröffnen.
Erst einmal aber lerne ich die Grundlagen.
»Unsere Kunden«, sagt Krupp ohne jeden Zynismus, »leben in gesicherten beruflichen Verhältnissen, in sicheren Wohnvierteln, mit einem gefüllten Sparbuch. Obwohl sie dir die Ohren volllügen werden, wie arm sie angeblich seien und wie verarmt angeblich das ganze Land ist. In Wahrheit hat der Wohlstand sie wehleidig und unverschämt gemacht, voller Selbstmitleid. Irgendwann kannst du das

Gesülze nicht mehr hören. Diese Leute glauben wirklich, dass der ganze Wohlstand in Deutschland nur daher stammt, weil wir Deutsche so gute Menschen sind. Und weil wir so ein gutes Herz haben. Unsere Kunden haben völlig den Zusammenhang verloren, dass dieses Land reich ist, weil es Waren produziert und diese verkauft. Und dass es dabei um Mord und Totschlag geht …«

»Du meinst, so wie wir alle nicht mehr an ein Tier denken, wenn wir ein Stück Fleisch essen …« Ich schaue ihn mit einem verkniffenen Lächeln an, weil ich mir nicht so recht vorstellen kann, dass er seinen Anfall ernst meint. Andererseits ist er kein dumpfer Schwätzer. Krupp hat einen Ruf im Hause und in der Branche, er ist ein Top-Verkäufer, das heißt, er verkauft mal eben für zweieinhalb Millionen Euro Möbel pro Jahr.

»Letztlich geht es in dieser Abteilung doch um guten Geschmack und um Qualität …«, sage ich, um ihm den Ball zuzuspielen. Okay, wenigstens ein bisschen Zynismus.

»Mach deine eigenen Erfahrungen, aber wenn du mich fragst, geht es auch in dieser Abteilung nur darum, gute Laune zu verbreiten.«

Damit spricht er das Zauberwort des deutschen Mittelstandes an: *Optimismus.*

Gefolgt von: *positive Energie.* Mit solchen Granaten wurde ich schon nach den ersten Minuten vom Geschäftsführer Eisenherz (so sein Spitzname) persönlich zugenebelt. Ich solle mich von »negativen Stimmungen« fernhalten und den »negativen Stimmungsmachern« die kalte Schulter zeigen. Stattdessen: *Einsatz* zeigen! Und noch mal: *Einsatz!* Und vor allem: *Einsatz!*

»Guten Geschmack«, sagt Krupp, »findest du in vielen Zeitschriften und in vielen Fernsehsendungen, unwidersprochen … Nur, *Schöner Wohnen* hat mit der Realität hier nichts zu tun. Wir leben von Erbsensuppe. Design und Kunst – das ist eine Scheinwelt.«

»Wenn die Leute so wohnen wollen, ist doch alles in Ordnung …«

»Das ist noch die große Frage«, antwortet Krupp, wobei er auch bei einem solchen Gespräch immer unruhig mit den Augen umherschweift.

»Was wollen die Leute überhaupt? Den bewussten Verbraucher wirst du hier nicht finden – nur den bewussten Geizhals. Gier schlägt Verstand, das ist der tägliche Wahnsinn …«

»Glaub ich nicht«, antworte ich. *(Ja, die berührende Naivität des Einsteigers …)*

Krupp zuckt mit den Achseln. »Ein Tipp noch, bevor ich dich unter die Wölfe lasse: Kunden lügen. Vergiss das nicht. Und zwar alle! In diesen Verbrauchersendungen sind Kunden immer liebe, arme, betrogene Lämmer … Du wirst aber ganz schnell merken: Kunden betrügen, Kunden suchen nur ihren Vorteil, und vor allem lügen sie wie gedruckt.«

Einige Zeit später spreche ich einen älteren Herrn an. Er ist mein erster Kunde. Und ich gebe mir alle Mühe, um Krupp zu widerlegen. Wie gesagt, Krupp ist kein Zyniker, aber sein Menschenbild ist mir zu einseitig. Zumindest in diesen ersten Tagen. Also setze ich mich zu dem netten Mann, und wir plaudern über das Leben im Besonderen und im Allgemeinen, über eine Vernissage in der Nachbarstadt, das Wetter und letztlich über stilvolle Ledermöbel. Er ist ein gebildeter Witwer mit einem angenehmen Humor. Wir plappern bestimmt eine gute Stunde. Ich mache all das, was ich mir von einem guten Verkäufer wünschen würde. Ich bin zuvorkommend, unterhaltsam, und ich berichte ihm von den Vorteilen einer bestimmten Marke (über die ich glücklicherweise in einer Architekturzeitschrift mal etwas gelesen habe). Der Kunde hört interessiert zu und bedankt sich anschließend überschwenglich. Das Gespräch habe er sehr genossen, er fühle sich in diesem Haus ausgesprochen wohl und komme gerne wieder. »Ich muss noch mal darüber schlafen, ob ich mir dieses Sofa leiste«, sagt er, »aber ich komme nur zu Ihnen. Sind Sie in den nächsten Tagen im Haus?«

»Selbstverständlich!«

Um Krupp gleich anschließend ins Gesicht zu lachen.

»Fantastisch gelaufen!«, strahle ich. »Diesen Kunden habe ich durch Seriosität überzeugt, er hat auch mehrmals betont, wie sehr es ihm hier gefallen habe und dass er das Gespräch toll fand.«

»Ja, und?«

Krupp verzieht keine Miene. Vor allem strahlt er nicht. »Wo ist der Auftrag? Oder willst du von Freundlichkeiten leben?«

»Der Mann kommt wieder«, antworte ich, »man kauft doch nicht sofort so ein teures Sofa. Der Mann denkt nach und kommt morgen wieder, oder übermorgen …«

Daraufhin ernte ich eine Lachsalve. Krupp kriegt sich gar nicht mehr ein. »Junge, wach auf, du sitzt nicht mehr in einem geheizten Büro! Merk dir eins: Raus ist raus! Das ist ein sehr alter und unverändert richtiger Verkäufer-Spruch. Diesen ach so freundlichen Mann wirst du nie mehr wiedersehen. Jede Wette, der fährt jetzt zur Konkurrenz, mit deinen ganzen Informationen, und kauft sich dort ein Sofa …«

4

Ein wenig Sonne, denke ich, wenigstens ein wenig Frischluft spüren.

Fenster sind »unter Tage«, wie Eulenberg unser Gefängnis nennt, nur am äußersten Zipfel einer entfernten Halle zu sehen. Also nicht vorhanden. Ob es draußen regnet, schneit oder die Sonne knallt – ich spüre den ganzen Tag nur das gleiche Neonlicht. Bis mir abends die Augen brennen. Vermutlich wüsste Braun, der Hausleiter, auch für diesen Umstand eine fantastische, beeindruckend *positive* Erklärung abzugeben.

In meinem vorigen Leben, in meinem festangestellten Leben, ging es eher darum, ein schönes Restaurant für die Mittagspause zu finden. Und einen guten Spruch zum Nachtisch. Begleitet von ein wenig Klatsch und Tratsch über die Branche, über verpfuschte Reportagen oder neue Aufträge.

In meinem vorigen Leben las meine Frau abends meine Artikel und gab ihre Meinung zum Besten. Zusammengefasst: Es war ein nettes Leben. Unbeschwert, unbedarft, ein wenig oberflächlich. Eben: normal.

Ich war ein Reporter, dessen Texte inhaliert wurden. Umstritten mitunter, aber auch geliebt. Mitunter. Denn ich war kein simpler Mitläufer, sondern ein sogenannter *Name*. Der mir Aufträge einbrachte, die mich kreuz und quer über den Globus trugen. Beinahe wöchentlich im Mietwagen, im Flugzeug, in irgendeinem Hotel der gehobenen Preisklasse.

Ich war ein Reporter, der ungebeten zu Filmpremieren eingeladen wurde, obwohl sie mich langweilten. Was ich auch deutlich zum Ausdruck brachte, woraufhin ich erst

recht wieder einbestellt wurde, weil solcherlei Rebellentum allzu steife Partys aufmischt. Und weil natürlich jedem klar war, dass ich am allerwenigsten auf diesen Blitzlichtkitzel verzichten wollte.
Denn ich mochte mich nicht langweilen.
Ich war in den besten Jahren (wie man das gerne nennt), jünger aussehend, sportlich, voller Energie und Pläne.
Inzwischen, *freigesetzt*, hat sich das ein wenig geändert.
Jetzt gelte ich nur noch als: alt.
Als: zu alt. Mit Ende vierzig.
Vielleicht brennen mir deshalb auch so die Augen.
Es ist ein unangenehmes Brennen, weil die Hornhaut durch Reiben mit einem Taschentuch nur noch stärker gereizt wirkt. Tatsächlich sitze ich später vor einer Kundin, blättere in den umfangreichen Mappen, um eine Frage zu beantworten, und plötzlich laufen mir dicke Tränen die Backen hinab. Was die Kundin ein wenig irritiert.
»Schon wieder eine Preiserhöhung …«, sage ich, um die merkwürdige Situation aufzulockern. Aber es gelingt mir nicht vollends.
Genauso wenig, wie ich es schaffe, mich an die Temperaturskala der Klimaanlage zu gewöhnen. In einigen Kojen windet es derart kalt, dass ich befürchten muss, mich umgehend zu erkälten, in anderen wiederum bleibt es brütend heiß. Aber das ist alles noch nichts gegen die grandiose Musikschleife! Von morgens bis abends hallt mir ein Chart-Muckebrei in den Trommelfellen. Es gibt natürlich Variationen innerhalb der Schleife, ungefähr alle vier Stücke, aber auch diese bieten nur einen erbarmungslosen Grundkonsens an melodischer Fröhlichkeit.
Und das vor allem: knapp zehn Stunden am Stück.

Jeden Samstag arbeiten, denke ich, daran werde ich mich nie gewöhnen können. Jeden Monat zusätzlich ein Freitag, an dem bis 23 Uhr geöffnet ist, denke ich. Und alle drei Monate sonntags arbeiten.

Nicht falsch verstehen, ich bin an langes Arbeiten gewöhnt. Ich bin auch an hartes Arbeiten gewöhnt, und ich kann mich an Nächte am Schreibtisch erinnern, auch an Wochenenden im Schnittraum, um einen Film zu kürzen. Ich kann mich an vieles erinnern, das mich vor allem *begeistert* und das mein Leben bereichert hat. Ich habe gern geschrieben, gefilmt, dokumentiert, in den Neunzigern vielleicht sogar etwas zu gerne – weil ich stattdessen besser eine Promotion abgesetzt hätte, wie es heute zur Grundausstattung eines Redakteurs gehört. Aber ich war gebucht, begehrt, gesucht …

All diese früheren Überstunden erfüllten auf jeden Fall irgendwie einen *Sinn.* Weil eine Reportage abgeschlossen, eine Nachricht bearbeitet werden musste – oder weil es ganz einfach Spaß machte, mit den Kollegen zusammen im Büro zu sitzen.

Jetzt – ist das lange Arbeiten Vorschrift.

Es gibt keinen Sinn dabei. Es gibt lediglich *Öffnungszeiten.*

Jetzt – geht es nur noch ums Arbeiten. Um den monatlichen Gehaltsscheck. Um eine Tätigkeit, die mich nicht interessiert. Die keinen Mitarbeiter hier interessiert.

»Herr Kisch«, ermahnt mich der Hausleiter, Herr Braun, weil mir bei der Aufzählung der bevorstehenden Überstunden die Mundwinkel herabfallen. Und weil ihm bei mir offensichtlich die Begeisterung fehlt, die *positive* Einstellung.

»Diese zusätzlichen Arbeitstage sind vor allem zusätzliche Möglichkeiten!«, doziert er. »Damit Sie mehr Umsatz ge-

nerieren können! Wir tun das alles nur, damit Sie mehr Geld verdienen können!«
Ach, es geht doch immer wieder ans Herz, wenn man von solchen Wohltätern umgeben ist.

5

Hinter dem riesigen Gebäudekomplex gibt es einen Tümpel mit Parkbank. Und drei Bäumen. Aber dieses Paradies ist für Kunden nicht einsehbar und damit der einzige Ort, um wenigstens einige Minuten lang Frischluft zu atmen, die Sonne zu spüren und die Augen zu schließen.
Mittags schleiche ich mich durch einen Seitengang dort hin. Geheime Verbindungsgänge haben mich immer schon fasziniert, und in einem Kaufhaus dieser Größenordnung gibt es überall Verbindungstüren zwischen den Hallen, Werkstätten und Büroetagen.
Innen sind alle Möbelhäuser, weltweit, nach dem gleichen Prinzip aufgebaut. Angepasst an das Zuhause gibt es eine Wohnzimmerabteilung, Schlafzimmer, Küche, Bad, Kinderzimmer, manchmal Jugendzimmer. Einige Häuser sind in den einzelnen Abteilungen noch mal thematisch gestaffelt, manchmal, je nach Größe des Hauses, sind diese Abteilungen in einen hochpreisigen und in einen billigeren Bereich aufgeteilt. Und fast überall gibt es inzwischen einen Billig-Discounter als zweites Haus angegliedert. Oft unter einem anderen Namen, aber es gehört natürlich zur gleichen Gesellschaft.
Ich bin für den Bereich »Modernes Wohnen« eingeteilt, zusammen mit neunzehn anderen Kollegen. Laut Haus-

leiter Braun sind wir die Elite, wahlweise auch »Champions League«, auf jeden Fall irgendwas Mega-Besonderes. Weshalb wir ja auch nicht mehr als »Verkäufer« tituliert werden, sondern als »Einrichtungsfachberater« herumstampfen. Zumindest aber sind wir der Hauptumsatzbringer des Unternehmens, zusammen mit der Küchenabteilung und den Schlafzimmerleuten. Und wir gehören selbstverständlich auf eine höhere Evolutionsstufe als die schnöden Mäuschen aus der Boutique oder aus der Kissenabteilung. Diese Damen bekommen ein Gnadenbrot, einen ausgehandelten Tariflohn – aber wir tragen das »P« auf der Stirn. Provisionsverkäufer können nämlich ihr Einkommen selber bestimmen, wiederholt Guru Braun beinahe täglich, ihnen lauert Reichtum auf und gesellschaftliches Prestige. Zumindest in der Vorstellung des Hausleiters.

Unter dem Begriff »Modernes Wohnen« finden sich Polstermöbel der mittleren bis gehobenen Preisklasse, also beispielsweise Rolf Benz, Musterring, Machalke, Ewald Schillig, Frommholz, Himolla, Koinor (um nur einige zu nennen), aber auch Schrankwände von Hülsta, Wöstmann, Hartmann, nebst Italienern. Der klassische Zuschnitt, den fast alle Großen präsentieren.

Und vor dem ich mich mittags an meinen Tümpel verdrücke. Merkwürdigerweise bin ich hier fast immer alleine. Obwohl alle unter dem künstlichen Licht leiden und die Klimaanlage hassen, verbringen die meisten Verkäufer, Entschuldigung: *Einrichtungsfachberater*, ihre Pausen in verqualmten Raucherräumen.

In den ersten Wochen saß ich meist auf der Tümpelbank und dachte an mein Bewerbungsgespräch zurück. Und an mein vergangenes Leben.

Ich vermisse die stundenlangen Autofahrten mit exzentrischen Fotografen auf fremden Autobahnen, auf der Suche nach einem guten Bild oder zumindest einem eloquenten Gesprächspartner für eine wieder mal abstruse Reportage. Ich vermisse die Einblicke in das Leben anderer Menschen. Deren Offenheit. Ich vermisse sogar das schlechte Essen in heruntergekommenen Kaschemmen und zu viel warmes Bier zum Runterspülen. Sonnenuntergänge in Industriebrachen, am Rande der Zivilisation. Und immer wieder: Stille.

Ich vermisse das Abklatschen mit meist betrunkenen Fotografen beim Betrachten der ersten Ausbeute. Und die gemeinsame Vorfreude auf den nächsten Tag. Um *die* eine, endlich *die* entscheidende Reportage zu schreiben, auf die ich immer gewartet habe.

»Was möchten Sie denn verdienen?«

Aufwachen …

Das war die zentrale Frage. In dem Einstellungsgespräch ging es weniger um meine Vorstellungen oder Kenntnisse, erst recht nicht um Schulbildung oder Familienstand. Und es war völlig egal, womit ich bislang mein Geld verdient hatte. Hauptsache: Ich wollte von nun an welches heranschaffen.

Im Vorfeld hatte ich mich zwar über einige Zahlen informiert, aber die halfen mir nun auch nicht wirklich weiter. Ich wusste, dass der Möbelhandel in Deutschland seit Jahren für einen jährlichen Umsatz von dreißig Milliarden Euro steht und dass es eine große Bandbreite an Vertriebsformen gibt, vom Mitnahmemarkt über Fachgeschäfte bis zum Wohnkaufhaus. Vor allem hatte ich gelesen, dass in dieser Branche nur noch ein Ziel herrscht: Expansion. Immer mehr Verkaufsfläche, immer mehr Filialen. Keine an-

dere Einzelhandelsbranche verfügt über so große Verkaufsareale. Die zwölf größten Einrichtungshäuser haben eine Fläche von mindestens zwölftausend Quadratmetern. Umsatzsteigerung erfolgt dann nur noch durch immer mehr Neueröffnungen. Was in etlichen kleineren Städten zu Problemen führt, wenn sich zwei Möbelhäuser bekriegen. Denn das erklärte zweite Ziel dieser Strategie ist: regionale Marktstärke durch Verdrängung.
»Also, was möchten Sie denn verdienen?«
Ich dachte daran, dass ich die Stellenanzeige in der Zeitung bis zum letzten Tag liegen gelassen hatte. Sie wäre mir auch gar nicht aufgefallen, wenn meine Frau nicht mit dem Finger darauf geklopft hätte. Völlig absurd! *Möbelverkäufer!*
Ich wollte lieber noch ein wenig abwarten.
»Worauf?« (Gefolgt von erneutem Fingerklopfen)
»Möglicherweise hat Christian etwas in Hamburg …« Ich war schließlich eine Edelfeder. Mit meiner Vita konnte man drei Journalisten ausstatten (wenngleich nicht mal einen damit bezahlen).
»Du wartest jetzt schon sechs Monate …«
Ulrikes Ton war hart und fordernd. Sie hatte Existenzangst. Und meine Edelfederei hing ihr zum Hals heraus. Wenn es nicht mal für den Lebensunterhalt reichte.
Ich schrieb also die Bewerbung und hoffte doch in Wahrheit auf ein rettendes Telefonat. Oder auf eine rettende Mail. Ich wartete auch noch, als die Einladung zum Bewerbungsgespräch eintraf. Und ich wartete sogar dann noch, als mich der Geschäftsführer nach meinen Verdienstwünschen fragte.
Meine beiden Gegenüber, Geschäftsführer und Hausleiter, entsprachen übrigens auch nicht meinem Klischee. Sie

hatten Stil, waren modern gekleidet, und sie wirkten humorvoll. Zumindest an diesem einen Tag. Für fünfzehn Minuten.
»Ja …«, sagte ich, »was will ich eigentlich verdienen?«
Eingedenk der Tatsache, dass im Einzelhandel schlecht bezahlt wird (zumindest wusste ich das aus den Medien), wollte ich mutig pokern.
»Ich brauche schon mindestens dreitausend Euro …« Wenig im Vergleich zu meinem vergangenen Leben. Aber es würde die kleine Familie retten.
»Netto oder brutto?«
»Brutto …«
Geschäftsführer und Hausleiter begannen daraufhin zu lachen, als hätte ich einen schmutzigen Witz erzählt.
»Dreitausend«, prustete Braun, »das ist ein Witz, Sie können hier ganz andere Zahlen verdienen …«

6

Eins wirst du schnell merken: Du bist hier im Krieg. An der Front.«
Krupp meint das ernst.
»Und es fließt auch Blut …«
Krupp meint auch das völlig ernst. Die Einheitsformel dafür heißt: Provision.
Langsam begebe ich mich tiefer in die geheimnisvollen Abgründe dieser diabolischen Esoterik. Ich merke es daran, dass Frau Birnbaum über mich herzieht. Sie gibt sich nicht einmal Mühe, das Tuscheln zu verheimlichen. Ich hätte angeblich ein Sideboard an einen Kunden verkauft,

den sie gestern bedient zu haben glaubt (um es in dieser Verdrehtheit stehen zu lassen). Und ihre Kollegin Frau Pommerencke nickt.

»Arschloch«, höre ich.

Ansonsten habe ich übrigens bislang nicht viel mit den beiden gesprochen. Auch mit den anderen sogenannten Kollegen nicht. Arbeiten ist hier ernst. Es geht um Geld.

»Das stimmt nicht«, sage ich zu Krupp. »Der Mann hat keinen Ton gesagt, dass er schon mal hier war.«

»Hatte er eine Visitenkarte von Frau Birnbaum dabei?«

»Nein …« Wobei mir jetzt einfällt, dass der Mann einige Fragen stellte, die darauf hindeuten könnten, dass er sich möglicherweise auskennt. Vielleicht hätte ich da nachhaken sollen?

Krupp verneint.

»Die da oben …« Er dreht sich um und wirft einen Blick hinauf zum zweiten Stock, auf die Gänge, ob ihn vielleicht jemand von der Geschäftsführung beobachtet. »… die lieben es, wenn die Verkäufer sich untereinander bekriegen. Dann laufen ihre Verkäufer nämlich mehr. Und vor allem: Sie entwickeln dann keine Solidarität untereinander.«

»Das scheint geglückt zu sein«, sage ich mit Blick auf Frau Birnbaum. »Von einem Zusammengehörigkeitsgefühl sind wir ungefähr so weit entfernt wie Nord- und Südpol.«

»Was du überall in dem Haus merken wirst«, setzt Krupp fort, »ist diese latente Unzufriedenheit, denn der Job killt dich! Verkaufen auf Provision ist das härteste Gewerbe der Welt. Schlimmer noch als Prostitution.« Diesen Druck könnten »Normalos« überhaupt nicht nachvollziehen.

Also frage ich Krupp, warum er und Eulenberg ständig von »Normalos« reden und warum sie sich von den Kunden so extrem abgrenzen.

»Weil der Normalbürger nicht mehr weiß, was *wirklich* Druck und Stress ist«, sagt Krupp. »Normalos gehen morgens zur Arbeit, tun da was oder auch nicht, trinken Kaffee, telefonieren ein bisschen, und dann gehen sie wieder nach Hause, und wenn sie Kopfschmerzen haben, hui, dann machen sie eine Woche krank. Das stört weder groß, noch fällt es auf.«

»Wissen denn die Kunden nicht, dass wir von Provision leben?«

»Wusstest du das vorher?«, fragt Krupp.

»Ich habe mir darüber nie Gedanken gemacht ...«

»Genau so ist es ... Kaum einer weiß das. Es ist übrigens auch nicht gewollt, von Unternehmensseite, darüber zu reden. Man will schließlich ein sympathisches, freudiges Image. Von einsatzwilligen sympathischen Mitarbeitern. Voller Freude ... *(angedeutetes Finger-in-den-Hals-Stecken).* Provision könnte da schaden. Hat ein schlechtes Image. Aber mach dir nicht zu viele Gedanken über solche Sachen. Für dich ist nur eines wichtig: Du bist für die da oben eine Nummer. Mehr nicht. Du hast zu funktionieren, das ist alles. Und mach möglichst viel Umsatz, dann darfst du bleiben.«

7

»Kann ich Ihnen helfen?«

Eine belanglose Frage, an zwei Kunden gerichtet. Eben genau diese Art von unterwürfiger Liebenswürdigkeit, die ich bislang immer mit Verkäufern assoziiert habe. Zudem eine Frage, die mir auch selber schon in Geschäften gestellt wurde.

Ich merke allerdings, dass mit dieser Ansprache etwas nicht in Ordnung ist, denn Frau Birnbaum tuschelt wieder. Und sie zeigt mit dem Finger in meine Richtung.
»Um Gottes willen!«, sagt plötzlich auch Krupp, der durch das Tuscheln aufmerksam wurde, und nimmt mich zur Seite. »Niemals wieder«, sagt er. Dieser Satz sei so ziemlich das Schlimmste, das ich von mir geben könnte. »Vielleicht in einer Metzgerei ... aber nicht bei einem wirklichen Verkaufsgespräch. Keine Sorge: Du wirst noch geschult!«
Es klingt wie eine Drohung.
»Was ist denn daran so schlimm?« Mir ist zwar aufgefallen, dass alle Verkäufer sich hier wie ferngesteuert bewegen und ähnliche Floskeln benutzen, aber die Art und Weise, wie über meine Einstiegsfrage geurteilt wird, scheint mir völlig übertrieben.
»Du hast keine Chance auf einen zweiten Eindruck«, erklärt Krupp. »Die ersten Sekunden sind entscheidend. Und wenn du dann mit so einem Satz ankommst, *Kann ich Ihnen helfen*, bewirkst du in den Köpfen der Kunden die Vorstellung, sie seien krank, schwach oder hilflos. Bestenfalls kriegst du einen Konter. So was wie: Mir ist nicht mehr zu helfen ...«
»Und was soll ich sonst sagen? Man muss doch erst mal ins Gespräch kommen?«
»Beiläufig in ein Gespräch einsteigen. Du kannst zum Beispiel sagen: Sie kommen zurecht?«
Was für ein epochaler Unterschied, denke ich. Aber Krupp schwört auf diese Feinheiten. Von denen es bislang geschätzte siebentausend gibt. Manchmal komme ich mir schon wie in einer Sekte vor.
Jeder Schritt, jeder Satz, tatsächlich jede Bewegung in so einem Möbelhaus (und das wiederum: weltweit) ist durch-

dacht und folgt einer klaren Strategie. Während die Kunden lediglich schlendern, vielleicht einfach nur ihre Zeit vertrödeln und einen gemütlichen Nachmittag erleben wollen, absolvieren die Verkäufer abgesprochene Laufwege.

Wie bei einem militärischen Einsatz. Sobald ein Kunde (idealerweise ein Pärchen) sich bei einer Schrankwand oder einem Polstermöbel länger aufhält, wird zugeschlagen. Anpirschen, sagt Krupp. Am besten unterstützt durch »Klopfen und Schütteln«. Es würde die Kunden erschrecken (und damit vom Kaufen abhalten), wenn ich zielstrebig auf sie zulaufe, also soll ich damit beginnen, in deren Umgebung ein Kissen zu verrücken oder Stoffmuster zu zählen. Um mich langsam näher und näher zu arbeiten. Um das Gespräch der Kunden zu belauschen, und wenn sich eine Gelegenheit ergibt: zuschlagen.

»Du kannst zum Beispiel sagen: Den Schrank gibt es auch in Kernbuche. Oder: Die Rundecke gibt es auch in anderen Maßen …«

Streng genommen dürfte ich auch sagen: Das Weltall dehnt sich aus. Es geht lediglich darum, einen ersten Kontakt aufzubauen. Um dann möglichst dranzubleiben.

Also schleiche ich auch herum. Und klopfe Kissen.

Ich belausche das Gespräch eines Ehepaars, Mitte fünfzig, Typus: Verwaltungsangestelle. Runde Hornbrille, Günter-Grass-Schnäuzer, Wanderschuhe.

Und ich springe hinzu.

»Das ist ein Ausstellungsstück, Sie können …«

»Danke«, unterbricht mich die Frau in herrischem Ton, »wir schauen uns nur um.« Ihr Mann würdigt mich nicht mal eines Blickes. Ich soll verschwinden, das ist offensichtlich.

Wow, denke ich, eine neue Erfahrung. Du bist jetzt ganz unten. Du bist *Dienstpersonal.* Lästig, zudringlich, ein Insekt.
Gleichzeitig ertappe ich mich bei einer Erkenntnis. Das ist genau der gleiche Tonfall, mit dem du früher selber auf die Menschheit losgegangen bist. Als Arbeitsplatzinhaber. Ironisch, feuilletonistisch, überlegen. Als die Menschen alle noch ihren Platz, ihren gesellschaftlichen Rang innehatten wie in einer indischen Kastenordnung. Und Verkäufer dabei, irgendwie merkwürdig, auf jeden Fall *unten* angesiedelt waren.
Wo ist Krupp?
Er lächelt. Nicht über mich diesmal, sondern einer Kundin entgegen, die ihn ähnlich angiftet, wie ich es eben erlebt habe. Dieser Tonfall gehört anscheinend zum zwischenmenschlichen Standard.
»Du kannst noch lächeln?«, frage ich ihn später. »Nach so einem Schlag in die Fresse?«
»Das sieht nur nach außen so aus.«
Die Frustration der Verkäufer prallt offensichtlich tagtäglich gegen den vorgeschriebenen Optimismus der Geschäftsführung. Und vor allem gegen das bedingungslos geforderte *positive Denken.*
»Du musst sofort lächeln!«, sagt Krupp und schaut sich hektisch nach allen Seiten um. »Wenn Braun oder Eisenherz dich dabei beobachten, dass du nicht lächelst, kriegst du einen Rieseneinlauf. Du wirst diese Schizophrenie noch bis zum Erbrechen mitbekommen. *Alles ist gut hier. Alles ist prima.* Natürlich ist überhaupt nichts gut …«
Aber das Unterbewusstsein verkauft, sagt die Unternehmensführung. Die sich diese Art des Denkens selber von Verkaufstrainern predigen lässt. Also muss es immer wie-

der und immer wieder darum gehen, das Unterbewusstsein zu steuern. Und zu prägen: *Alles ist gut.*
»Wow«, sage ich zu Krupp, »das ist wie in einer Sekte.«
»Nicht wie …«, antwortet Krupp und schmunzelt.
Wobei der größte Witz darin besteht, dass ich vor Dienstantritt eine Erklärung unterschreiben musste, nicht zu Scientology zu gehören.
»Du musst das hier wie ein Schauspieler sehen, sonst gehst du kaputt. Viele Verkäufer hier wollten oder wollen immer noch ins Showgeschäft. Und das sind die guten. Die das Kaufhaus als eine Theateraufführung sehen, wo die Kunden sich amüsieren sollen. Das ist auch die einzige Methode, um dich gegen die unentwegten Verletzungen zu schützen: Du spielst eine Rolle.«

8

Die Nachricht, dass Marc Fischer sich umgebracht hat, erreicht mich in der Mittagspause.
Ohne meinen Sohn, denke ich, wäre mir das auch passiert. Um mich danach für diesen melodramatischen Scheiß zu ohrfeigen. Und trotzdem bleibt ein Körnchen Wahrheit.
Wir haben nur wenig miteinander gesprochen, obwohl wir uns als Schreiber seit fast zwanzig Jahren kannten und wir uns in Berlin immer wieder über den Weg gelaufen sind. Merkwürdigerweise war Marc der Erste, dem ich von meiner Kündigung erzählt habe, und umgekehrt war er auch der erste Autor, der mir gegenüber zugab, kaum etwas zu verdienen.
Der Unterschied war nur: Marc lebte dieses Prekariat.

Er fand es eher amüsant, dass ich ein Kind versorgte und liebte. Mit dieser Vaterschaft hatte ich für ihn vermutlich meine Reputation verloren. Journalismus und Elternschaft, das schließt sich für weite Kreativenkreise aus. Erst recht in der Freiberuflichkeit.

Ohne meinen kleinen Sohn würde ich allerdings genauso weiterleben, denke ich. Oder sterben. Ich würde genau dieses gleiche Leben zelebrieren, wie all die hundert oder tausend Verrückten, die ich in den vergangenen Jahren in Köln, Berlin oder Hamburg kennengelernt habe. Dieses Durchwurschteln, dieses Betteln um Aufträge, um dreihundert Euro, vielleicht tausend Euro, die dir inzwischen gönnerisch offeriert werden, als sei es die Eintrittskarte in ein Leben voller Freiheit und Abenteuer.

Früher (klingt wie einer dieser Kriegsheimkehrer) konnte man sogar als freier Autor fantastisch leben. Es gab vernünftige Honorare, und vor allem gab es *überall* vernünftige Honorare. Ich habe für das Fernsehen gearbeitet, ich habe Radio-Reportagen gemacht, und sogar eine Zeitungsstory wurde dankbar angenommen. Deshalb war ich glücklicher Besitzer einer Eigentumswohnung, zusammen mit Ulrike, deshalb sind wir überhaupt nur auf die Idee gekommen, ein Kind zu zeugen. Gleichgültig, was passiert, dachte ich, du bist ein vielfach prämierter Schreiber, du wirst immer eine Möglichkeit finden, dein Auskommen zu finden. Du bist klug, originell, du bist kreativ.

Auch wenn überall um dich herum Magazine und Zeitungen eingestellt oder Redaktionen entlassen werden – du bist *prämiert.*

Und vor allem hatte ich eine Festanstellung.

Es war eine Zeit der theatralischen Brillanz, der Abgründigkeit, der vielleicht sogar zynischen Besonderheit. Aber

es war eine Zeit der Möglichkeiten. Ein Anruf, ein Auftrag. Selbst das Internet war in seiner Anfangsphase eine Bereicherung, ein weiterer Vertriebskanal.
Bis sich die wirtschaftliche Situation radikal verschärfte, wie es dann gerne heißt, und »harte Einschnitte« zwingend erforderlich werden.
Wie ein Kopfschuss, erinnere ich mich.
Und ich bald zwei, zehn, zwanzig Anrufe benötigte, um einen Auftrag einzutreiben. Und sich die Empfängnisbereitschaft für Originalität reduzierte. Das war deutlich spürbar.
Ich hatte nicht damit gerechnet, dass die Welt sich einmal nicht mehr für meine Gedanken interessieren könnte. Und für meine innere Jugendlichkeit. Schließlich hatte ich doch all diese tollen Preise.
Ich hatte nicht damit gerechnet, irgendwann einer von vielen zu sein. Einer von vielen Bewerbern, von vielen Bittstellern. Von zu vielen Schreibern.
Und vor allem: von zu vielen alten Bittstellern.
Ich komme immer noch nicht drüber hinweg, als *alt* zu gelten. Zumindest sagen das die Menschen, die sich meine Bewerbungsunterlagen zu Gemüte führen.
Das Boot ist voll, heißt es dann heute. Und sie meinen das freundlich.
Wir brauchen niemanden. (Freundlich) Und soo gut bist du nun auch wieder nicht …
Wie ein Kopfschuss.
Also öffne ich jetzt morgens meine Augen und stehe auf. Punkt. Ich mache eine Tasse Kaffee. Punkt. Ich freue mich nicht mehr auf den Tag, ich interessiere mich schlichtweg nicht für den Tag. Ich bin nicht einmal depressiv. Ich bin lediglich ein ganz normales Mitglied der Gesellschaft. Mein Leben dreht sich nur noch darum, ob das Hemd ge-

bügelt ist und die Hose sitzt. Und die Krawatte muss akkurat gebunden werden. Ein Glas Bier am Abend, manchmal Wein, am Samstag Sportschau.
Es darf mich nicht mehr interessieren, wie der Kaffee in einem arabischen Wüstenzelt schmeckt oder welches Hemd zu welcher Fernsehsendung passt …
Alles vorbei, denke ich, und winke Suse aus der Schlafzimmerabteilung zu, die sich über meinen glasigen Blick wundert.
»Alles ist gut«, sage ich.

9

Niemals setzen, niemals gähnen, immer ansprechbar sein: Wir stehen unter permanenter Beobachtung der Geschäftsleitung.
In meinem vorigen Leben, denke ich, war Freiheit mein kostbarstes Gut. Und meine Individualität.
Heute: laufe ich.
Ein fleißiger Verkäufer geht bis zu zehn Kilometer am Tag. Und er bewegt sich umso schneller, wenn sich Braun, Eisenherz oder noch schlimmer: einer der Besitzer zu ihrem Rundgang aufmachen.
Dieser Aufmarsch hat keinen erkennbaren Sinn, und man könnte sich auch fragen, ob ein Geschäftsführer eigentlich nichts anderes zu tun hat, als sich demonstrativ in den Gang zu stellen und Verkäufer zu beobachten. Anscheinend nicht. Oder genau das ist offensichtlich die Hauptaufgabe des Geschäftsführers in einem mittelständischen Unternehmen: rumstehen und kontrollieren.

Aber die Warnhinweise der anderen Verkäufer kann ich inzwischen auch schon interpretieren. Grusitzky, ein eher schlichter Schwätzer, hält dann beide Hände wie ein symbolisches Fernglas vor seine Augen. Und wir übrigen rennen! Nur weit weg.
Es gibt verschiedene Eingänge in jede Halle hinein, verschiedene Treppen hinunter, aber dadurch auch genauso viele Ausgänge. Also: Fluchtmöglichkeiten. Kommt einer der Herrschaften links die Treppe runter, rennen alle Verkäufer (sofern sie nicht in Verkaufsgespräche verwickelt sind und damit alles richtig machen) wahlweise hinter Säulen oder sie hechten in gebückter Haltung in eine andere Halle hinein.
Der Nachteil dabei ist, dass der Senior, der ohnehin nicht mehr ganz den geistigen Überblick hat, nun erst recht das Gefühl hat, er beschäftige zu wenige Verkäufer. Es ist schließlich keiner zu sehen.
»Ausbeuter«, ruft Eulenberg, als der Aufmarsch vorüber ist und die Halle wieder freigegeben werden kann.
»Du verstehst deren Denke nicht«, sagt Krupp ironisch. »Der Geschäftsführer und vor allem die beiden Besitzer sind davon überzeugt, dass sie hier alles richtig und gut machen. Weil ihnen hier alles gehört. Auch du gehörst ihnen, mit Haut und Haaren. Die sind richtig beleidigt, die fühlen sich angegriffen, wenn sie hören, dass sich hier jemand nicht wohl fühlt.«
»Oder wenn wieder einer vors Arbeitsgericht zieht«, jault Eulenberg, »und dort auch noch gewinnt.«
Zumindest halten uns diese Gespräche über Wasser, wenn kein Kunde kommt. Dann ist es unerträglich langweilig.
Langeweile bedeutet aber vor allem: kein Geld.

»Wie machst du das?«, frage ich Krupp. »Wenn du einen ganzen Tag hier herumstehst, und am Abend hast du nicht mal was verdient?«
Ich ahne Schreckliches. Denn noch bekomme ich einen Garantielohn, egal, wie viel ich verkaufe. Drei kurze Monate hindurch.
»Das ist hart«, antwortet Krupp, »und ich kenne keinen, den das kaltlässt. Auf Provision zu verkaufen, das schaffen auf Dauer nur die Stärksten. Weil du auch mit niemandem darüber sprechen kannst. Wer diesen Druck nicht selbst erlebt hat, kann das nicht nachempfinden.
Dein ganzes Denken verändert sich ... Du kannst nicht mehr unbefangen mit einem Menschen sprechen, du musst schließlich einen Auftrag schreiben. Kauft er, der verehrte Kunde, oder schaut er sich nur um? Das ist die einzige Frage, die mich zehn Stunden täglich bewegt ...«
Währenddessen stromert Frau Birnbaum an unserer Gesprächsrunde vorbei, im Schlepptau ein Rentnerpaar, das sich aber nach einer langwierigen Beratung doch nicht zu einem Kauf entschließen möchte.
»Das ist völlig in Ordnung«, flötet Frau Birnbaum, »kein Problem, schauen Sie sich ruhig noch einmal um, in aller Ausführlichkeit ...« Die Süßlichkeit ihrer Aussprache wird immer zuckriger, bis sie sich von den Leuten abwendet, mit dem rechten Daumen in deren Richtung deutet und unhörbar mit den Lippen ein Wort bildet: *Arschloch.*
Diese Ausdrucksweise wird bei ihr langsam zur Gewohnheit, denke ich, gleichgültig, ob Einzahl oder Mehrzahl. Wir sagen uns ansonsten kaum einmal »Guten Tag«.
»Das musst du ihr nachsehen«, sagt Krupp, der offensichtlich Gedanken lesen kann. »Grundregeln menschli-

chen Zusammenlebens, also das, was eine Demokratie ausmacht, zählt in so einem Haus nicht mehr. Es geht einzig und allein um die Unterschrift unter einen Vertrag …«

10

Jeden Morgen gibt es eine sogenannte Besprechung. Es gibt nichts zu besprechen, aber wir dürfen dafür weitere fünfzehn Minuten unserer Lebenszeit verschenken. Unbezahlt, versteht sich. Das ergibt mal eben fünf Stunden pro Monat, aufgerundet sechzig Stunden im Jahr. Anders gesagt: Eine weitere Woche kostenlos arbeiten.

»Freiwillig« ist der offizielle Sprechduktus. So, wie wir alle bekanntlich freiwillig hier arbeiten. Niemand habe uns schließlich gezwungen, hierzubleiben. Und diese diabolische Logik dient Braun und Eisenherz als Freifahrtschein für jede neue Quälerei. Denn alles ist stets *freiwillig*.

Und Überstunden können, das wird genauso betont, abgefeiert werden.

»Versuch es«, sagte Eulenberg, als ich diese pathetische Vorgabe einlösen wollte. Weil das ja nur fair wäre. In der Öffentlichkeit präsentiert man dann gerne ein sogenanntes Stundenkonto, von dem beliebig abgehoben werden kann. Mich hätte stutzig machen sollen, dass alle Mitarbeiter um die fünfzig, manche sogar hundert Überstunden mit sich herumschleppen.

Gestern habe ich es also versucht. Ich wollte eine Stunde früher gehen.

»Warum?«, fragte Middelberg, der Abteilungsleiter, den alle nur Rotkäppchen nennen, weil er seine roten Haare schwarz färbt.
Diese Frage brachte mich ein wenig aus dem Konzept.
»Einfach so ... weil ich schließlich ... Überstunden ...«
»Wir müssen sehen, wie der Lauf ist«, kam kalt als Antwort. Und den Rest des gestrigen Tages sah ich Rotkäppchen nicht mehr wieder.
»Es ist immer *Lauf*«, erklärte Eulenberg anschließend. »Lauf ist für die Chefs ein magisches Zauberwort. Und wenn hier nur eine blinde, taubstumme Großmutter durchtapert, auf der Suche nach ihren Enkeln, dann ist das für Rotkäppchen eine potenzielle Kundin. Und damit Umsatz. Und du bleibst hier.«
Nun sitze ich also wieder früher hier. *Freiwillig.*
Krupp soll angeblich mal versucht haben, diese lächerliche Morgenbesprechung abzuschaffen oder zumindest auf den Samstag einzudampfen. Hatte zum Ergebnis, dass er sich beim Alten einfinden durfte. Mitarbeitergespräch nennt sich das. Hirnwäsche würde besser passen. Eine Stunde lang knattert ein Stakkato-Vortrag, wie man ein Unternehmen führt, wovon wir alle keine Ahnung haben, und wer nicht spurt, kann ja gehen. Schließlich sind wir alle nur, taraa: *freiwillig* hier ...
Der Alte liebt Morgenbesprechungen, weil er das selber jeden Mittwoch zelebriert. Dann lässt er alle Abteilungsleiter antanzen, um sie zwanzig Minuten lang anzuschreien und zu demütigen. Und diese Form der »gesunden mittelständischen Unternehmenskultur« überträgt sich gerne nach unten.
Auf den Rest.

Wie soll ich das überleben? Diese Roheit. Diesen Stumpfsinn. *That's capitalism*, flüstert mein zweites Ich und amüsiert sich.
»Alles gut?«, fragt Rotkäppchen in die Runde. Bekanntlich gilt die unbedingte Verpflichtung zum positiven Denken.
»Alles prima«, antwortet Krupp tonlos. Eulenberg nickt.
»Auch bei Ihnen, Herr Kisch?«
Die Blicke ruhen auf mir. Krupp hat es mir eingebleut: Mach keinen Fehler, wenn dich einer der Verantwortlichen anspricht. Jede Form der Kritik wird als negativ ausgelegt. Und jede Form negativen Denkens ist in diesem Wirtschaftssystem bei Todesstrafe verboten.
»Alles … gut …«, stammle ich.
»Dann können wir ja loslegen«, sagt Rotkäppchen und doziert über den Umsatz des gestrigen Tages.
Das Absurde ist: Jeder weiß, dass diese Antworten Nonsens sind. Völliger Bullshit. Aber man will es hören und fordert es ein. Eine Atmosphäre wie in Nordkorea.
»Gestern hat das Haus weniger Umsatz gemacht, als der Plan vorsah …«
Mehr Umsatz machen. Das ist die einzige Botschaft. Und zwar jeden Morgen.
»Also müssen wir heute die Ärmel hochkrempeln …«, führt Rotkäppchen weiter aus. Irgendwie ist der Mann ein Phänomen, denke ich. Ein durchschnittlicher Mann mit durchschnittlicher Intelligenz, irgendwelcher nicht vorhandenen Begabung und eher unterdurchschnittlichem Einfühlungsvermögen – der sich aber für eine Granate und charismatische Ausnahmepersönlichkeit hält. Und diese Selbsteinschätzung auch ungefragt weitergibt. Es ist niemandem so recht einsichtig, wie er darauf

kommt, aber offensichtlich steht diese bizarre Selbstüberschätzung in einem direkten Verhältnis zu seinem regelmäßigen Konsum an Verkaufstrainings-Literatur. *Positives Denken*, bis die Hirnplatte leuchtet. Von Leuten verfochten, die im Innersten negativ, menschenverachtend und materialistisch eingestellt sind. In eigens erstellten Kladden mit geradezu schwülstigen Mädchenzeichnungen. Rotkäppchen inhaliert dieses Zeug in seinen Pausen wie afghanisches Dope: fotografierte Sonnenaufgänge in einer Bildsprache aus den siebziger Jahren, in deren wohlig warmen Strahlen jeweils ein Merksatz von geradezu epochaler Bedeutungsschwere prangt. Also mindestens auf Poesiealbum-Level. Zum Beispiel: *Heute ist der erste Tag deines Erfolges*. (Na, lieber Leser: Verspüren Sie auch schon den unbedingten Impuls zum Aufstieg? Das Kribbeln in den Beinen? Vielleicht auch zwischen den Ohren?)

Und damit selbst die Buchverweigerer im Unternehmen in den Genuss solcherlei Denkgranaten kommen, wurden Ruheräume und Kantine sowie die Bürotrakte mit Dutzenden Motivationssprüchen bepflastert. Es erinnert an Propagandaaktionen in der DDR: *Tue alles für den Kunden!* oder *Der Kunde ist der Weg zum Erfolg!* Nur getoppt vom absoluten Grusel-Klassiker: *Lächle, und die Welt lächelt zurück.*

Und eben das hat mir Krupp schon am ersten Tag mit Nachdruck aufgetragen: *Lächle* in diesem Irrenhaus, von morgens bis abends, immer nur lächeln. *Sonst wirst du nicht überleben.*

»Eine Sache noch ...«, sagt Rotkäppchen, und an seinen hängenden Mundwinkeln lässt sich ablesen, dass er wahlweise von Eisenherz, Hausleiter Braun oder einem der Be-

sitzer höchstpersönlich zusammengestaucht wurde. »Ich möchte Sie alle daran erinnern, einen Kunden nicht darüber in Kenntnis zu setzen, dass Sie auf Provision arbeiten. Das hat einen negativen Beigeschmack. Wir wollen ein sympathisches Möbelhaus sein, in dem alles für den Kunden getan wird …«
Erstes Räuspern. Ist klar, wir rennen und schleimen aus reiner Freundlichkeit.
»Gibt es noch Fragen?«, beschließt Rotkäppchen die Besprechung. Wie jeden Morgen. Und er strahlt dabei. *Positiv*. Wie jeden Morgen.
»Alles prima«, antwortet Krupp tonlos. Eulenberg gähnt.

11

Der Blick verändert sich.
Das fällt mir auf, als ich Markenembleme auf Esszimmerstühle pappe. Wie bitte? Was ich da mache?
Eine der üblichen Reparaturarbeiten. Es gibt Kunden, die zielstrebig in die Rolf-Benz-Abteilung schleichen, um in einem unbeobachteten Moment die kleinen silbernen Markenschilder von den Stühlen oder Polstermöbeln zu reißen. Vermutlich, um sie dann zu Hause auf ihre Billigheimer zu kleben.
Aber, wie gesagt, dabei fällt mir auf, dass sich mein Blick *ausruht*.
In den ersten Tagen bin ich noch wie ein Zombie (oder eben wie ein alltäglicher Kunde) durch die ausgedehnten Hallen getapert. Alles erschien mir groß und verwirrend. Langsam weitet sich der Blick.

Es gibt schon Momente, in denen ich eine fußballfeldgroße Halle überblicke, mit allen Details, mit allen Stuhlbeinen, Kissenmustern und Teppichflecken, und mir trotzdem keine Bewegung entgeht.
Ich verlaufe mich auch nicht mehr in dem Wirrwarr der Gänge und Kojen. Das ist angenehm, denn in den ersten Tagen verlor sich meine Konzentration in der Vielfalt von Eindrücken. So geht es auch den meisten Kunden. Umso nerviger, wenn so jemand dich dann nicht wahrnimmt, obwohl du nur zehn Meter entfernt stehst. Es ist zu viel, weiß ich heute.
Umgekehrt verliere ich den Anschluss an mein altes Leben, fällt mir auf.
Die ganze vertraute Alltäglichkeit ist weggebrochen, diese verflucht schöne Bürgerlichkeit.
Wie zum Beispiel das Wochenende, überhaupt das ganze Familienleben. Der Samstagseinkauf, das beiläufige Geplapper mit den Nachbarn. *Es geht nicht mehr …*
Nicht nur aus zeitlichen Gründen, weil ich nunmehr der einzige Vollidiot im weiten Umfeld bin, der Samstagmorgens zur Arbeit fährt, nein, vor allem, weil die Nachbarn mich mittlerweile schneiden. Es hat sich herumgesprochen, dass ich kein Reporter mehr bin. Und dass ich wohl nicht mehr im Fernsehen zu sehen sein werde. Und dass man sich fragt, wie wir das finanziell so hinkriegen wollen, mit dem Kleinen.
Langsam wuchs aus der anfänglichen Form von besessenem Nachbarschaftsklatsch gehässige Ablehnung. Es ist ihnen suspekt: Ein Arbeitsloser, der sich als Verkäufer über Wasser hält. Die Tätigkeit bleibt für sie exakt auf dem gleichen Niveau: *gescheitert …*
Umgekehrt, gebe ich zu, habe ich den Kontakt zu den Nachbarn weitgehend eingestellt. Mir fehlt einfach die

unbeschwerte Oberflächlichkeit, das demonstrative Gute-Laune-Gesicht, die Plaudermiene. Ich weiß nicht mehr zu sprechen. Worüber? Über Ledermuster? Über Sesselstoffe?
Über das *Eigentliche* wiederum mag ich nicht reden. Über meine Enttäuschung oder über meine verzweifelten Versuche, einen Sinn in dieser Kasernierung zu entdecken. Und meine zunehmende Hoffnungslosigkeit, jemals wieder entkommen zu können. Denn, wenn da ein Strohhalm ins Blickfeld rückt, der berühmte Hoffnungsschimmer, dann lese ich garantiert am nächsten Tag in der Zeitung von einer weiteren Kündigungswelle. All das ist zu viel, zu tief, um es irgendwelchen Nachbarschaftsmenschen zuzumuten, die ich kaum kenne.
»Wie geht's?«
Diese ganze wohlvertraute Gesprächsfassade ist weggebrochen.
Und am meisten leidet Ulrike darunter.
Sie ist keine dieser heldenhaften Frauen aus alten Schwarzweißfilmen, die ihrem Mann die Hand reicht und beide Ärmel hochkrempelt. *Durch dick und dünn, egal, was passiert.* Oder der Klassiker, gerne zitiert: *In guten und in schlechten Zeiten …*
Pustekuchen.
Ulrike findet ihren Mann armselig. Das ist offensichtlich. Sie will keinen Versager.
Aber ich kann es nicht ändern. Ich kann gar nichts mehr ändern.
Ich bin kein kreativer Freigeist mehr – ich beobachte: Möbel.
Inzwischen erinnere ich mich an einzelne Sofas, Sessel und Schrankwände. Und ich weiß, wo sie stehen. Krupp wie-

derum kennt tatsächlich jedes einzelne Möbelstück. Und das sind Hunderte, vielleicht Tausende.
»Junge, du stehst hier zehn Stunden«, sagt er. »Und du siehst nichts anderes mehr von der Welt als Möbel. Mag da draußen auch der Atomkrieg wüten – wir sehen Möbel …«

12

Wenn du die schmutzigen Seiten des Verkaufens kennenlernen willst«, sagt Krupp, »dann schau der Birnbaum zu.«
Was bei mir gewisse Zweifel hervorruft, denn Julia Birnbaum ist stets nett, stets blond, stets höflich.
»Sonst wäre es ja nicht schmutzig«, antwortet Krupp.
Die Zweifel standen mir anscheinend wortwörtlich ins Gesicht geschrieben.
Also setze ich mich in die Nähe von Julia Birnbaum, als sie ein Verkaufsgespräch führt.
Und, wie erwartet, bleibt sie stets nett, stets blond, stets höflich.
Das Einzige, das mir nach einigen Minuten auffällt, ist die Häufigkeit an Komplimenten. Und die Sinnlosigkeit des ganzen Gesprächs.
»Sie haben einen tollen Mantel«, sagt Julia zu der Kundin, die irgendein Teil trägt, an dem mein Blick nicht mal dann hängen geblieben wäre, wenn es mit Blut besprenkelt gewesen wäre. Wie überhaupt die ganze Frau. Oder ihr Mann. Gesichter halt, deutsche Physiognomien, die ab der Vierzig in ihrer Alltäglichkeit etwas unglaublich Ermü-

dendes haben. Leicht gräulich, eher depressiv, ohne Glanz oder Faszination. Und eher weichlich. Wie überhaupt das ganze Gespräch für mich kaum erträglich ist: kein Humor, keine Freude, eine Atmosphäre wie beim Zahnarzt.
Aber Julia begeistert sich. Und die Frau strahlt.
Weil Julia über einen doofen Mantel redet.
Sogar der Mann nuschelt irgendeinen Blödsinn.
»Ihr Mann ist klasse!«, sagt Julia daraufhin und zwickt den Mann ins Knie.
Und während ich mich beschämt zur Seite drehe, tauen die beiden Kunden immer mehr auf. Eine Schleimspur folgt der nächsten. Ob nun die tollen Schuhe oder der tolle Schmuck, oder die spannenden Geschichten, die der Mann erzählen kann (laut Julia), bei mir steigt nur der Brechreiz.
Allerdings bemerke ich, dass Julia gleichzeitig Zahlen addiert, die so überhaupt nicht existieren. Und das fasziniert mich.
Vor jeder Polstergarnitur, vor jeder Schrankwand liegen kleine Mappen mit den Preisen der Einzelteile. In den billigeren Abteilungen ist diese Preisgestaltung übersichtlich und schnell zu verstehen. In der gehobenen Abteilung ist es etwas komplizierter. Daher sagen die meisten Kunden: »Rechnen Sie mir mal aus, was es kostet, wenn ich eine Rundecke nehme.«
Julia kommt dieser Aufforderung dankend nach und rechnet. Nur, sie addiert überall zehn Prozent drauf. Mindestens.
Und es fällt nicht auf, weil sie mit Komplimenten um sich schmeißt wie ein Prinz im Kölner Karneval mit Kamelle.
Bevor sie dann irgendwelche Fantasierabatte abzieht, die das beschwipst wirkende Ehepaar freudig annimmt.

Alle Achtung, denke ich. Und gleichzeitig ist mir klar, dass ich das nicht kann. Und Krupp auch nicht.
Es funktioniert nicht, wenn Männer mit Komplimenten um sich werfen.
Das Erstaunliche ist nur, dass Frauen diese Schleimerei nicht als solche erkennen wollen. Sondern geradezu danach gieren. Von einer anderen Frau. Obwohl es doch jedem klar sein müsste, dass es lediglich Geschwätz ist.
Aber sie kaufen, gehen und sind glücklich.
Julia wiederum bleibt mit einem versteinerten Gesicht zurück. Sobald der Kunde verschwunden ist, bleibt von ihrem Lächeln nicht mal ein verwegener Ansatz zurück.

13

Abends bin ich kaputt. Völlig erledigt.
Ich war noch nie so erschöpft. Und ich habe Expeditionen in die abgelegensten Teile unseres Planeten absolviert.
Vielleicht ist es das Gefühl von Sinnlosigkeit und Demütigung.
Abends habe ich keine Lust mehr, zu sprechen oder etwas zu unternehmen. Ich liege einfach nur faul und träge auf der Couch herum, wie ein Insekt.
Der Kleine schläft, und ich höre sein Atmen durch das Babyphone.
Ulrike fragt nicht viel.
Ohnehin reden wir kaum noch miteinander. Worüber auch? Sie will nichts darüber hören, wie mich diese Tätigkeit schlaucht, weil andere Menschen schließlich genauso hart

arbeiten, sagt sie. Das ist das wahre Leben, das ist ihre Philosophie.
Gnadenlos.
Wobei sie nicht unrecht hat. Aber es könnte auch etwas liebevoller sein, denke ich, vielleicht verständnisvoller.
»Dann verdien mehr Geld ...«
Gnadenlos.
Die einzige Rettung ist der Kleine. Wenn er morgens lacht, die Eisenbahn aufbaut, mit mir spielen möchte und sich über meine Anwesenheit freut.
Wenn ich ihn denn mal sehe ... Abends schläft er schon, wenn ich von der Schicht zurückkomme. Morgens ist er meistens müde und muss bald in den Kindergarten.
Meine Rettung ist der Sonntag, der heilige Sonntag, der einzige Tag, der ausschließlich mir und meinem Sohn vorbehalten ist.
Allerdings bemerke ich den zunehmenden Abstand von ihm. Der Sonntag alleine ist zu wenig. Er versteht nicht, dass Papa so wenig Zeit hat. Und er nimmt es mir übel.
»Hurra ...«, sage ich leise, »und genau das mache ich jetzt den Rest meines Lebens ...«

14

Krupp muss helfen. Ich bin zu nett.
Im Prinzip mache ich all das, was in dem Lehrbuch als Grundlage steht (plappern, plappern, den Kunden einlullen – nur ja nicht über Möbel reden, lieber über Fußball oder das Wetter. Hauptsache, der Kunde fühlt sich wohl. Und wenn der Kunde sich wohl fühlt, so das Lehr-

buch, dann kauft er auch … *Ach, die Welt kann so einfach sein …*).
Meine Kunden wollen sich aber danach meist nur verabschieden.
»Grgrgr«, grunzt Krupp und verdreht die Augen. Es kostet ihn Zeit (also Kunden), aber er hilft.
Krupp setzt sich auf den Platz zu meiner Rechten und: plappert. Über das Wetter. Okay, das konnte ich auch schon.
»Schönes Sofa …«, sagt er letztlich.
Der Kunde nickt. Seine Frau assistiert.
»Wir müssen allerdings«, sagt der Mann mit den ungekämmten Locken und der rotgeäderten Nase und streicht über seine Raumskizze, »noch eine Nacht darüber schlafen …«
Wie gesagt, an diesem Punkt war ich auch schon. Und habe das akzeptiert.
»Interessant …«, sagt Krupp, »und was ändert sich dann?«
»Wie?« Der Kunde ist irritiert. Ich auch.
»Wenn Sie eine Nacht geschlafen haben, was hat sich da geändert?«
»Ich mache das prinzipiell so …« Der Tonfall verschärft sich.
»Schauen wir noch mal die Maße an«, sagt Krupp, »was stimmt da nicht?«
»Die Maße stimmen …«
»Ist die Farbe ein Problem?«, fragt Krupp geradezu dümmlich-naiv.
»Ja …« Die Erleichterung glüht im Gesicht der Kundin. Sie ist optisch kaum von ihrem Mann zu unterscheiden. Außer vielleicht darin, dass ihr Mann die weichere Haut hat. »Die Farbe … Wir wissen noch nicht genau, ob wir eher hell oder dunkel oder …«

»Wir schicken Ihnen Farbmuster zu«, unterbricht Krupp, »in allen Farben. Kein Problem.«
»Wie gesagt«, hüstelt der Rotnasenkunde, »wir müssen eine Nacht ...«
»Was haben wir falsch gemacht?« Krupp bleibt gnadenlos. Der Mann dreht sich irritiert zu seiner Frau um. »Nein«, sagt er, »alles war prima. Die Beratung war super, das Sofa ...«
»Dann müssen wir was falsch gemacht haben ...«
»Nein, es ist alles in Ordnung ... wir brauchen das Ganze sowieso erst im Sommer ...«
»Aha ...«, sagt Krupp. Mir ist die Situation langsam ein wenig peinlich. Krupp bleibt cool. »Das Sofa braucht ohnehin ungefähr acht Wochen. Es wird mit Auftragseingang gefertigt. Wir können es aber für Sie einlagern. Dann liefern wir erst in drei Monaten ...«
Ich erwarte eine Schimpfkanonade. Stattdessen schauen sich die beiden an.
»Ach ...«, sagt der Mann leise, »so was geht ...? Wissen Sie, wir zahlen prinzipiell nichts an, aber Ihr Kollege da ...« Ihr böser Blick gleitet an mir vorbei. »Der Kollege hat gesagt, wir müssen etwas anzahlen.«
Das habe ich *so* natürlich nicht gesagt, nicht einmal ansatzweise. Aber es sind die kleinen Nuancen.
»Nein, das war vermutlich ein Missverständnis«, sagt Krupp. »Sie müssen nichts anzahlen. Aber wenn Sie es tun, geben wir Ihnen weitere fünf Prozent Skonto.«
»Und Sie arbeiten dann mit meinem Geld!« Der Gipfel an Entrüstung für einen deutschen Kunden.
»Wie gesagt, Sie müssen nicht. Aber dann können wir Ihnen diese fünf Prozent Skonto nicht geben. Das macht in Ihrem Fall ...« Krupp nimmt den Recher zur Hand und

addiert Zahlen zusammen. »Nun ja, eine Summe von dreihundertvierzig Euro ... Das ist eine Menge Geld. Das kriegen Sie bei keiner Bank.«

Das Argument beeindruckt. »Aber so viel Geld haben wir nicht dabei.«

»Kein Problem«, antwortet Krupp. »Machen Sie eine Überweisung, in aller Ruhe. Dafür haben Sie acht Tage Zeit ...«

Die Frau lächelt zum ersten Mal. Ich verstehe die Welt nicht mehr.

»Nein, nein ...«, beharrt der Mann eisern, wie ein Held in einem Actionfilm, wenn es darum geht, das Schicksal des Universums auf die eigenen Schultern zu heben. »Wir haben da Sachen gehört ...«

Mein Lieblingssatz mittlerweile. Was die Leute alles so gehört und gelesen haben. Was ihnen angeblich alles in einem Geschäft passieren kann. Der größte Skandal laut Verbraucherschutz: Es soll Menschen geben, die tatsächlich etwas gekauft haben! Und die mussten das Gekaufte dann auch noch behalten!

»Da geht ein Geschäft pleite, und die ganze Anzahlung ist futsch ...«

»Wir geben Ihnen eine Bankbürgschaft«, erwidert Krupp sachlich. »Ihr Geld ist abgesichert. Aber glauben Sie wirklich, dass dieses große Haus einfach so pleitegeht ...?«

Daraufhin will der Kunde sich in einem großen Finale aufplustern (wir erinnern uns: was er alles gehört und gelesen habe), aber seine Frau legt ihm die Hand aufs Knie.

»Das mit der Bankbürgschaft klingt doch gut«, sagt sie.

Und plötzlich kippt die ganze Situation. Dreißig Sekunden später unterschreibt dieser Nörgelkunde einen Vertrag.

Verwirrung. Völlige Verwirrung.

Einerseits bin ich froh darüber: ein Erfolgserlebnis. Ein Auftrag.
Andererseits verstehe ich diese Wendung im Gesprächsverlauf nicht.
Hallo Kunde, kann man das nicht einfach sagen? Probleme mit der Anzahlung und so weiter ...
»Kisch, Kunden sind sensibel bis zur Verblödung. Und sie sagen dir nicht, was in ihnen vorgeht.«
»Ich bin doch hier nicht als Psychologe eingestellt.«
»Du bist hier noch viel mehr«, antwortet Krupp und lacht. »Das wirst du noch merken. Du bist für die Kunden nicht nur Psychologe, sondern auch Animateur, Seelsorger und für manche sogar, ganz ernsthaft: Freund ...«
»Oh, wie ich mich auf diese Erfahrung freue ...«

15

Das ist alles Betrug!«
Die Gier ist unersättlich. Und zwar tagtäglich. Unentwegt mäandert dieser Gesprächsablauf.
»Ich will den Abteilungsleiter sprechen«, sagt ein Choleriker zum Einstieg. Schätzungsweise Ende fünfzig diesmal (das gefährlichste Alter, prädestiniert für den *Troublemaker*), seine Halsschlagadern treten pochend hervor. Und eine nickende Ehefrau daneben, nur ohne Halsschlagader. Merkwürdigerweise sind alleinstehende Männer im selben Alter nicht solche Schreihälse.
»Sofort!«, krakeelt der Mann im beigen Mantel. Offensichtlich geht er davon aus, dass der Ruf nach dem sogenannten Vorgesetzten irgendeine Bedeutung hat. Der

Kunde kann nicht wissen, dass es jeden Verkäufer diebisch freut, wenn der Abteilungsleiter verlangt wird. Das erspart mir den Umgang mit diesen Schreihälsen.
Letztlich geht es immer um das Gleiche: »Sie inserieren mit dreißig Prozent. Jetzt höre ich aber, dass diese Aktionsprozente nur von dem oberen Preis abgezogen werden. Dann ist das ja gar nicht so viel!«
Letztlich geht es immer darum: ICH WILL MEHR NACHLASS.
Rotkäppchen bekommt dann wiederum so ein säuselndes Timbre. Als ob er mit einem Schwerkranken spräche. »Vorteil, säusel, säusel, noch mal ein Nachlass für Sie, säusel, säusel, Sie sparen hier und heute …«
Das Problem ist, dass sich all diese Halsschlagaderkameraden beleidigt fühlen, wenn sich herausstellt, dass ihre Gier nicht zu hundert Prozent befriedigt wird. Sondern dass irgendwo im Hintergrund der Verdacht bleibt, dass das Geschäft noch ein Geschäft machen möchte.
»Das ist alles Betrug«, wiederholt der Mann, den weder Qualität noch Aufbau seiner favorisierten Rundecke interessieren. Sondern einzig und allein: ICH WILL MEHR PROZENTE!
Musterring, Joop, Benz und einige andere Marken versuchen seit einigen Jahren schon aus dieser Gierkette auszubrechen, indem sie (offiziell) keinen Nachlass gewähren, und erstaunlicherweise hält sich das Geschrei hier auch deutlich in Grenzen. Weil es *»quasi«* verboten ist. Und Verbote werden in Deutschland mit strahlenden Gesichtern eingehalten. Nur bei den freiverkäuflichen Produkten, um die herum die Rabattschlachten ablaufen, wollen sie mehr. Und noch mehr. Immer mehr! Und werden dabei offensichtlich immer unglücklicher …

»Da kann trotzdem was nicht stimmen …«, sagt der Mann, und seine Stimme verfällt in ein triumphales Meckern, »ich war nämlich bei der Konkurrenz …«
»Bei unserem Marktbegleiter …«, säuselt Rotkäppchen, wohl wissend, was jetzt folgt.
»Und da kostet die gleiche Rundecke fünfhundert Euro weniger!«, trompetet der Mann. »Das kann doch nicht sein, das gleiche Produkt!«
»Das kann auch nicht stimmen«, säuselt Rotkäppchen, wohl wissend, dass das sehr wohl stimmen kann. Und wohl auch stimmen wird. Wir sind nämlich ziemlich teuer. Zwar eines der größten Möbelhäuser Deutschlands, aber mit deutlich gesalzenen Preisen. Obwohl wir ständig inserieren und werben, wie preiswert wir angeblich seien. NIEMAND IST SO PREISWERT WIE WIR. Alles Blödsinn. Die Preise treiben einem die Tränen in die Augen, aber das weiß man natürlich nur, wenn man die Preise vergleicht. Und dieses Vergleichen wird möglichst unmöglich gemacht.
»Wir sind Mitglied in einem der größten Einkaufsverbände, da kann ich mir nicht vorstellen, blablaba …« Rotkäppchen spult wieder seine Platte runter, wie jeden Tag. Ich bin mir sicher, er hört sich dabei inzwischen selber nicht mehr zu, sondern zieht sich zurück in eine ruhigere Ecke seines Großhirns. »In dem unwahrscheinlichen Fall, dass ein Marktbegleiter günstiger zu sein scheint, blablabla, kann das nur daran liegen, dass die in einem anderen Einkaufsverband sind und als solcher mit dem Hersteller andere Margen abgesprochen haben, blabla, für eine Werbung oder so, blablabla …«
Letztlich dient das ganze ausgedehnte Gefasel nur dem einen Zweck, den Kunden runterzubringen und im Idealfall

eine harmonische Stimmung zu erzeugen, in der er dann etwas anderes kauft.
Das ist bekanntlich das einzige Ziel: Der Kunde soll kaufen.
Aus welcher Motivation ist zweitrangig. Hauptsache: Auftrag.
Kein Mensch kann sich schließlich vorstellen, dass es Preisunterschiede von satten dreißig Prozent geben könnte.
Hüstel. Doch.
Was bei einem Warenwert von zehntausend Euro mal eben eine Summe von dreitausend Euro ausmacht. Für nix. Beziehungsweise: für genau das Gleiche.
Und um das zu verschleiern, heißen die Modelle des Herstellers in jedem Möbelhaus anders. Oder sie werden abgewandelt, mit abgesetzten Armlehnen, mit anderen Griffen. Oder mit anderen Farben, auf jeden Fall mit irgendeiner Kleinigkeit, die es rechtfertigt, von »Exklusivität« zu faseln. Manchmal ist es verdammt schwer, die Originalmodelle wiederzufinden. Wenn ein Kunde überhaupt so schlau sein sollte, die Originalmodelle zu suchen.
Andererseits … Wer sich nicht auf die Mühe eines Preisvergleichs einlässt, ist doch prima zufrieden. Und erlebt noch die Freude des Kaufens.
Nicht zu vergessen: Der ganze Apparat muss schließlich bezahlt werden. Und dazu gehört nicht unwesentlich meine Person. Jede Rabattschlacht verringert dagegen meinen Lohn.
»Im Fernsehen …«, tönt nun die Frau des ewig beleidigten Kunden, »hat man uns gewarnt …«
Ganz ehrlich, ich hasse inzwischen dieses Verbraucherschutzgequatsche. In meiner Eigenschaft als Verkäufer,

Verzeihung: Einrichtungsfachberater, versteht sich. Weil auch solche Sendungen sich verkaufen müssen, nämlich mit Zuschauerzahlen, und deshalb allesamt einen entscheidenden Faktor ausblenden: die prinzipielle Ekelhaftigkeit des Systems. Nicht der böse Verkäufer ist der Fehler.

Kein Verkäufer lügt oder betrügt, weil er ein schlechter Mensch ist, sondern weil er Geld verdienen muss. Und das erreicht er nur über Verkaufszahlen.

Provisionen wiederum sind der Traum eines jeden Arbeitgebers (und deshalb auch so beliebt): kein Risiko, dafür fette Gewinne, und nie mehr nervige Diskussionen mit aufmüpfigen Gewerkschaften. Denn wer mehr Geld verdienen möchte, braucht einfach nur mehr zu verkaufen. Die Welt kann doch so einfach sein. Sie müssen nur mehr Umsatz machen – dann verdienen sie automatisch mehr Geld.

Letztlich erarbeite ich mir meinen eigenen Arbeitsplatz. Und zum Dank dafür schenke ich dem Unternehmer auch noch den Löwenanteil an meinem Umsatz. *Hurra!* Und wenn die ganze Chose nicht mehr läuft, dann heißt es: »Gehen Sie doch einfach …«

»Wir machen Folgendes«, sagt Rotkäppchen, offensichtlich genervt vom Diskussionsverlauf (zu *negativ*), und greift zu seinem Block. »Ich telefoniere mit der Industrie, was wir in Ihrem speziellen Fall machen können …«

Anschließend geht Rotkäppchen zu seinem Schreibtisch, ruft bei seiner Frau oder einem Kollegen an, tippt dabei wahllos auf seinem Computer herum und eilt dann mit gewichtiger Miene zurück.

»In Ihrem speziellen Fall, blablabla … könnte ich Ihnen Folgendes anbieten … einen Direktnachlass … oder einen Einkaufsgutschein …«

Die nachfolgende Diskussion des Ehepaars (handzahm) hangelt sich dann (wie immer) nur noch an der Frage entlang, welcher Vorteil besser wäre.
»*Und wo steht eigentlich geschrieben …*«, so der Standardspruch von Eulenberg an jedem verdammten Morgen, »*dass es die Pflicht eines Unternehmens sei, den günstigsten Preis anzubieten. Das wollen die Kunden so haben, klar. Aber es ist doch keine gesetzliche Vorgabe!*«

16

Sophie ist Schauspielerin. Mit Leib und Seele. Das ist wahrscheinlich der Grund, warum ich nur ihr mein Geheimnis anvertraue.
Sie arbeitet nämlich in einem Callcenter.
»Nix Neues?«, fragt sie meist zum Beginn unserer Treffen. Und ich antworte dann, dem Ritus folgend: »Projekte … Und bei dir?«
»Es gibt Gespräche …«
Ihr Gesicht ist vielen Deutschen bekannt, vor allem aus der Zeit, als sie eine Nebenrolle in einer TV-Soap angenommen hatte. Aber sie hat auch Theater gespielt, an großen Bühnen.
»Die Pausen dazwischen sind halt das Problem …«, sagt sie.
»Meine Pause ist schon eher beschämend …« Der Grad an Lebensberechtigung eines Reporters bemisst sich an der Häufigkeit seiner publizierten Ergüsse. Weniger an der Qualität.
»Kennst du niemanden, der dir helfen kann?«, fragt sie.

Schauspieler sind zwar ähnlich niederträchtig wie Journalisten, aber offensichtlich arbeiten derart viele Schauspieler in einem Brotberuf, dass man in ihrer Branche das Tuscheln eingestellt hat.
»Ich habe keine Kontakte. Beziehungsweise, meine Kontakte sind nicht in den wichtigen Positionen angelangt, wo sie mir helfen könnten. Abgesehen von denen, die plötzlich einfach so den Kontakt abbrechen …«
»Oh ja«, antwortet Sophie, »das kenne ich. Du hast wahrscheinlich an der falschen Stelle gehustet oder bei einem Witz zu laut gelacht. Ich weiß, all das rechtfertigt den Bannfluch auf Lebenszeit …«
»Das wäre alles nicht so schlimm«, sage ich, »wenn ich nach der Arbeit nebenbei ein paar Reportagen machen könnte. Aber das klappt zeitlich nicht …«
»Das kann ich auch nicht«, antwortet sie, »ich hangel mich von Engagement zu Engagement.«
Kleiner Einschub: Unsere Gespräche machen Spaß. Also uns. Weil wir uns dann nicht mehr ganz so alleine fühlen. Denn in der Welt da draußen gibt es nur strahlende Gesichter, erfolgreiche Schauspieler und vielbeschäftigte Autoren.
»Ich habe mich beworben«, setze ich die alte Leier fort, »wieder mal … und die haben wieder ganz komisch reagiert. Angeblich bin ich völlig überqualifiziert. Es war ihnen ein wenig unangenehm.«
»Offiziell heißt es dann: Wir suchen junge, hungrige Nachwuchstalente. Mit anderen Worten: billig. Und keine Widerworte. Niemals!«
»Ein erhebendes Gefühl, wenn du merkst, dass die dich für einen steinalten Greis halten. Ich bin Mitte vierzig!«
»Ich kenne das …«

»Weißt du, es ist vor allem diese Gleichgültigkeit, die mich krank macht …« Plötzlich ertappe ich mich wieder bei einer schmerzhaften Erkenntnis. Als Brillanzautor, als außergewöhnliche Begabung, habe ich doch auch vornehmlich an die Sinnhaftigkeit des Ganzen gedacht, und daran, dass es schon irgendwie weitergeht. Und dass mich der Absturz der anderen nicht interessiert.

Ich war: jung.

»Manchmal versuche ich, den ganzen Mist zu relativieren«, sage ich, »wenn ich an das Elend in der Welt denke. Und dass ich zumindest irgendwie einen Job habe …«

»Du denkst an das Elend in der Welt?«

»Nein … Ehrlich gesagt, denke ich mehr an die Maden im Speck. Die, die unverändert im Betrieb sitzen und fett werden …«

»Du willst also auch fett werden?« Sie meint das nett.

»Ja … Das ist das Schlimme. Ich will das System wahrscheinlich gar nicht ändern. Ich will nur selber noch gerade durchrutschen. Ich will nur wieder einen richtigen Job – und dann für den Rest meines Lebens die Klappe halten …«

»Tolle Aussichten …«

»Aber es gibt einen neuen Begriff in meinem Leben«, sage ich zum Abschluss, »ein Wort, mit dem ich früher nicht so viel anfangen konnte … Demut …«

SOMMER

1

»Einen wunderschönen guten Morgen!«
Du mich auch …
»Ist es nicht ein wunderschöner Morgen?!«
Diese Form der grenzdebilen Heiterkeit nennt sich: Verkaufsschulung. Endlich darf ich in den Genuss dieser legendären Geistvernichtungsversammlung kommen.
Jeden Morgen trampeln wir Auserwählten dazu vor Arbeitsbeginn in einen sauerstoffarmen Seminarraum, um die wesentlichen Grundlagen menschlichen Denkens und Handelns zu erlernen. *Freiwillig*, versteht sich, wie auch sonst immer. Und das heißt, genauso wie immer: unbezahlt. Weil ja freiwillig. Und, wie immer: zu unserem Nutzen.
Der Verkaufstrainer mit irgendeinem Namen (den man sofort wieder vergisst) sprüht schon bei seinem Morgengruß derartig vor positiver Energie, vor Elan und Esprit, dass man ihn zum Dank gleich aus dem Fenster schmeißen möchte. Tatsächlich: freiwillig.
»Die Welt ist nur ein Spiegelbild Ihrer Gedanken …«, sprudelt es gedankenlos aus ihm heraus, »und exakt so, wie Sie denken, verläuft Ihr Leben …«
Die wahre Unerträglichkeit an diesen Verkaufstrainern ist nicht einmal die quiekende Dürftigkeit ihrer sogenannten

Einsichten, sondern die unbedingte Überzeugtheit. Ein vollkommen geschlossenes Weltbild unsortierter Platituden, dafür aber ohne Ausnahmen, ohne Schlupflöcher, in dem sich das Weltentreiben wie in einem gigantischen Uhrwerk vorwärtsbewegt. Und jede Ungerechtigkeit zu rechtfertigen vermag, weil der Benachteiligte halt »falsch« gedacht haben muss. So einfach.
Und die wahre Zumutung (am frühen Morgen) besteht darin, dass dieser Herr Ohnesorg seine angelesenen Phrasen aus viertklassigen Esoterikschmökern ohne jede Skrupel nach vorne rumpelt, weil er weder über Lebenserfahrung noch über Bildung, geschweige denn über philosophische Grundkenntnisse verfügt.
Aber er kann strahlen.
Und grinsen.
Für einen Tagessatz, der meinem Monatslohn entspricht.
»Jeder Mensch ist für sein Schicksal selbst verantwortlich …« So und ähnlich prasselt es nun eine Stunde auf uns ein. Es gibt keine Begründung, warum das so sein sollte, es gibt keinen Ausweg. Und die wichtigste Botschaft dabei lautet stets: Die Reichen haben immer recht.
So summiert er sein Mantra (also wiederkehrend, und wirklich dauernd wiederkehrend), dass Reichtum einzig und allein aus dem eigenen Streben entstehe. In diesem geschlossenen Weltbild gibt es keine Erben, keine Betrüger, nicht einmal Lottogewinner. »Wenn Sie reich werden wollen«, tönt Herr Ohnesorg, »müssen Sie gewisse Regeln beachten …«
Das Absurde ist, dass dieser esoterische Plumpaquatsch überall in der sogenannten freien Wirtschaft zu beobachten ist, zumindest überall dort, wo es darum geht, Waren zu verkaufen. Und dass diese »Geschäftsleute« gleichzei-

tig aber so einen unglaublichen Wert auf ihre Rationalität legen. Und nichts mit irgendeiner Form von Spiritualität zu tun haben wollen.
»Kann man das wirklich so allgemein sagen?« Ich halte es einfach nicht mehr aus. Also ein vorsichtiger Einwand, nach schätzungsweise einer Stunde.
Automatisch misstrauisch beäugt. Klar: *negativ.*
»Das ist alles wissenschaftlich belegt ...«, verbrennt Herr Ohnesorg meine Anfrage in einem Atemzug. Und bewegt sich damit ungefähr auf dem Niveau, das alle Stammtischschwätzer vorbringen.
»Bei allem Respekt ...«, so meine zweite respektlose Anmerkung, »aber was soll das bitte schön heißen: *wissenschaftlich belegt*?«
»Herr Kisch ...«, meldet sich daraufhin eine Stimme aus der hinteren Reihe. Mit Nachdruck. Es ist der Abteilungsleiter aus dem Schlafzimmer. Jeden Morgen sitzt abwechselnd einer der Vorgesetzen im Dunkeln, um zu kontrollieren, dass wir Neuen brav der Gehirnwäsche folgen. »Wir wollen hier nicht rumdiskutieren, Herr Kisch. Hören Sie zu, und lernen Sie ...«
So etwas nennt man in diesen Kreisen vermutlich einen wissenschaftlichen Diskurs.
Mit meinen zwei Anmerkungen habe ich offensichtlich schon zu viel gesagt. Der Trainer gibt automatisch Meldung an Braun, wenn sich ein Verkäufer respektlos (das heißt: fragend) verhält, und der wiederum rennt unverzüglich zum Alten. Und wenn der Alte schlechte Laune hat (und die Umsatzzahlen eines Neuen ihn nicht vom Hocker hauen), dann kann es schon mal heißen: *Sie brauchen morgen nicht mehr zu kommen.* Oder, positiv gesprochen: *Vielen Dank für Ihren Einsatz.*

Mein einziger Trumpf ist, dass meine Zahlen zufriedenstellend sind.
»Das Geld liegt auf der Straße«, predigt der Trainer über mich hinweg, im großen Finale, und demonstriert sein bestes Lächeln. Mit gelben Zähnen. Meister Ohnesorg ist angeblich ein Vollblutverkäufer, der das Verkaufen im Kindesalter begann und seitdem nichts anderes mehr will und kann. Zumindest erzählt er so was. Und ich frage mich (selbstverständlich schweigend), warum er es dann aufgegeben hat.
»Sie brauchen das Geld nur aufzuheben. Dafür benötigen Sie nicht einmal viele Kunden, Sie müssen nur ...«
Brabrabraa ... *Abschalten.*
Als Nächstes zeigt er ein Video aus Amerika. Unverändert das Mekka für leicht debile Marketing-Erbauung. »Der Fischmarkt in Seattle ...«, begeistert sich der Trainer und springt herum, als arbeite er als Animateur auf einem Kindergeburtstag, »der Pike Place Fish Market ist weltberühmt ... und Kult ...« Anschließend sehen wir unterbezahlte Arbeiter auf einem jawohl: Fischmarkt, die von Touristen fotografiert werden und vor Videokameras erzählen, wie toll ihre Arbeit sei und was für ein unglaubliches Vergnügen.
»Und was ist das Geheimnis dieses Erfolgs?«, trötet der Trainer. Er steht offensichtlich kurz vor einem Orgasmus. »Freude an der Arbeit, Spaß am Verkauf, Motivation und nochmals Motivation ...«
»Wahnsinn ...«, hustet einer von den Neuen. Ich würde es vorsichtig als Ironie deuten.
Ansonsten Stille.
»Ich habe letztes Jahr auch so einen Film über den Fischmarkt gesehen ...«, räuspert sich ein altgedienter Verkäu-

fer. Diese Verkaufsseminare dienen den Vorgesetzten auch als Strafe, wenn sich ein Festangestellter zu aufsässig verhält. Dann heißt es: Sie *dürfen* noch einmal teilnehmen! *Freiwillig*, versteht sich. Jeden Morgen. Unbezahlt.
»Und letztes Jahr ...«, versucht sich der Altgediente, »in dem ersten Teil ... da waren ganz andere Leute als jetzt in dem zweiten Teil. Ich meine, wenn es da doch so toll ist, warum sind die nicht mehr dabei?«
Eine peinliche Stille steht im Raum.
Der Abteilungsleiter räuspert sich daraufhin ebenfalls, lauter allerdings und in einem anderen Duktus, und notiert sich den Namen. Das war gefährlich. Es könnte als kritisches Denken gewertet werden. Darauf steht Abmahnung.
»Ich weiß nicht, worauf diese Äußerung abzielt ...«, sagt Herr Ohnesorg und fuchtelt ungelenk mit den Armen. »Und deshalb lasse ich sie einfach im Raum stehen. Wir wollen uns zukünftig nicht mehr von negativen Gedanken beherrschen lassen, wir wollen nur noch positiv denken! Denn positives Denken führt uns zum Erfolg!«
Damit dieser Erfolg sich auch wirklich in unserem Denken breitmacht, dürfen wir ab jetzt eine weitere freiwillige Aufgabe übernehmen. Jeden Morgen müssen wir nun einen Zettel ausfüllen, auf dem wir notieren, wie viele Kontakte wir am Tag haben wollen und welchen Umsatz wir uns vornehmen. Abends wiederum ergänzen wir den Quatsch vom Morgen mit den tatsächlich erbrachten Zahlen. Woraus man dann nach einer Woche, einem Monat eine stringente Logik ersehen kann. Fantastisch! Verkaufen wird zu einer wissenschaftlichen Kurve, gefüttert aus Kontakten, Ansprachen, Abschlüssen. Braun steht auf so was. Verkaufen ist für ihn eine logische Konsequenz aus einigen weni-

gen Zutaten. Deshalb gibt er auch stets zu Beginn des Jahres eine Umsatzsteigerung von drei Prozent aus, die dann geschafft werden muss. Weil sie als Ziel feststeht.
»Und dann ist alles nur noch Kopfsache!« Das ist so ein klassischer Braun-Spruch.
»Ist das ein freiwilliges Instrument?«, frage ich in die Runde.
Ängstliches Ducken meiner Nachbarn.
»Wie soll ich das verstehen?«, fragt der lustige Launebär.
»Ich meine, ist das ein Vorschlag, bei dem wir uns überlegen können, ob wir das als Steuerinstrument ausprobieren … oder ist das Pflicht?«
»Sie füllen morgens gemeinsam die Zettel aus …«, antwortet Meister Ohnesorg und hüstelt ein wenig, »und abends werden die Zettel alle wieder eingesammelt. Und ihr jeweiliger Abteilungsleiter trägt die Werte in den Computer, in eine Statistik ein …«
»Okay«, sage ich, »also die übliche Form von *Freiwilligkeit …*«
Daraufhin arbeitet der Stift des Abteilungsleiters wieder schneller.
Diese Form von Schärfe ist eindeutig *negativ*.

2

Hey du, komm mal her!«
So geht es natürlich auch, als Höflichkeitsform der Anrede. Von einem Schnösel (wie man früher sagte), Ende zwanzig, gegelte Haare und wie zu erwarten: im Benz-Studio. Für mich zumindest erwartungsgemäß, denn die

Marke Benz übt auf solcherlei Klientel eine geradezu magische Wirkung aus. Es gibt teurere Marken, es gibt möglicherweise edlere Marken – aber Benz reizt *Jungs*.
Und von einem halb so alten Affen geduzt zu werden, adelt natürlich den Tag.
»Erzähl mir mal was ...« Der Affe sieht mich nicht einmal an, während er meine rhetorischen Fähigkeiten beansprucht, und legt demonstrativ seinen Autoschlüssel auf den Tisch. Ein dickes BMW-Logo. Vermutlich möchte er mit dieser beiläufigen Geste unterstreichen, welchen Ausbund an Großartigkeit ich hier vor mir sehe. Und welches Genie ich jetzt bedienen darf.
DIENEN, großgeschrieben, denn diese Jüngelhaftigkeit will genau das: einen Lakaien, einen Laufburschen. Und wieder genau das, was ich mittlerweile täglich bei Deutschen erleben darf: Letztlich wünschen sie sich die Wiedereinführung der Sklaverei.
Es stört mich aber nicht. Dieser ganze Job, dieses Klima ist so zehrend, dass die brutalste Form an Niederträchtigkeit in ihrer Massierung eher lustig ist.
»Das ... ist ein Sofa ...«, sage ich ohne Ironie.
»Oh, welche Neuigkeit. Hör mal ...« Ewig diese Duzerei.
»Ich hab diese Dreier schon lange im Blick, ich will die haben, zwei davon, aber in Schwarz ...«
»Kein Problem ...« Ich bleibe stets höflich und devot.
Auffällig ist nur, dass seine Begleiter allesamt schweigen.
Und dass sowohl seine Freundin als auch das zweite Begleitpaar einen netten und gar nicht mal so dummen Eindruck machen.
»Aber gutes Leder, ne, hörst du, kein Kirmesleder ...« Er lümmelt sich in das Sofa und legt beide Beine über die Lehne.

»Kein Problem …« Ich fahre den Lederwagen auf, greife eine Lasche mit passenden Farbtönen heraus und drapiere der Truppe einige schwarze Lappen vor die Augen. Schließlich ist es nicht auszuschließen, dass dieses Prachtexemplar einen Auftrag unterschreibt. Und wenn ich eines inzwischen gelernt habe, dann ist es der Umstand, nicht mehr Auftreten, Aussehen oder sonstige Ekelhaftigkeiten zu werten. Die abgewracktesten Staubfänger entpuppen sich mitunter als kaufkräftige Stammkunden. Es gibt keine Merkmale, keine Charakteristika, die zweifelsfrei erkennen lassen, welcher Kunde kauft. Die sogenannte Menschenkenntnis, auf die wir alle so stolz sind (und ich war einer der Stolzesten), bitte an der Garderobe abgeben. Sie existiert nicht, zumindest nicht, wenn es um das Verkaufen geht.
Und dort zählt am Ende nur die Unterschrift.
»Also, Butter bei die Fische, was kostet das Ding in dem schwarzen Leder? Zusammen mit der Zweier, so wie es hier steht …«
»Diese Größe?«
Der Affe nickt. Dümmliches Grinsen, Bauchkraulen. Und die Arme winkelt er noch ein wenig gemütlicher an, in seiner Liegehaltung.
Ich schaue auf das Preisetikett, addiere kurz im Kopf.
»Abgerundet …«, kurzes Lächeln (auch wenn ich den Kerl zum Kotzen finde), »beide zusammen … neuntausend Euro …«
»Kein Problem«, antwortet der Affe nüchtern, »aber … ich zahle nie, was auf dem Etikett steht.«
»Aha …« Soll Interesse heucheln, meint aber in Wirklichkeit: Gähn.
»Prinzipiell nicht. Auch nicht im Restaurant. Und im Geschäft müssen es mindestens zwanzig Prozent sein.«

»Mindestens, aha … zwanzig Prozent … Wir können schauen …«

»Ne, nee, Junge …«

Oh, ich hasse diese Duzerei!

»Junge, Benz, ich zahle doch nicht den Namen, ich bin doch nicht bekloppt.«

Währenddessen schleicht Ömer um uns herum und stellt sich an den Lederwagen. »Herr Kisch, haben Sie das Leder 15?« Vor Kunden existiert schon noch die Höflichkeitsform. Wobei »Leder 15« so ein Codewort ist. Seine Bedeutung: Komm her, auf der Stelle!

Als ich irritiert folge und neben Ömer stehe, fragt er leise: »Soll ich den Blödmann für dich klarmachen?«

Ich verstehe zwar nicht, was Ömer damit meint, aber ich nicke. Er ist ein ausgekochter Profi, er hat mich allerdings nie hintergangen, wie andere in diesem Laden. Ömer hat es auch nicht nötig; er ist hinter Krupp einer der besten Verkäufer, allerdings mit weniger Aufwand, wie er immer lächelnd sagt. Ohnehin ist es interessant, dass in allen Abteilungen (und auch in den konkurrierenden Möbelhäusern) Deutschtürken zu den Besten gehören.

Also stolziert Ömer mit kraftvollen Schritten auf den Affen zu und gibt ihm ebenso testosterongestärkt die Hand. »Ich bin hier der stellvertretende Abteilungsleiter, Sie möchten diese Benz-Couch kaufen?!«

»Aber nicht für *den* Preis.« Der Affe lacht. Und wieder fällt mir auf, dass seine Freunde die ganze Sache eher distanziert betrachten.

»Was meinen Sie damit?«, fragt Ömer scheinbar interessiert.

»Neuntausend Euro. Ihr seid doch verrückt! Das ist doch nur der Name!«

»Aber Sie wollen diesen Namen haben …«
»Ich sag dir was: Für sechstausend Euro nehme ich die auf der Stelle mit. Zack, auf die Kralle.«
Ömer sieht ihm in die Augen, schweigt kurz und sagt dann tonlos: »Das kriege ich dargestellt. Und ich pack noch was drauf: fünftausendneunhundert Euro! Ich hol schon mal den Vertrag.« Ömer dreht sich um und geht in Richtung Schreibtisch.
»Hey!« Der Affe springt aus seiner Entspannungshaltung auf die Beine und hampelt hektisch mit den Beinen. »Langsam, Alter … ich muss erst mal messen, ob die bei mir reinpasst …«
Ömer dreht sich wie in Zeitlupe um und redet aus zwei Metern Entfernung. »Was wollen Sie messen? Sie kennen dieses Modell doch in- und auswendig. Sie haben gesagt, für sechstausend Euro nehmen Sie alles mit. Ich habe sogar noch einen Bonus draufgelegt.«
»Ich muss erst mal messen …«
Ömer beschleunigt näher. »Sie sind ein Großmaul, nichts weiter.« Ömer schüttelt der Affenfreundin demonstrativ die Hand. »Sie sind eine schöne Frau, Sie tun mir leid, dass Sie mit so einem Mann befreundet sind …«
Auch dem zweiten Pärchen winkt er und geht ansonsten grußlos aus der Halle.
Ich ordne währenddessen schweigend Ledermuster. Wenn ich ehrlich bin, habe ich ein Riesengeschrei erwartet, vielleicht sogar eine Schlägerei. Aber die Vierertruppe sitzt lediglich bedröppelt in den Sesseln.
»So was musste dir mal passieren«, sagt plötzlich die Freundin leise und drängt zum Aufbruch. Und sie schaut äußerst düster.

»Wie bist du auf diesen Irrsinnspreis gekommen?«, frage ich Ömer später in der Cafeteria.
Vor allem, ohne einen Vorgesetzten zu fragen. Wir dürfen ansonsten keine Preisnachlässe gewähren, nicht mal zehn Cent. Alles muss von oben abgesegnet werden. Wenn ich für diese Heiligsprechung dann um die Ecke gehe, um telefonisch einen Preis zu erfragen, denken viele Kunden, es sei Show. Es gibt Gerüchte, man setzt sich auf einen Stuhl und überlegt ein bisschen, ob es morgen wohl regnen wird. Mag sein, dass es Branchen gibt, wo das möglich ist. Aber in diesem Haus ist jede Preisverhandlung Chefsache. Und ein derartiger Nachlass, bei einer Marke wie Benz, hätte vom Eigentümer persönlich abgesegnet werden müssen. Selbst bei einem ausgekochten Hund wie Ömer.
»Der hätte im Leben nicht gekauft, das war mir sofort klar«, antwortet Ömer. »Aber ich wollte nicht, dass er dich weiter quält.«
»Na, Oma ...«, schreit in diesem Moment Müller über den Gang, »wolltest du wieder einem anderen den Kunden klauen? Der Kisch ist zu blöd, hast du gedacht, mit dem kannste das machen ... «
»Halt's Maul, Idiot!«
Der alltägliche Umgangston zwischen den Kollegen ist rauh, wie auf einer Baustelle. Sobald die Kunden aus dem Blickfeld sind, fallen Schimpfwörter und Drohrufe.
»Die Wahrheit kannst du nicht vertragen«, brüllt Müller zurück, »fehlt dir der Grips für, du Schafhirte ...«
»Verpiss dich, du schwuler Idiot!«
»Was ist, du Paselacke ...«
Mit jedem Satz sind die beiden weiter aufeinander zugegangen, bis sie sich Stirn an Stirn gegenüberstehen. Müller

ist bekannt (eher: berüchtigt) für diese Form der innerbetrieblichen Kommunikation. Vor allem ist er bekannt dafür, dass er an umsatzschwachen Tagen die Grenze zwischen Zivilisiertheit und Steinzeit stufenlos weiter aufweicht. Ohne Folgen übrigens. Alle wissen das, sowohl der Abteilungsleiter als auch der Geschäftsführer. Aber Müller ist an guten Tagen eine Bank. Und wer gute Umsätze schreibt, darf sich hier alles erlauben.
»Herr Müller …«, hüstelt es plötzlich aus der zweiten Etage. »Könnten Sie mal eben …«
Das ist ansonsten wieder einmal alles. Kein Nachfragen, kein Abmahnen. Letztes Jahr hat Müller einem (inzwischen abgewanderten) Verkäufer die Nase gebrochen, weil der ihm angeblich einen Kunden weggeschrieben haben soll. Folgenlos, versteht sich. Weil Müller gute Umsätze schreibt. Der Alte, heißt es, mag es, wenn die Verkäufer sich untereinander auf die Fresse schlagen. Dann reden sie weniger miteinander. Und laufen mehr, um zu verkaufen.
That's capitalism.
Nicht schlecht, denke ich so naiv vor mich hin. Ich kenne ansonsten nur wenige Unternehmen, in denen so etwas geduldet wird. Wobei, wohlgemerkt, es natürlich nur so lange geduldet wird, wie es kein Kunde sieht.
Sobald sich ein Kunde darüber beschweren würde, hätte auch Müller Probleme. Aber die Käufer wissen das nicht. Vermutlich würde es sie auch nicht interessieren – wenn sie zum Dank fürs Wegschauen einen zusätzlichen Rabatt erhielten.
Also sind alle zufrieden, wie immer: Der Umsatz stimmt.

3

Warum können wir nicht einfach verkaufen und müssen die Leute stattdessen unentwegt belügen?«
Zugegeben, ein schlechter Tag. Wieder morgens zu diesem überflüssigen Verkaufsseminar, heißt also: früher aufstehen, früher losfahren und dann dieses Heinzelmännchen bei seinen verbalen Kriegserklärungen beobachten.
Und das alles nach einer weiteren schlaflosen Nacht.
Trotz aller Sorglosigkeit, aller *demonstrativen* Sorglosigkeit, weil ich doch ohnehin nichts ändern kann, wie ich mir einrede, immer wieder einsage, *es liegt nicht an dir*, kommt es zunehmend dazu, dass ich nachts wach liege. *Sich dem Leben überlassen*, habe ich irgendwo gelesen, und der Satz gefällt mir, weil es mich ein wenig entlastet. Trotzdem kann ich oft nicht einschlafen.
Dann durchlaufen Wellen der Sehnsucht meinen Körper. Es geht nicht um Sex. Ich sehne mich vielmehr nach einem Bürostuhl. Nach einem richtigen Beruf, einer Aufgabe und wirklichen Kollegen.
Ich sehne mich nach einem Sinn im Leben.
Klingt das zu hochgestochen? Krupp und Eulenberg reden genauso.
Nachts werde ich dann plötzlich aufgeschreckt und sehe meine Talente, meine Möglichkeiten, dann will ich aufspringen und irgendetwas anleiern. In diesen frühen Morgenstunden beschließe ich jeweils eine wahre Bewerbungskanonade an jeden auch nur halbwegs passenden Adressaten – bis mich die Erschöpfung langsam zur Vernunft bringt.
Und ich mir vornehme, keine Erwartungen mehr zu hegen. Genau gegenteilig also. Keine Ziele, keine Pläne, um mich nicht pausenlos zu frustrieren.

Habe ich irgendwo gelesen, im *Hier und Jetzt* zu leben … Im konkreten Augenblick. Ohne Wertung …
Schönes Buch, denke ich dämmrig. Und so weise. *Loslassen*, heißt es in dem klugen Buch.
Aber vor mir poltert Herr Ohnesorg und lässt mich leiden.
»Belügen …«, sagt er leise, fast schon besorgt, »das klingt so … negativ …«
Augenblicklich erfüllt die Rotationsgeschwindigkeit eines Kugelschreibers den Raum. Diesmal sitzt ein anderer Abteilungsleiter im Raum und notiert meine Aussage. Wir erinnern uns, negatives Denken ist tödlich. Belügen und betrügen, das ist alles in Ordnung, solange es eine *positive* Grundlage hat. Denn: *Alles ist gut*.
Ich könnte schon wieder kotzen. Am frühen Morgen.
»Die Leute werden von morgens bis abends belogen«, doziert Meister Ohnesorg, »überall, wo sie hingehen. Die Menschen werden von Politikern belogen, von ihren Partnern, von den Gewerkschaften – aber wir Verkäufer geben ihnen wenigstens ein gutes Gefühl dabei! Bei uns fühlen sie sich wenigstens wohl!«
»Alles ist gut«, sage ich und nicke. Es hat sowieso keinen Sinn.
Abschalten …
Im weiteren Verlauf wird die Strategie des Verkaufens dahingehend ausgeführt, dass wir den Kunden nach seinem Eintreten erst einmal laufen lassen sollen. Wir sollen ihn nicht ansprechen, solange er in den Gängen unterwegs ist. Erst mal umschauen lassen. Nicht nerven. »Den Kunden erst dann ansprechen«, doziert Ohnesorg, »wenn er bei einem Produkt wirklich stehen bleibt und es betrachtet …«
In der Realität lässt sich das natürlich kaum durchhalten. Gerade an schlechten Tagen. Sobald ich dann zu lange *be-*

obachte, springt garantiert einer von den Profis dazwischen und quatscht den Kunden tot. Also muss ich selber manchmal die Regeln verletzen.

»Raus aus der Komfortzone!«, predigt der Trainer und schreibt es zur Unterstützung auf ein Flipchart. »Ran an den Speck. Wer sich geniert, hat schon verloren!«

Ran an die Leute! Das ist so mühselig. Immer wieder raus aus der anerzogenen Höflichkeit und gleich mitten in ein neues Gespräch. Das zehrt an solchen Tagen wie heute. Wenn du am liebsten nur schreien und wegrennen willst. Es laugt dich aus, es raubt dir wirklich jede Energie. Weil du umgekehrt den Leuten etwas gibst. Deine Freundlichkeit, deine Aufmerksamkeit – deine Seele.

All das ist nur zu ertragen, wenn du zu der Erkenntnis kommst, dass Geldverdienen das Ziel deines Lebens ist. Nur dann geht das. Nur dann trägt es dich. Dann treibt dich das Adrenalin weiter, und jede Niederlage peitscht dich wieder vorwärts.

Aber mir fehlt diese Erkenntnis. Vielleicht ist es auch ein Gendefekt.

Nur darf ich das nicht laut sagen, weil ich ansonsten gleich wieder ein Verkaufsseminar besuchen muss oder sogar meine Kündigungspapiere erhalte.

4

Jeden Morgen gibt es eine sogenannte Besprechung. Es gibt nichts zu besprechen, aber wir dürfen dafür weitere fünfzehn Minuten unserer Lebenszeit verschenken. Unbezahlt, versteht sich.

Habe ich das schon einmal geschrieben? Alles wiederholt sich hier, Tag für Tag, in einem Kreislauf des Schreckens. Also geht es jeden Morgen erneut um die Umsatzzahlen der einzelnen Verkäufer, wer wann wie viel gemacht hat und wie gut er oder sie damit steht, und was sich dabei noch verbessern lässt. Damit die jährlich beschlossene Umsatzsteigerung ein Spaziergang wird.
Abschalten …
Diese Welt, die ausschließlich aus Geld besteht und in der nicht einmal das kleinste Nebengeräusch erlaubt ist, keine Kultur, keine Spiritualität, keine Intelligenz, erst recht kein Humor, ist wirklich unglaublich ermüdend.
Inzwischen höre ich auch nicht mehr zu. Darin bin ich mittlerweile ein Profi wie die anderen. Es ist diese oft beschriebene Form des deutschen Duckmäusertums, die ich selber (*früher …*) so verabscheut habe. Diese Unfähigkeit, Unwilligkeit, aufzustehen und etwas zu ändern. Diese Schwäche: immer nur zu nicken. Höchstens mal die Faust zu ballen; schweigend. Heimlich. Und den Frust in sich hineinzufressen.
Möglicherweise ist diese andächtige Form des Schweigens der Grund, weshalb Rotkäppchen wieder zu Beleidigungen ausholt. »Gestern habe ich etwas gemerkt …«, beginnt er seine Suada, die das Verhalten eines Verkäufers beschreiben wird.
Immerhin belässt er es bei Verachtung ohne direkte Schuldzuweisung, dafür eröffnet ihm die Anonymität aber umgekehrt die Steilvorlage, um noch ein wenig tiefer unter die Gürtelline zu treten. Eine wahre Wonne an Beleidigungen und Menschenverachtung, die sich in den folgenden Minuten über uns hinweg ergießt. Bis ihm der Speichel aus dem Maul fließt.

»Wir sind hier Champions League!«, kommt Rotkäppchen zum Ende und haucht aus: »Ich wünsche Ihnen einen erfolgreichen Tag …«

5

Es hätte mich stutzig machen müssen. *Zu spät.*

Wenn Krupp und Eulenberg vor einem Kunden Reißaus nehmen, dann ist Gefahr im Verzug. Aber ich bin zu langsam, stehe direkt vor dem Info-Schild und kann dem Winken des Kinnbartträgers nicht mehr ausweichen.

»Guten Tag«, sagt der Mann in forschem Ton zur Begrüßung.

»Wir sind Akademiker«, setzt seine Frau die Ansprache fort, als sei diese Information in einem Möbelhaus von prinzipieller Bedeutung. »Studienräte …«

Kunstpause.

Ihr Mann gehört zu dieser neuen Generation von Sechzigjährigen, die in der Freizeit Baseballkappen tragen. Neben einem gleichmäßig geschorenen Kinnbart. Und nach einem kurzen Geplänkel über gewünschte Produkteigenschaften (Eiche, hell, höchste Qualitätsanforderungen, aber nicht bereit, Geld auszugeben) sucht er den dummen Verkäufer vor sich mit einer Ansammlung von Halbwissen zu beeindrucken.

»Es gab ursprünglich fünf Beatles, wussten Sie das?«

»Nein!«, gebe ich ihm begeistert zurück, weil er diese Reaktion von einem dummen Verkäufer halt so erwartet. Obwohl diese Geschichte einen Bart hat, der mindestens bis Neuseeland reicht.

»Kolumbus wollte eigentlich Indien entdecken, wussten Sie das?«
»Nein!«, antworte ich. »Was Sie alles wissen!« Zum ersten Mal habe ich Verständnis für Julia Birnbaum.
»Mein Mann ist sehr klug«, assistiert die Ehefrau und kichert.
Solche Kunden nennt Krupp immer Wunderkerzenphilosophen. Kurz brennen sie auf, dass die Funken nur so sprühen und alles erleuchtet scheint. Und nach einer Weile bleibt nichts übrig außer einem albernen schwarzen Draht, den man achtlos wegschmeißt. Und Gestank.
Das sind genau diese Kunden, die erst einmal tagelang durch alle Möbelhäuser der Umgebung fahren und dann in jedem Möbelhaus stundenlang um hundert Euro feilschen. Aus Prinzip. (Lehrer eben!) Alter Erfahrungswert laut Krupp: Die härtesten Feilscher haben es am wenigsten nötig, zu handeln.
»Und diese Schrankwand hier, die könnte Ihnen gefallen …?«
»Genau, aber anders …«
Ich nehme meinen Skizzenblock zur Hand, der mir einen Hauch von Souveränität geben soll, male und schraffiere Glastüren, Vitrinen und Unterteile. Während ich den beiden Schlaumeiern ausrechne, was das begehrte Stück Holz kosten würde, nervt er schon wieder mit seinem Lieblingsausdruck. »Rechnen Sie gut, dann ist alles fein-fein-fein.«
»Aber immer«, antwortet der dumme Verkäufer und präsentiert eine sauber addierte Summe.
»Hmm«, sagt der Studienrat und kratzt sich am Kinnbart. Gleichzeitig öffnet seine Gemahlin ihre Handtasche und präsentiert in einem triumphalen Gestus ihre Digitalkamera.

»Bei Ihrer Konkurrenz ist die Wand vierhundert Euro billiger!« Sie wackelt unentwegt mit ihrer Kamera vor meinem Gesicht herum und will damit wohl belegen, dass eine ähnliche Anbauwand in einem anderen Möbelhaus steht.
Das Problem ist: Auf Fotos erkennst du gar nichts. Nicht mal als Profi. Und es geht nur um die Feinheiten, um die Holzart, die Verarbeitung, die Extras, nicht um das grobe Ganze. Aber das kann ich so einem Lehrer, der alles weiß, schlecht verklickern. Vor allem nicht als dummer Verkäufer.
Trotz des schlechten Fotos dechiffriere ich das Modell als eine vertraute rumänische Billigkopie aus Sperrholz, die mit dem deutschen Massivholzvorbild nicht zu vergleichen ist. In Gedanken gratuliere ich dem Konkurrenten, wie man so einen Vollschrott derart überteuert anbieten kann.
»Sie meinen, das sei der gleiche Schrank?«
»Ich kenne Ihre Spielchen«, beginnt der Studienrat nun zu maulen. »Das ist derselbe Schrank!«
»Sie haben aber schon gesehen, dass auf dem Modell bei uns die Türen einen Dämpfer haben und die Schubladen sich selbst einziehen ... Bei dem Modell auf Ihrem Foto möchte ich da nicht unbedingt ...«
»Trotzdem ...« Wenngleich kleinlauter.
»Aha ...«, antworte ich, »also *trotzdem ...*«
Wer im Möbelgeschäft um Preise feilschen möchte, braucht zumindest eine halbwegs realistische Vorstellung vom gängigen Marktpreis. Einfach nur rumfahren und Preise aufschreiben ergibt noch keinen Preisvergleich. Dazu bräuchte man schon den Hersteller und die genaue Modellbezeichnung. Und genau das erfährt man in den wenigsten Häusern.

»Und kommen Sie mir jetzt nicht mit einem Gratis-Lederpflegemittel!«
»Oder mit kostenloser Lieferung!« Die Gattin faucht ihrem Mann direkt hinterher, in so einem schnippischen Ton.
Von Höflichkeit, Freundlichkeit oder gar Respekt will ich gar nicht mehr ausgehen. Es herrscht die blanke Panik, man könne verarscht werden. Damit nehmen sie sich allerdings auch jede Freude am Einkauf.
Kurz gefasst: Es ist der reine Stress.
»Wir sind nicht wie die anderen Kunden«, krakeelt sie wieder. »Mit uns können Sie das nicht machen!«
»Was mache ich denn?«
»Vielleicht nicht Sie persönlich … aber Verkäufer im Allgemeinen …«
»Was machen die denn?«
»Die versuchen uns für dumm zu verkaufen!«
»Entschuldigen Sie, warum kaufen Sie dann nicht einfach im Internet? Da stört Sie niemand und Sie …«
»Nein, nein …« Er keilt sofort dazwischen, wieder mit dieser altklugen Pädagogen-Attitüde. »Wir kaufen doch nicht die Katze im Sack. Fotos können lügen! Wir wollen die Sachen anfassen, und wir wollen sehen, wie das in realitas wirkt.«
»Interessant …« Kleine Kunstpause meinerseits. »Sie möchten schon noch mit jemandem sprechen und Fragen stellen … Das Problem ist nur: Das kostet alles Geld. Dieses Haus, um die Möbel auszustellen, die Sie anfassen wollen, kostet Geld, die Angestellten kosten Geld, die Handwerker, die sich um Ihre Reklamationen kümmern, die kosten Geld …«
Beide stieren mich an.

Ein heikler Moment. Ich bin mir nicht sicher, ob ich nicht zu weit gegangen bin. Aber die beiden Akademiker bleiben bislang zumindest ruhig.
Kurzes Nachfassen.
»Ich kann Sie verstehen, schließlich ist das ein Trend in der Gesellschaft, möglichst alles billig, billig, billig ... Ich hab da aber was für Sie. Etwas anders im Design, aber wir gehen noch zweihundert Euro unter den Preis unseres Mitbewerbers ... Weil Sie es sind. Ich meine, Sie werden verstehen, noch billiger geht es nicht ...« *(Heul, heul, heul)*
Und, wie zu erwarten: Sie sind begeistert. Für Sperrholzschrott. Null Geschmack, null Ahnung, aber dicke Lippe.
»Dann ist alles fein-fein-fein ...«
»Genau«, antworte ich. »Es war mir ein Vergnügen, Ihnen helfen zu können.«
»Wir haben zu danken«, sagt der Mann mit strahlenden Augen, »wissen Sie, für einen Verkäufer sind Sie gar nicht mal so dumm ...«
»Einrichtungsberater ...«, antworte ich trocken, »daher kommt der falsche Eindruck ... Wir sind Einrichtungsfachberater ...«

6

Die Sonne scheint.
Oder netter ausgedrückt: Es ist zum Kotzen!
Mir steht das Wasser bis zum Hals, weil kaum noch Kunden von draußen kommen. Weil es dort so heiß ist. »So schöön«, wie die wenigen Kunden begeistert flöten.

Ulrike gibt mir deshalb abends schon keinen Begrüßungskuss mehr, sondern einen Überblick über die finanzielle Situation. Und die jeweils aktuellen Rechnungen.
Die Bedeutung des Wetters für das »Einkaufserlebnis« war mir in meinem früheren Leben nicht bewusst. Zu viel Sonne bedeutet: Die Leute gehen in den Park, ins Freibad, bleiben auf dem Balkon, aber sie kommen auf jeden Fall nicht in ein Kaufhaus. Regen wiederum heißt: Die Bude ist voll.
Es darf allerdings auch nicht zu viel Wasser runterkommen. Oh ja, sie sind sehr empfindlich, die verehrten Kunden, es sind sagenhaft zarte Pflänzchen. Ein bisschen schlechtes Wetter in einem ansonsten guten Umfeld, das ist ideal.
Für den einen Tag.
Drei Tage hintereinander Sommerwetter – das macht dich als Verkäufer irre. Dann stehst du kurz vor dem Blackout. Keine Kunden, kein Geld, und du selber sitzt unter Tage. Dann drehst du langsam, aber sicher durch.
Auch die Kunden fragen unsicher: *»Nix los hier…?«* Sie kriegen nämlich Angst. Nein, nicht davor, dass dieses Haus schließt und wir alle arbeitslos werden – sie fürchten sich lediglich davor, dass sie ihr angezahltes Geld nicht mehr sehen. Und dass es vielleicht keinen Spaß machen könnte, heute noch hier herumzuschlendern.
»Insolvenz? Man hört so viel, heutzutage …«
Oh ja, sie wollen immer nur in Horden einkaufen, die sensiblen Kunden, das gibt ihnen ein schönes Gefühl. Obwohl sie sich dann gleichzeitig wieder aufregen, weil so viele andere Leute zur gleichen Zeit in der gleichen Abteilung herumlaufen und vor allem: dass wir Verkäufer damit keine Zeit haben könnten, ihren Hirndreck wegzuwi-

schen. Denn sie kommen im Sommer vor allem, um zu reden. Und zu beichten. Und sich zu beklagen. Worüber? Über das baldige Ende des Wohlstands …

In Deutschland wohlgemerkt. Der Rest der Welt ist scheißegal.

Diese Sommerkunden haben Zeit und Geld im Überfluss, aber sie sind wie wahnhaft besessen davon, dass es hier eine Wirtschaftskrise geben könnte.

Also erzählen sie mir davon. Jeden Tag aufs Neue.

Und ich stehe da und nicke. Und will verkaufen. Denn diese Kundenängste sind Geschwätzängste – wir hingegen spüren die Folgen hautnah. Jeden Tag! Weil wir dann nix verdienen.

Ich gehe in meiner Sommerverzweiflung sogar schon an Anfangzwanziger ran. Was ich sonst nie mache. Junge Leute haben kein Geld, sind grauenhaft misstrauisch und quatschen die ganze Zeit weiter, ohne zuzuhören. Weil sie irgendwo irgendwas *im Internet* gelesen haben, ohne sich noch im Einzelnen daran zu erinnern, was genau das eigentlich gewesen sein könnte. Nur, dass dort alles viel billiger war. Und besser. Und überhaupt viel toller. Und wenn sie doch mal Interesse haben sollten, wollen sie sich in erster Linie beraten lassen. Und auch in zweiter Linie. Aber über Stunden hinweg. Sie sitzen Probe, schauen sich Farben an – und zum Abschluss verkünden sie dir fröhlich, dass sie nun gleich auf dem Parkplatz eine »Recherche« machen werden, welcher Online-Händler das Ganze deutlich billiger anbietet. Das Schlimme ist, dass diese Anfangzwanziger dieses Schmarotzertum auch noch als »revolutionär« verkaufen wollen.

Wenn ich dann antworte: »Danke schön, wegen Ihnen verliere ich meinen Job. Ach übrigens, zum zweiten Mal …«,

schauen sie immer gleich beleidigt. Weil ich offensichtlich den technologischen Fortschritt nicht begreifen will.
Nein!
Aber es ist Sommer.
»Sooo«, sage ich und lächle wie wild um mich. Positiv. Obwohl mein jugendliches Gegenüber nur nach unten schaut. Auf sein Handy.
»Sooo …« Der Taschenrechner glüht. »Das kostet, nach Abzug sämtlicher Rabatte, bei Anzahlung, alles zusammen … zweitausenddreihundertfünfundsechzig Euro …«
»Hm … Können wir nicht tausendachthundert sagen?«
Hä? Sommergrippe?
Aber der junge Mann fragt das ernsthaft. Er will nicht zocken.
»Nein.«
»Wirklich nicht?«
»Nein.«
»Ich wollte aber nur tausendachthundert ausgeben …«
»Dann müssen wir uns andere Waren ansehen.«
»Aber das gefällt mir.«
»Das kostet aber zweitausenddreihundertfünfundsechzig Euro.«
»Letztes Wort?«
»Ja!« *Du nervst.*
»Schade …« Er geht.
Und das Schreckliche ist, dass auch dieser Ziegenbartträger grundlegende Zusammenhänge nicht mehr versteht. Ganz simpel also, dass gewisse Produkte einen gewissen Preis kosten. Trotz technologischen Fortschritts. Er versteht es einfach nicht mehr.
(Und, Klammer auf, ich weiß ja, dass ich damit arg vereinfache und zuspitze und die digitale Zäsur, vor allem den

gesellschaftlichen Wandel, auf unzureichende Weise karikiere. Wie ein Ewiggestriger. Einer, der die nächste Evolutionsstufe verschlafen hat. Aber ich muss nun mal von doofer Arbeit leben. Zumindest von irgendwas. Klammer zu.)

Früher, also vor etwa zwanzig Jahren, als das Verkaufen noch Spaß machte, erzählt Eulenberg, gab es auch noch keine Konkurrenz. Es war in den Häusern so voll, erzählt er, dass die Verkäufer weiße Arztkittel trugen, um sich von den Kunden zu unterscheiden. Es standen nämlich so viele Menschen im Gang, dass es kaum noch ein Durchkommen gab.

Damals existierten übrigens auch noch keine Motivationstrainer. Weil es tatsächlich noch was zu verkaufen gab.

»Einspruch«, schreien sie an der Stelle natürlich, die Marketing-Psychologen und Management-Berater. Das sei ja gar kein richtiges Verkaufen gewesen, *damals*, sondern nur ein »Verteilen«.

Ich befürchte allerdings, außer ihnen schreit keiner.

Im Sommer wechselt auch die Laune der Vorgesetzten schneller. Stündlich.

Einerseits werden Kontrollen und Demütigungen lascher plaziert. Es geht mehr durch, fällt leichter durchs Raster – weil der Umsatz proportional dazu eindöst. Damit auch der Verdienst. Und weil die Führungskräfte das wissen und folglich ahnen, dass die Belastungsgrenze ihrer Mitarbeiter mehr und mehr ausfranst, halten sie sich merklich zurück. Sie wollen den Bogen nicht überspannen.

Andererseits gibt es dann vermehrt abrupte Braun-Stunden, also spontane Motivationsmonologe, in denen der Hausleiter uns die Welt und damit den Sommer erklärt.

Weil ihm diese unterschwellige *Negativität* auf die Nerven geht. Weil es schließlich nur an uns liegen darf, ob wir erfolgreich sind, und nicht an der Kundenfrequenz. Äußere Umstände als Erklärungsansatz würden gewissermaßen ja auch den restlichen Plumpaquatsch in Frage stellen. Also predigt er im Sommer umso strahlender und sondert noch mehr nervige Texte ab. Weil der Erfolg eines Menschen nun mal einzig und alleine von seiner inneren Einstellung abhängen darf. Und nicht von der Raumtemperatur.
»Gibt es eine Formel für Erfolg«, fragt Braun rhetorisch in die Runde, »gerade an solchen Tagen?«
Niemand antwortet. Es ist zu heiß.
Wenn es eine solche gibt, denke ich angewidert und lächle, *positiv*, dann hat es mit Sicherheit nichts mit dem Geschwätz zu tun, dass dir in deinen überteuerten Seminaren vorgekaut wurde und einzig dem Zweck dient, vermehrt neue Seminare zu verkaufen.
Aber ich gebe zu, denke ich, dass es tatsächlich Verkäufer gibt, die mehr verkaufen als andere, und das nicht mal an einem Montag oder in einer starken Woche, sondern jeden Monat. Und auch im Sommer. Und dann auch noch konstant über Jahre.
»Es sind Emotionen!«, predigt Pfarrer Braun. »Das ist das ganze Geheimnis. Je mehr Emotionen, desto mehr Umsatz!«
Was ich sehe, ist allerdings eher, dass diese Top-Verkäufer voller Emotionen *rennen*.
Sie verbeißen sich in einen Kunden, sie raunen, plappern und manipulieren, und wenn es trotzdem nicht zu einem Auftrag kommt, dann suchen sie sich auf der Stelle den nächsten Kunden, einfach immer weiter, auch mal ohne Pause, bis zur völligen Erschöpfung.

Wozu?
»Wer den Kunden emotional erreicht, bewirkt, dass der Kunde voller Überzeugung sagt: ›Ja, das will ich haben.‹«
Was ich voller Überzeugung sehe, ist, dass alle Top-Verkäufer entweder kurz vor dem psychischen Zusammenbruch stehen oder ihn schon hinter sich haben und ihr Leben ändern.
»Nur durch emotionales Verkaufen bindet man die Kunden an sich. Dann spielt auch der Preis keine Rolle! Kunden kaufen keine Produkte, sondern Wünsche, Hoffnungen und Träume …«
Jajaja. Der gleiche Kram wie jeden Monat, Zitate aus irgendeinem Erfolgsratgeber. Eine einschläfernde Melange aus Platituden und Banalitäten.
Und niemand antwortet. Es ist zu heiß.
Braun ist sauer. »Der Mann, der das geschrieben hat, kriegt zweitausend Euro Tagesgage! Ganz so schlecht kann der also nicht sein …«
Daraufhin muss ich tatsächlich lachen.
Es passt so gigantisch in dieses tumbe Leistungsfaseln, dass auch ein sonstiges Denken nur in monetären Maßstäben sinnvoll und damit wichtig und richtig ist. Was nämlich heißt, dass ein Zweitausend-Euro-Schwätzer in jedem Fall wichtiger ist als ein Achtzig-Euro-Wittgenstein. Ohne auch nur einen Zehn-Cent-Gedanken darauf zu verschwenden, dass dieser vorbildliche Motivator vielleicht nur deshalb zu seiner Tagesgage gekommen ist, weil er Ausdruck einer bestimmten Spektakelhäufigkeit ist. Heißt: Der Mann war irgendwie in den Medien präsent. Er ist *bekannt*.
»Was ist daran so witzig, Herr Kisch? Sie sollten vor allem mal an Ihren Schwächen arbeiten …«

Jetzt muss ich aufpassen. Braun ist ein ehemaliger Triathlet, der alles und jedes nur als Wettbewerb begreifen kann. Es geht ihm immer nur um Sieg oder Niederlage. Und ich habe ihn angegriffen.
»Klar … Alles ist gut … Verstanden …«
»Haben auch die anderen begriffen?!«
Jajaja …
Glücklicherweise streift jetzt eine tätowierte Blondine an uns vorbei durch die Gänge. Sie ist wirklich deutlich bemalt. Rotkäppchen und Braun zerreißen sich über die vielgestaltigen Körperbilder derart das Maul, dass die Meute sich gefahrlos entfernen kann. »Wie kann man sich nur so verunstalten?«, quakt Rotkäppchen. »Und wie sieht das in zwanzig Jahren aus?«
Ihre Führungstoleranz besteht darin, solcherlei Menschen nicht augenblicklich mit Hausverbot zu bestrafen. Denn solange die Hoffnung besteht, dass sie etwas kaufen könnten, so lange sind diese Objekte trotzdem *Menschen*.
Ansonsten rätseln sie über den Aufdruck auf dem T-Shirt der Blondine. *Velvet Underground* steht da. Und eine gelbe Banane. Pennälerhaftes Gekicher, sagt ihnen gar nix. Ich will die Wogen ein wenig glätten und erzähle ein bisschen was über Andy Warhol und die Factory und Lou Reed. Sagt ihnen alles immer noch nichts.
»Kunst …«, sage ich.
Daraufhin verziehen beide angewidert den Mund. Wirklich angewidert.
Kunst, das ist gleichbedeutend mit Müll und Dreck und Homosexualität. Und Drogen, vor allem Drogen. In der sogenannten normalen Welt, in der ich mich jetzt bewege, also unter sogenannten normalen Menschen, wo das

Feuilleton in einer Zeitung selbstverständlich als Erstes entsorgt wird (falls noch vorhanden), und zwar ungelesen, ist Kunst nichts Ehrenwertes. Es ist nicht einmal provokant. Kunst sollte einfach nur schnell verboten werden, weil sie ohnehin nur voll mit Nackten und Fäkalien und Schreierei ist.
Und vor allem bringt sie kein Geld.
In diesen Momenten sehne ich mich voller Inbrunst genau dorthin zurück: in meine Absteige, voller Dreck und Müll.
Geld macht alles so kalt und dunkel.
Und tot.

7

Sommer ist vor allem die Zeit der Tricks.
»Also den Kunden mit Namen ansprechen ...«, doziert Rotkäppchen in der Morgenbesprechung. Wir erinnern uns: Der Umsatz liegt einzig und allein in den Händen des Verkäufers. Und man kann Reichtum beliebig ausweiten.
»Gleich zu Beginn des Gesprächs reden Sie ihn mit seinem Namen an. Kunden lieben das. Und versuchen Sie zuzuhören. Zwingen Sie sich, etwa zwanzig Sekunden lang nichts zu sagen, bevor Sie reden.«
Auch diese Trickkiste stammt von dem Zweitausend-Euro-Geistesblitzer. Rotkäppchen selber würde so etwas nicht einfallen.
»Fragen Sie sich: Welche Augenfarbe hat Ihr Kunde?«
Niemand antwortet. Es ist zu heiß.

Und das Entscheidende dabei ist, denke ich, in Wahrheit interessiert sich keiner für die Menschen, die hier herumlaufen. Weder für die Kunden, erst recht nicht für die Mitarbeiter. Also wozu das ganze Getue?
»Sprechen Sie den Kunden einmal nicht nur mit dem Nachnamen, sondern auch mal mit dem Vornamen an …«
Langsam wird es lächerlich, denke ich, bei der Vorstellung unser oft älteren Kundschaft, und ich soll die nun mit dem Vornamen ansprechen.
Und wie war das so, Heinrich, damals, nach dem Krieg …?
»Kunden wollen ihren Namen immer wieder hören, sie fühlen sich angenommen und kaufen …«
Und reihum fragt er ab.
Unglaublich. Wie in der Grundschule wendet er sich an jeden einzelnen Verkäufer und stochert nach, was es nun heute zu erproben gilt.
Ich bin genervt. Das ist so billig, so primitiv, und auf jeden Fall (wie immer) nicht der Schlüssel, um mehr Umsatz zu generieren.
»Ja, ja …«, quake ich, »ich spreche die Kunden auch mit dem Mädchennamen der Frau an, und mit dem Zweitnamen, wenn es was bringt …«
Rotkäppchen wird knallrot. Das war zu viel.
Wieder einmal zu viel! Wieder ein Widerwort!
»Wenn Sie das so lustig finden, Herr Kisch, dann können wir gerne mal nach oben in die Chefetage gehen. Von dort stammt nämlich der Vorschlag!«
Immer noch knallrot.
Nach der Morgenbesprechung entschuldige ich mich, es hat doch keinen Sinn. Rotkäppchen wird mich quälen und demütigen, wo es ihm nur möglich ist. Weil ich diesen Satz gesagt habe. Er hasst mich, meinen Zynismus

und diese Möglichkeit einer anderen Welt. Wenn sie auch nur in meinem Kopf ist. Aber er hasst das, er will diese Welt nicht und diese Möglichkeit, und vor allem hasst er meinen letzten schwachen Impuls, ein Mensch zu sein. Kein Zombie.
Er hasst mich dafür, dass mich seine doofen Bücher nicht begeistern und vor allem deren doofe »Motivationssprüche«.
Also entschuldige ich mich. Für nix.

Wenn keine Kunden kommen und das aufgrund des Wetters auch für die nächsten Tage abzusehen ist – dann beginnt Ömer zu kalkulieren. Er rechnet sich bis auf die Kommastelle aus, wie viel Umsatz er benötigt, um seinen monatlichen Lebensstandard zu halten. Und wenn die Sommerwende diese Vorgabe nicht erfüllt, dann wird »krankgefeiert«. Er kommt schließlich nicht aus Spaß in diesen Bunker.
»Oh, mein Magen …«, sagt er und ist verschwunden.
Arzttermin.
Birnbaum und Pommerencke zerreißen sich darüber das Maul.
Ich verteidige ihn.
»Er macht doch lediglich das Gleiche wie der Alte«, sage ich, »Ömer ist berechnend.« Und er lässt sich nicht die Butter vom Brot nehmen.
Die Ausgleichszahlung im Krankheitsfall ist in schlechten Zeiten die einzige Möglichkeit, den Lebensstandard zu erhalten. Oh ja, da werden sie natürlich sauer, oben, in der Chefetage, bei jeder Krankmeldung.
Aber es ist ihnen umgekehrt völlig schnuppe, wenn ihre Leute nichts verdienen. *Müssen sie halt mehr laufen …*

Ömer ist ein Profi. Er bunkert ab einer gewissen Umsatzhöhe sogar die Aufträge, weil die zunehmenden Steuern ihm eher Nachteile bringen.
»Anstatt euch über Ömer das Maul zu zerreißen«, sage ich, »solltet ihr lieber alle das Gleiche machen. Wenn wir alle krank sind, dann kapiert der Alte vielleicht mal, dass dieses System ohne jede Absicherung scheiße ist. Wir sind nicht hier, um das Vaterland zu verteidigen, sondern um Geld zu verdienen. Und der Alte betrügt uns an allen Ecken. Solange ihr hier allerdings einen auf Moral und Anstand macht, kommt der Alte mit seinem Dreck durch ...«
Aber mit diesem Appell stehe ich auf verlorenem Posten. Birnbaum ergeht sich wieder in ihren hochgesteckten moralischen Pathosreden. *Niemals* würde sie krankfeiern, das wäre Betrug, *niemals* würde sie ... Und so weiter und so weiter.
In dieser moralischen Fallhöhe steckt das Hauptproblem. Unentwegt geht es um Ehrlichkeit und um Moral und was man *niemals* tun würde, während *die* da, also die Türken, mit Moral und Anstand nichts zu tun hätten. Und dann schlägt die Realität wieder zu. In Form von Lügen, Diebstahl, Betrug und Lästereien: von meinen deutschen Kollegen.
Warum immer diese Fallhöhe?
Braun und Eisenherz schlagen genauso auf Ömer ein. Natürlich nur, wenn er nicht da ist. Wenn er nächste Woche wieder vor ihnen steht, dann wird wieder gemeinsam gelacht und gealbert, denn seine monatlichen Umsätze sind unerreicht. Und die wollen sie haben.
Umgekehrt (weil sie es immer so drehen, wie es ihnen passt) haben sie Ömer heimlich einen Deal vorgeschlagen.

Wenn er am umsatzstarken Samstag trotz Arbeitsunfähigkeitsbescheinigung arbeiten kommt, kann er sogar doppelt verdienen. Er bekommt das Krankengeld für den Tag und darf zusätzlich noch die Provision kassieren.
»Er hilft uns ...«, verkündet Rotkäppchen stolz.
Niemand antwortet.
Es ist zu kalt.

Krankheit kennt natürlich keine Privatsphäre. Sie wollen alles wissen.
Du kannst nicht anrufen und sagen: »Mein Arzt hat mich krankgeschrieben.« Sie wollen alle Einzelheiten erfahren. Weil sie dich damit zermürben können. Weil sie nachfragen und bohren, und insistieren, ob *so etwas* wirklich eine Krankmeldung erfordert.
Dahinter steckt eine perfide Strategie: Langfristig soll erreicht werden, dass dir der Mut fehlt, dich krankzumelden. Und wenn eine gewisse Dringlichkeit nicht zu leugnen ist, dann wollen sie dich zumindest quälen. Weil du nicht zur Verfügung stehst.
»Die Meier aus dem Schlafzimmer ist psychisch krank, die hat Depressionen, ist in Behandlung. Die muss richtig Tabletten nehmen ...«
So etwas geht innerhalb von wenigen Stunden durchs ganze Haus.
Es gibt keine Geheimnisse. Für eine gute Geschichte würde man hier morden. *»Und die hat von sich aus die Probezeit nicht verlängert, weil die Atmosphäre und überhaupt die Arbeit ihre Krankheit nur weiter verschlimmert, hat sie gesagt ...«*
Das ist Usus im Haus. Sobald jemand krank ist, wird von Braun oder Rotkäppchen darüber abgelästert.

Umgekehrt rennen sie auch bei schwerer Grippe demonstrativ herum und husten, schniefen, schwitzen mit fiebrigem Kopf. Aber nur, um zu demonstrieren, dass jegliche Form des »Krankfeierns« überflüssig ist. Man braucht keine Bettruhe. *»Kopfsache«*, heißt es dann von Braun hustend, *»es gibt keine Krankheiten … alles nur Kopfsache …«* Der ganze esoterische Plumpaquatsch.
Einer konnte nicht mehr, Krabitzke aus dem Speisezimmer, er sah wirklich fertig aus. Aber Braun wollte ihn um keinen Preis früher nach Hause lassen. Schließlich war bekannt, das Krabitzke in einigen Vereinen aktiv war. Also lautete die Braunsche Schnelldiagnose: Der hat nur wieder zu viel gesoffen.
Krabitzke saß aber bloß noch wimmernd in der Ecke, er sah elendig aus. Da ging gar nichts mehr.
Bis die anderen Kollegen Braun anflehten, da stimmt was nicht.
Dann solle er halt um die Ecke zu einem Arzt fahren und gleich anschließend wieder zurückkommen. Das war die Antwort.
Und Krabitzke kam nicht mehr zurück. Er hatte einen Darmtumor im Endstadium.
Vor vier Wochen hat er tatsächlich noch mal den Laden besucht, völlig abgemagert, bleich, mit einem Lächeln, als sei er schon in einer anderen Welt.
»In einem Monat komme ich wieder …«, das war sein Spruch. Und Rotkäppchen und Braun und Eisenherz klopften ihm auf die Schulter und erzählten Krabitzke, wie gut er aussähe. Er sah scheiße aus. Aber so was wollen sie hören, Braun und Rotkäppchen, wenn Todkranke sagen, *in einem Monat komme ich wieder,* so einen Dreck wollen sie tatsächlich hören.

Drei Wochen später war er tot.
»Er hat soo gut ausgesehen …«
NEIN. Er hat scheiße ausgesehen. Er war abgemagert, bleich und krank. Und jeder, der Augen hatte, konnte das erkennen.
Aber der Gipfel der Widerwärtigkeit bestand darin, dass sie alle morgens zur Beerdigung gefahren sind, Braun und Eisenherz, um dort die Schmierenkomödie vom besorgten Arbeitgeber zu geben. Das ist wirklich das Letzte: dieses verlogene Eigenbild vom »Familienbetrieb«. Vom Zusammenhalt. Von der großen Gemeinschaft.
Rotkäppchen kommen jedes Mal Tränen der Rührung, wenn er davon erzählt, wie eng der Zusammenhalt im Hause sei.
Ich könnte kotzen …

8

Nun bin ich selber dran, ich muss mich krankschreiben lassen.
Aber es gibt einen guten Grund: Ich habe ein Bewerbungsgespräch!
Ein *Lebenszeichen.*
Es ist tatsächlich das erste Mal, dass ich aus einem vorgeschobenen Anlass zum Arzt gehe. Freiberuflich brauchte ich keine Krankmeldung, und fest angestellt war ich glücklich. Also gesund.
Meine Hoffnung sehe ich in einem älteren Arzt, dem ich mittels einer kleinen Andeutung die Problematik meines Lebensabschnitts erklären könnte. *Krankmeldung, Sie verstehen …*

Vor mir steht aber ein junger Arzt, ein motivierter Mediziner und wirklich bestrebt zu heilen. Zu helfen.
»Durchfall …«, sage ich bemüht kränklich, »und leichtes Fieber …«
»Wie hoch ist das Fieber?«
Er fragt nach. Damit habe ich nicht gerechnet.
Das gefällt mir gar nicht.
»Ich kann so nicht arbeiten …«, antworte ich.
Sein Blick ist hart. Offensichtlich ist ihm klar, was ich will.
»Ich muss Sie untersuchen …« Er drückt auf meinem Bauch herum, und ich denke noch, verdammtes Schicksal, hoffentlich findet der jetzt nicht wirklich was. *Also diese Verdickung hier, die gefällt mir gar nicht …*
»Okay …«, sagt er irgendwann leise und geht zu seinem Schreibtisch.
»Das müsste in drei Tagen vorüber sein. Wenn es länger dauert, dann handelt es sich um etwas Ernstes …«

Ich komme mir tatsächlich schlecht vor, denke ich später im Zug, auf dem Weg in die Metropole, ich habe den Mann belogen. Aber das schlechte Gewissen verfliegt mit jedem Schienenkilometer schneller.
Dieser Intercity ist für mich wie ein Stück Heimat. *Alles fast wie früher.* Ich bin kein doofer Verkäufer mehr, sondern ein Teil der Gesellschaft. Und die Sonne scheint. Ich trage einen schicken Anzug, keine Krawatte, und fühle mich endlich wieder einmal wohl in meiner Haut.
Ich lese eine Zeitung, mache Notizen, schaue aus dem Fenster und sinniere. Und ich will das nicht mehr hergeben.
Nicht mehr zurück ins Gefängnis!
Es läuft auch alles glatt. Vorbildlich geradezu; angenehm. Small Talk im Ironie-Modus, Branchenklatsch als Verbin-

dungskitt. Ausnahmsweise ist mein Alter kein Problem, weil es keine ausgeschriebene Stelle ist, sondern einer der üblichen Klüngel-hintenrum-was-gehört-Kontakte.
Über einen der letzten Gewährsmänner, die mich noch anrufen. Wir sind uns offensichtlich sympathisch, wir gehen gemeinsam essen.
Anwesend sind der Chefredakteur des Magazins, der Kerl, der mich empfohlen hat, sowie der geschäftsführende Redakteur. Meine Bewerbung mit Reportagen und Auszeichnungen hat intern für mächtig Wirbel gesorgt, wie ich erfahre.
»Saugut geschrieben«, freut sich der Chefredakteur. »So viel erlebt«, assistiert der Kollege, »und all diese Preise.« So einen hochkarätigen Autor hatten sie noch nie beschäftigt, sie sind richtiggehend stolz.
Wir reden sogar schon über gemeinsame Storys, und ich bin glücklich. Wangenglühen; das ist mein altes Leben. Nebenbei feuert der geschäftsführende Redakteur eine eher unbedeutende Routinefrage ab. »Wo arbeiten Sie eigentlich momentan?« Offensichtlich freut er sich daran, irgendwelchen Kollegen eins auszuwischen.
Fast hätte ich gesagt: Möbelhaus. Aber das geht natürlich nicht.
Also antworte ich: »Freiberuflich …«
Schweigen.
»Frei … beruflich …« Dem geschäftsführenden Redakteur fällt beinahe das Besteck aus der Hand. *Freiberuflich*, das ist für ihn offensichtlich eine Mischung aus Hartz IV und offener Lepra, nebst Syphilis an beiden Händen. Er spricht nicht mehr mit mir.
Unglaublich, alle Auszeichnungen, Reportagen, Erfahrungen, alles hinfällig. Kein Interesse mehr. Von jetzt auf gleich.

Und der Clou ist tatsächlich: mich nicht mal mehr anzusehen, mich komplett zu ignorieren – und abrupt früher aufzustehen.

»Wir melden uns dann …«

9

Die sind bei mir vor der Baustelle rumgefahren …« Tayfun aus der Schlafzimmerabteilung baut ein Haus, nichts Ungewöhnliches. Aber er hat sich vor seinem Sommerurlaub einen Tag krankschreiben lassen.

»Ich habe den Mercedes sofort erkannt. Die Juniortorte und Eisenherz. Fahren ganz langsam dran vorbei, wollten mich wahrscheinlich auf frischer Tat ertappen …«

Aber wozu?

Tayfun ist einer der besten Verkäufer im Schlafzimmer. Im ganzen Haus. Den werden sie sowieso nicht rausschmeißen. Außerdem darf er doch wohl im Garten stehen. Krank sein heißt schließlich nicht automatisch: Quarantäne.

»Was die für Zeit haben …«, flachst Tayfun.

»Ohne Witz, das finde ich wirklich erstaunlich«, sage ich. »Die sind ständig unterwegs, ob nun Fußball gucken oder auf einem Meeting oder irgendeiner Besprechung oder sonst irgendwas. Die haben immer eine Möglichkeit, aus diesem Haus abzuhauen …«

»Es geht wie immer nur um Schikane, um nichts anderes …«

»Der übliche Wahnsinn … Achtung!«

Rotkäppchen stiefelt den Gang entlang, unser Treppengespräch muss unverzüglich verstummen. Es ist schließlich wieder Besprechungszeit.

Wie jeden Morgen.
»Na, Herr Kisch, auch mal wieder da …«, eröffnet Rotkäppchen den Reigen mit bitterer Miene. »Sie haben uns ganz schön hängenlassen mit Ihrer Urlaubsverlängerung. Das ganze Team haben Sie im Stich gelassen. Wir sind auf dem Zahnfleisch gekrochen!«
Natürlich völliger Unfug, wie immer, es war nichts zu tun. Es ist Sommer, verdammt noch mal, und die Kunden liegen im Freibad.
Meine sogenannten Kollegen sind doch sogar froh über jeden Mitstreiter, der fehlt, weil es dann eine größere Chance gibt, auch mal auf einen kaufinteressierten Kunden zu treffen. Und nicht nur auf Marktschreier im Halbdunkel.
Aber über eine Krankmeldung muss erst vorschriftsmäßig abgelästert werden. Und das Perverse ist: In meinem Fall hätte Rotkäppchen auch noch recht. Ich war schließlich nicht krank – ich wollte weg!
Und es hat nicht geklappt …
»Ein neuer Monat …«, wendet er sich pathetisch von mir ab und blickt in die Runde. Und sticht mir mit dieser lapidaren Aussage an diesem Morgen stärker ins Herz als je zuvor.
Schlimmer kann eine morgendliche Besprechung nicht beginnen.
»Alle Uhren stehen wieder auf null!«
Wahrscheinlich soll das positiv und motivierend klingen, im Sinne von: Wenn der letzte Monat schlecht war, dann haben Sie jetzt die Möglichkeit, alles wieder besser zu machen. Oder: Wenn der letzte Monat richtig gut war, dann haben Sie jetzt die Möglichkeit, noch mal eine Schippe draufzulegen!

Das Problem ist nur, dass diese Sätze nicht motivieren.
Niemanden von uns.
Es bleibt nur das altvertraute Sisyphusgefühl: die Kugel schieben.
Immer wieder und weiter drehen. Die Kugel den Berg hinaufschieben.
Immer wieder Zahlen schreiben. Und wieder versuchen, das nötige Geld zusammenzubetteln.
Immer wieder nur bei null anzufangen, jeden Tag erneut die Vorgabe schaffen, damit der Lebensunterhalt stimmt.
Es entsteht nichts, es bleibt nichts, es geht nur immer weiter. Kein Ergebnis, kein *Werk*, wie bei einem Schreiner, oder ja, wie bei einem Autoren, es gibt auch keine Entwicklung. Es ist nicht mal wichtig, dass ich diese Arbeit mache.
Jeder andere kann meinen Posten einnehmen.
»Andererseits«, flüstert mir Eulenberg ins Ohr, »ist es das, was der Großteil der Menschheit jeden Tag erlebt. Einfach nur ums Überleben kämpfen …«
»Heroisch …«, anworte ich leise in sein Ohr, »aber ist das nicht ein wenig zynisch, uns mit den Ärmsten der Erde zu vergleichen? Die wahrscheinlich noch dankbar wären, wenn sie unseren Job machen dürften …«
»Wenn ich ehrlich bin, Kisch, dann tröstet mich das nicht sonderlich … Und wenn ich damit zugeben müsste, ein dekadenter, verzogener Scheißkerl zu sein. Aber es tröstet mich nicht, dass diese armen Schlucker ihr Leben dafür geben würden, unseren Job zu machen …«
»Das ist ungeheuerlich!«, sage ich und richte mich vor ihm auf, mitten in der Besprechung. »Aber leider sehe ich das genauso …«

Sommer, Sonne, gute Laune.
Erwartungsgemäß lautet so das heutige Tagesmotto der Geschäftsleitung. Einfach mal hinausposaunt, ohne Sinn und Verstand, einfach nach unten befehligt, delegiert in den Bodensatz der Verkaufshallen. Wo der Aussagesud erwartungsgemäß nur ein einziges Gefühl erzeugt, nämlich: Hass.
Es ist diese verdammt gute Laune all der Menschen, die frei haben, die sich tatsächlich über die Sonne freuen, *draußen*, und die uns mit ihrer Fröhlichkeit nur noch tiefer in den Dreck drücken.
Sommer, Sonne, gute Laune – das bedeutet als Allererstes, dass wir ab sofort auf den Kundenparkplätzen stehen müssen. Damit es morgens früh schon voll aussieht. Das wollen die Leute. Das macht ihnen noch mehr gute Laune. Sie gehen dahin, wo auch alle anderen sind, und wenn sie das gute Gefühl haben, dass auch alle anderen schon angekommen sind, dann fühlen sie sich schlagartig noch mal wieder besser. Gleichzeitig wollen sie ein Schnäppchen nur für sich alleine machen – aber sie wollen vor allem auch noch ein *universelles* Erlebnis haben. Deshalb veranstalten wir doch diesen ganzen Heckmeck, diese ganze alberne Late-Night-Shopping-Scheiße, oder wir zelebrieren »Haus-Messen« oder »Auktions-Verkäufe«. Oder »Bullenreiten«. Irgendeinen Blödsinn halt, damit die ganzen Portemonnaieträger nicht alleine herumscharwenzeln müssen. Sondern rudelweise. Denn sonst bekommen sie bekanntlich Angst, die sensiblen Kunden, wenn sie plötzlich alleine sind.
»Nun lassen Sie mich aber mal in Ruhe!«, beklagt sich prompt einer von denen, die sich ein wenig vom Volkslauf separiert haben und nun von mir ins Visier genommen

wurden. »Sie sind schon der dritte Verkäufer, der mich anquatscht!«
»Einen schönen Tag noch …«, antworte ich freundlich und denke in Wirklichkeit: *Was glaubst du eigentlich, wozu wir hier rumlaufen, du Pfeife? Vielleicht, um dich zu bewundern? Ich will dir ein Geheimnis verraten: Wir müssen hier Geld verdienen!*
Aber diese Offenheit ist verboten. Schließlich sind Kunden sensibel. Sie wollen ein bisschen schlendern, ein bisschen quatschen und dann gegebenenfalls was fragen. Dummes Zeug vor allem. Belanglosigkeiten. Und erst dann soll ich Gewehr bei Fuß stehen, versteht sich, erst dann wünscht der Herr, eine Frage …
Das kann ich aber nicht riskieren! Und wenn ich der Zehnte bin, der dich anquatscht, Spacko! Ich muss einen Kontakt aufbauen, um deine Unterschrift zu kriegen. Nur das interessiert mich an dir! Nur darum geht es! Ob du dich hier wohl fühlst, interessiert mich einen feuchten Dreck!
Der schmerzerfüllte Blick seines Vaters im Schlepptau.
»Können wir nicht den nehmen?«, sagt der offensichtlich leidende Mann mit Krückstock. »Der Sessel ist doch gut …« Er blickt zu mir rüber, mit seinen verzweifelten, wässrigen Augen. »Ich habe Krebs«, sagt er, »ich brauche einen Sessel aus der Ausstellung, möglichst schnell … Ich habe keine Zeit mehr, etwas zu bestellen …«
»Vater«, bellt der Sohn, »wir kaufen hier nicht einfach so einen Sessel. Wir müssen vergleichen. Es sind noch drei Häuser auf unserer Liste …«
»Ich kann nicht mehr …«, antwortet der Vater schwächlich. »Der ist doch schön …«
»Nein!« Da kennen wir kein Erbarmen, wenn es um das *richtige Einkaufen* geht. Generalstabsmäßig geplant, wie

früher der Einmarsch nach Polen. Und genauso wenig wird auf Verluste geachtet.
»Vor fünf Jahren …« Der Sohn postiert seinen Zeigefinger vor mein Gesicht wie eine Pistole. Und sein aggressiver Tonfall deutet darauf hin, dass er am liebsten abdrücken würde. »Vor fünf Jahren hat mein Vater alleine eine Schrankwand gekauft. Allerdings nicht in diesem Haus … Damals hat er noch nicht auf mich gehört, und was ist passiert? Soll ich Ihnen das sagen! Ich finde die gleiche Schrankwand bei der Konkurrenz und kriege sie nach Verhandlungen dreihundert Euro billiger. Dreihundert Euro!« Er schreit die Summe heraus, als ginge es darum, Leben zu retten.
»Seitdem lasse ich meinen Vater nicht mehr alleine einkaufen. Er versteht nicht, was hier abgeht. Er kauft einfach!«
Der Vater nickt resignierend. Er weiß, dass er Abschaum ist.
»In dieses andere Geschäft setze ich seitdem keinen Fuß mehr. Auch meine Frau nicht, und meine ganze Familie nicht. Nie mehr werden wir dort einkaufen, nie mehr!«
»Alles Gute …«, sage ich zu dem kranken Mann.

10

Das Geld reicht nicht. Ulrike tobt.
Sie heult. Sie ist verzweifelt.
Und ich stehe schweigend daneben, ich fühle mich so mies.
Ich kann meine Familie nicht ernähren.
Alleine könnte ich auch mit Armut klarkommen, kein Problem, erst recht mit Einsamkeit. Aber ich habe einen Sohn. Und der braucht Essen, Kleidung, Spielzeug.

»Es wird wieder besser werden«, sage ich. »Versprochen. Vertrau mir …«
Ihr Blick ist tödlich.
Ihr Mundwinkel: angewidert.
Es hatte bislang immer funktioniert mit dem Vertrauen, vor allem bei mir selber. *Ich* war davon überzeugt gewesen. Von einer prinzipiellen *Richtigkeit*, gleichgültig, was ich anfange und weiterführe, so ein Urvertrauen hatte mich geleitet, dass alles gut ausgehen würde, was ich auch versuche. Egal, was passiert.
Das hat Ulrike zu Beginn unserer Gemeinsamkeit auch überzeugt, obwohl ihr das Dasein als Autor damals schon suspekt war. Verschwiegenermaßen.
Vor allem, als sie dann schwanger wurde.
Deshalb war sie heilfroh, dass ich eine »richtige Arbeit« annahm, wie sie immer betonte, mit einem »richtigen Einkommen«.
Und sie war am Boden zerstört, als sich diese beschworene *Richtigkeit* infolge wirtschaftlicher Gegebenheiten einfach so auflöste. Der Verlag war pleite. Aber ich sagte ihr: »Vertrau mir!« Weil ich aus tiefstem Herzen davon überzeugt war, dass hier eine Chance läge und sich etwas Neues auftun würde. Sie tat es.
Und dann hatte ich diese wunderbare zweite Stelle.
Und es folgte die gleiche Insolvenz. Nebst Kündigung.
Ihr Vertrauen wurde deutlich weniger.
»Vertrau mir!«
Aus der Zwischenlösung Möbelhaus ist nun anscheinend eine Dauerlösung geworden. Und dabei eine, die die Familie nicht ausreichend ernährt.
Ihr Vertrauen in mich ist auf einem Tiefstwert angelangt.
»Ich kann das nicht mehr …«

11

Fünf Tage hintereinander null.
Nichts geschrieben. Das passiert fast jedem hier mal. Das heißt aber auch: Fünf Tage lang kein Verdienst. Fünf Tage lang umsonst arbeiten. *Wer macht so was?*
»Für das Drecksgeld müssten die uns jeden Morgen danken, dass wir überhaupt noch vorbeikommen …«, sagt Müller.
Ich habe meine eigene Technik entwickelt, um nicht völlig zu verzweifeln. Um mich nicht zerstören zu lassen. Sie fußt maßgeblich darauf, dass ich über mein Leben nicht verzweifelt sein *will*. Weil der aktuelle Kampf und sämtlicher Ärger, jegliche Sorge, unwichtig *ist*. Immer wieder sage ich mir das, immer wieder: Es *ist* nicht wichtig!
Die Pommerencke wiederum heult.
Ich übe mich darin, all das loszulassen. Um mir immer wieder vorzusagen, dass das alles nur Dreck ist. *Unwichtig!*
Die Birnbaum arbeitet noch mehr.
Ich übe mich darin, noch mehr zu schweigen. Und zu atmen.
Nicht mehr zu denken.
Und stattdessen zu danken.

Abends gehe ich deshalb zum Sport.
Ich bin kaputt, ausgebrannt, wenn ich zum Handball fahre oder in ein Fitnessstudio. Aber ich will Braun einfach nicht den Triumph gönnen, mich so zu zerstören, wie er es bei fast allen Kollegen schon geschafft hat. Die alle nur noch stöhnen, wie gerne sie abends etwas machen würden, aber zu kaputt sind. Birnbaum und Pommerencke liegen nach

Ladenschluss schnellstmöglich auf der Couch, wie sie erzählen, selbst Müller schaut höchstens noch kurz Fernsehen, schläft dabei meist schon ein und geht dann ins Bett. Genau das aber *will* ich nicht.
Ich wehre mich immer noch dagegen, so ein Zombie zu werden.
Für ein normales Leben sind die Arbeitszeiten ohnehin katastrophal, aber ich will nicht alles aufgeben.
Wobei mir das Lachen mit den Jungs auch wieder guttut. Viele meiner Sportkameraden sind Handwerker, einige Lagerarbeiter, teilweise sind sie sogar in Wechselschichten beschäftigt. Sie alle arbeiten hart, mit Sicherheit schweißtreibender als ich, aber trotzdem ist keiner von ihnen so *kaputt*. So leer. Hier spricht auch keiner mehr von Revolution und Aufruhr, nicht mal im Spaß. So wie ich.
Und keiner von ihnen macht Sport aus Trotz. Um lediglich zu überleben, wie ich meist scherzhaft beifüge.
»Für uns machst du gar nichts …«, sagt Ulrike anschließend zur Begrüßung, wenn ich leise die Haustür öffne. »Du bist kaum noch zu Hause …«

12

»Haben Sie mal eine Minute?«
Rotkäppchen winkt Huber zu sich, und wir kennen diesen Tonfall. Es ist irgendetwas Unangenehmes passiert, mit ziemlicher Sicherheit ein: *Verkäuferfehler.*
Zwanzig Minuten später steht Huber wortlos an seinem Spind und greift nach der Geldbörse, um einen Kaffee zu kaufen.

»Rauchen ...«, sagt er tonlos. Er ist kreidebleich.
Es dauert weitere dreißig Minuten, bis Birnbaum und Müller aus einigen Mitteilungsfetzen und Buchungsbelegen den Tathergang rekonstruieren können. Weil Huber im Pausenraum nur schweigend den Kopf schüttelt. Er will nicht mehr.
Es gab da mal diese eine Kundin, sagt Birnbaum ... Eine Witwe, extrem schwierig, misstrauisch, nebenbei noch unerbittlich konfus, was die gewünschte und geforderte Ware anbelangte. »Wahlweise Nussbaum«, stellt Birnbaum die Szene nach, »dann aber doch lieber Kernbuche, obwohl Eiche auch nicht schlecht aussieht, aber wahrscheinlich sollte ich mich zuerst einmal um ein Sofa kümmern. Nein, um eine Récamière. Entschuldigung, ich meinte eine Wohnlandschaft ... Wohnlandschaft? Ich brauche eine Küche ...« Und über allem thronte ihre prinzipielle Unentschlossenheit, ob sie überhaupt diesen Fehler begehen sollte, ein Produkt in diesem Hause zu erstehen. »Möglicherweise ... Vielleicht nächste Woche ... Obwohl ... wahrscheinlich eher nicht ... Mal sehen ...« Allerdings kam sie dafür alle drei Tage ins Möbelhaus, und zwar immer nur zu Huber. Und wirklich ausschließlich zu Huber. Was insofern nicht schwierig war, denn alle anderen verdrückten sich auf der Stelle, sobald sie nur zu sehen war. Bekanntlich üben schwierige Kunden, die nichts kaufen, auf einen versierten Verkäufer ungefähr die gleiche Wirkung aus wie plötzlicher Lichteinfall auf eine Horde Kakerlaken in einem wohltemperierten Hotelzimmer.
Auf der Stelle weg von hier!
Aber plötzlich, nach dem fünften oder sechsten Nachfragetermin, unterschrieb sie tatsächlich bei Huber einen

Vertrag. Unverändert misstrauisch und schwierig, aber der Schwung ihrer Handschrift war eindeutig.
Mit Verkaufen hatte das lange schon nichts mehr zu tun gehabt. Das war eher Mitleid. Huber hatte ihre immer wiederkehrenden Fragen, die oftmals keinerlei logischen Zusammenhang aufwiesen, in einer Engelsgeduld ausgeräumt, die masochistisch wirkte. Er hatte sich um diese arme Gestalt in einer Weise gekümmert, die an Sozialarbeit erinnerte.
Von da an rief sie nun beinahe täglich an. Mit stetig unerwarteten, aber garantiert neuen Nachfragen. Huber wiederum blieb geduldig. Er besorgte ihr sogar noch einmal Holzmuster beim Hersteller, weil sie sich wieder einmal nicht so recht vorstellen konnte, wie all das aussehen sollte, was sie selber so nachdrücklich forderte.
Und wir anderen hatten ihn dafür gnadenlos gehänselt.
»Huber, bist du verliebt?«
So ein unglaublicher Aufwand. Es war einfach zu viel.
»Sie ist alleine«, antwortete er meist.
Bis irgendwann tatsächlich Stille eintrat. Und wir die alte Dame vergaßen …
Heute nun also hat es ein Lebenszeichen gegeben. Die Witwe hat die Ware geliefert bekommen und gewissermaßen postwendend einen Rechtsanwalt eingeschaltet. Ohne Rücksprache, ohne Nachfrage, aber sie verklagt das Möbelhaus. Völliger Irrsinn. Aber in dieser Anklage geht es ausschließlich um »falsche Beratung«, »falsche Versprechen seitens des Verkäufers«, »bewusste Irreführung« und »Lügen«. Huber ist im tiefsten Inneren erschüttert.
Der juristische Vorgang selber ist uninteressant. Er ist menschlich enttäuscht, wie er sagt, in einer Weise, die sich nicht mehr in Worten wiedergeben lässt.

Er wirkt so dermaßen tiefgreifend verletzt, dass Rotkäppchen tatsächlich unschlüssig ist, wie er damit umgehen soll.
Bevor er beschließt, das Ganze zu ignorieren.

Huber ist mein Lieblingskollege. Mindestens so sehr wie Eulenberg. Er ist ein wirklich feiner Kerl, ehrlich, kollegial, von Grund auf nett und gutmütig. Kein narzisstischer Haudrauf. Mit anderen Worten: Er ist der schlechteste Verkäufer in der gesamten Abteilung.
Inzwischen kränkt ihn dieses Missverhältnis selber so sehr, dass es ihm auf den Magen schlägt. Vorher schon auf den Appetit, und davor aufs Herz. Die Kränkung äußert sich bei Huber leider nicht in narzisstischer Bösartigkeit, was ihn wiederum zu einem wunderbaren Verkäufer und damit einem verdienten Teil der Gesellschaft machen würde, sondern nur in altvertrauter depressiver Verstimmung.
»Burn-out …«, so der Hausarzt.
Dieses Wort wiederum mag Huber überhaupt nicht, weil er es für einen Modebegriff hält. Aber er kann die Diagnose auch deshalb nicht unterstützen, weil er genau weiß, welche Folgen so eine Bekanntmachung nach sich ziehen würde: Sie werden über ihn herfallen. Ohne Skrupel. Braun wird ihn als Erstes öffentlich an den Pranger stellen, um Rotkäppchen die Feinarbeit zu überlassen. Und zuletzt wird ihn Birnbaum als »Feigling« demütigen.
Burn-out.
Irgendwas Ernstes brütete in ihm, das war über Wochen hinweg zu spüren. Ihm fehlte die Leichtigkeit, die Nettigkeit, das Sympathische; er wurde grüblerisch. Und er hatte sich anderweitig beworben.
Und kassierte eine Absage nach der anderen.

Er ist dreiundfünfzig Jahre alt. *Wer sollte so jemanden einstellen?*
Heute dann diese Sache mit der Witwe, der anstehende Rechtsstreit.
»Ich brauche die nächsten Tage frei«, sagt er zu Rotkäppchen und hält seine Tasche schon in der Hand. Wozu haben wir alle schließlich Überstunden im dreistelligen Bereich?
»Warum?«
Seine Standardantwort. Rotkäppchen schaut nicht in die Seele seiner Mitarbeiter oder vielleicht auch nur ganz profan in den Kalender. Ob (wie immer) genügend Leute da sind oder ob es vielleicht zu einem anderen Zeitpunkt besser wäre. Er schaut Huber nicht mal in die Augen, nein, nur erwartungsgemäß: *Warum?*
»Haben Sie was vor?«
»Ja«, antwortet Huber. »Ich muss schauen, ob das alles für mich noch einen Sinn hat ...«
»Wie?«
Sofort bricht Hektik bei Rotkäppchen aus. Hysterisches Luftschnappen, Transpirieren, gestotterte Zustimmungen und vor allem panisches Telefonieren mit Braun.
»Machen Sie, Herr Huber ... Also, passen Sie auf, Herr Huber, ein, maximal zwei Tage ... also, wenn Sie mir versprechen ...«
Keiner fragt Huber, was mit ihm los ist. Vielleicht nur so in einem Nebensatz. Oder ob man etwas ändern könnte. Es ist Rotkäppchen egal, dass Huber am Ende ist oder sein könnte – aber es darf nicht sein, dass er im bevorstehenden Verkaufsmarathon ausfällt. *Das geht gar nicht!*
Umbringen kann man sich doch auch im Frühling, wenn ohnehin tote Hose herrscht, kleiner Kalauer, Spaß muss sein, und jetzt wieder an die Arbeit. Wer wischt das Blut weg?

Schon eine Stunde später wird »Biertrinken« befehligt. *Freiwillig*, versteht sich.
Die Abteilung habe sich geschlossen morgen Abend einzufinden, wird von Rotkäppchen angeordnet, in einem Lokal in der Nachbarschaft. Gute Laune ist mitzubringen, haha, Stimmung sowieso, haha, um als Team wieder gemeinsam zu agieren. Es ist schließlich alles *großartig*.
»Uuuh, ich würde ja so gerne, aber …«, sagt Müller.
»Uuuh, auch bei mir, gerade morgen …«, folgt der Nächste.
Ich bin Gott sei Dank fein aus dem Schneider. Der festgelegte Stimmungstag fällt auf einen Mittwoch, da habe ich frei. Zumindest täusche ich das perfekt vor, komplett eingespannt zu sein. Und weil diese Bespaßung *freiwillig* ist, kann Rotkäppchen auch nicht mehr tun, als die Hände in der Hosentasche zu ballen. Und stündlich rasseln neue Absagen rein. War vielleicht etwas zu viel des Guten. Nur die Neuen, die werden alle brav anwesend sein.
Die verordnete Maßnahme zur Hebung des Betriebsklimas ist selbstverständlich, weil *freiwillig*, auch von jedem Teilnehmer selber zu bezahlen.
»Typisch«, sagt Eulenberg. »Geizhälse …«
»Ich kann Huber so gut verstehen …«
»Wegen der Alten?«, fragt Eulenberg irritiert.
»Nein«, antworte ich, »das Ganze … allgemein. Hubers Problem ist das von uns allen: Du kriegst nichts anderes mehr. Wenn du es nicht geschafft hast, gerade noch an den Fleischtöpfen anzudocken, dann bist du weg. Es gibt nur noch Zeitverträge oder unterbezahlte Ausbeutungssachen … oder du musst ein Mega-Spezialist sein …«
»Im Prinzip ist es dann sogar egal, ob du hierbleibst und dich verarschen lässt – oder irgendwo anders hingehst und dich dort verarschen lässt. Es ist kein Unterschied …«

Fast alle Provisionsverkäufer haben sich schon anderweitig beworben. Die meisten sind noch hier.
Weil hier das Paradies ist …
Selbst Ömer war mal weg. Aber er hatte sich verzockt, will zumindest die Gerüchteküche köcheln, er wollte angeblich eine dicke Prämie über einen befreundeten Headhunter kassieren; er ist noch jung. Früher war dieses Vorgehen normal. Aber heute sind die Bedingungen anders, die Geschäftsführer wissen, dass sie inzwischen Spitzenkräfte mit Handkuss kriegen. Selbst Top-Verkäufer sind nichts mehr wert.
Huber hingegen erhält nicht mal eine Einladung. Geschweige denn einen Handkuss. Er kassiert nur Absagen, genau wie ich. Pommerencke hat sich nicht mal getraut. Und all die anderen, die es wirklich geschafft haben, die wirklich gegangen sind, die sind alle schon vergessen.

13

Abends: Zappen. Sinnloses Schalten.
Ich lese keine Zeitung mehr, keine Magazine, gehe nicht mehr ins Kino. Im Fernsehen schaue ich nur Trash. Alles nur noch Unterhaltung, Flucht, um Gottes willen keine Kunst mehr.
Für Literatur brauchst du Muße.
Das Merkwürdige ist, dass es mich auch nicht mehr interessiert. Weil ich nicht mehr Teil des ganzen Zirkus bin.
Stattdessen schlage ich meine Zeit tot. Und zappe. Ich finde eine Sendung über die »Tricks der Verkäufer« und bleibe hängen. Es geht, wie zu erwarten, um einen SKANDAL. Mit versteckter Kamera wird ein Supermarkt vor-

geführt, der seine Waren so positioniert, dass man sie vor allem besser sehen kann. Also: SKANDAL. Es soll sogar unterschiedliches Licht geben und weitere »Tricks«, sogenannte Bremszonen. Alle nur mit dem einen Ziel errichtet, dass der Kunde mehr Waren kauft. Im Supermarkt. SKANDAL …

»Gut«, sage ich dem Fernseher, »einverstanden, dann schaffen wir diesen ganzen Einzelhandel ab!«

Was soll das?

Geschäfte wollen verkaufen. Dafür wollen sie ein optimales Umfeld schaffen. Was ist daran skandalös?

Es gibt einen Moment beim Betrachten, wo ich mich frage, ob ich auf einem anderen Stern lebe. Aber ich darf nicht zu lange darüber nachdenken, sonst kann ich nämlich nicht einschlafen. Und das wiederum ist tödlich, weil ich morgen wieder ins Gefängnis muss.

Leider kommt diese Einsicht schon zu spät. Einen Moment zu lange nachgedacht, und augenblicklich breitet sich ein aggressiver Gedankenvirus in mir aus: *Was hast du eigentlich den ganzen Tag gemacht? Das ist alles so sinnlos.* Als Reporter, bei aller Oberflächlichkeit, bei aller Lächerlichkeit, war ich ein Teil der Welt. Ich war ein Teil des Getriebes.

Jetzt bin ich nur noch ein Zapper.

Und plötzlich sehe ich da einen Journalisten aus Hamburg im Fernsehen, von einem großen Nachrichtenmagazin. Seine Frisur, sein Sakko, das Hemd, die listigen Augen – und ich sehe *mich*. Ich erinnere mich.

Das war *ich*.

Listig, lustig, freundlich.

Jetzt bin ich weg.

Das ist nur einen Schritt entfernt, denke ich, und doch eine andere Welt.
Und dieser Kerl, in seiner ganzen unerschütterlichen Selbstsicherheit, könnte sich nicht vorstellen, dass etwas anderes passieren könnte.
Niemals.
»Eher würde ich mich umbringen.« Das sind genau die Sätze, die man dann sagt. In Mikrofone.
Der Kerl spricht über den »Summer of Love«, 1967, und er hat eine äußerst ironische Haltung dazu. Eher abfällig. Und ich will sofort dabei sein.
Das geht nicht.
Wenn ich so zurückdenke, mein Gott, in meiner Jugend, als Ausläufer der Punkbewegung, war ich volle Kanone *New Wave*, und Hippie-Hass war Grundlage. Die Müslis waren mein Feindbild. Und heute will ich genau da hin, ich will zu den Hippies. Ich will im Park sitzen und lachen, Gitarre spielen und nicht mehr arbeiten.
Dabei habe ich mit Mitte zwanzig hasserfüllte Artikel gegen genau diese Hippies geschrieben. *Zurück zum Beton*, habe ich gerufen. Da hatte ich allerdings auch noch Ideale. Und jetzt will ich Gitarre spielen und im Park sitzen, einfach nur furchtbar, wenn ich an mein jugendliches Ich denke. Aber ich hätte mir auch niemals träumen lassen, so zu enden, als blöder Krawattenträger mit Dienerbuckel. Akkurat rasiert. *»Schauen Sie sich ganz in Ruhe um …«*
Mein Gott, in der Mittagspause salbader ich schon von einer Gesellschaft ohne Geld, ohne Zwangsarbeit, auf der Suche nach Spiritualität …
Wobei ich mich immer noch jung fühle, innerlich, es sind die äußeren Umstände, die mich aufreiben. Mein Spiegelbild passt nicht zu meinem Denken.

Das kann doch nicht alles gewesen sein …
Der Gedankenvirus breitet sich bis in die Fußspitzen aus. Und wird mich wieder einmal den Schlaf kosten und mir damit den folgenden Arbeitstag zertrümmern. *Vielen Dank auch!*
Erstaunlicherweise ist dieses Hellwach-Muster durchgängig bei allen jenen vorhanden, die länger als fünf Jahre in der Branche arbeiten. Das weiß ich inzwischen.
Aber es passiert nichts.

14

An diesem Morgen höre ich zum ersten Mal davon, dass sich zwei Verkäuferinnen in der Ausstellungshalle vor Abscheu angespuckt haben. Allerdings bei der Konkurrenz.
Bei uns ist selbstverständlich alles bestens. *Hier ist alles gut. Alles ist in Ordnung.*
Spucken darf nur nicht den Verkauf behindern.
Wir gönnen uns untereinander nicht die Butter auf dem Brot, nicht mal die Kruste.
Neid – das ist das vorherrschende Gefühl. Und das einzige, das uns untereinander verbindet. Nicht zu vergessen die Schadenfreude, wenn ein Kunde in letzter Sekunde die Unterschrift verweigert – bei einem Kollegen.
»Hast du schon gehört?«, heißt es dann. Und: »Geschieht ihr recht …«
Die Rentnerin ist heute die Leidtragende. Sie hat eine Joop-Garnitur nach zehn Minuten aufgeschrieben. Wobei der Kunde natürlich schon einmal da gewesen sein muss,

das war klar, nach nur zehn Minuten Gelaber. Aber die Rentnerin bestritt das vehement und feierte ihren »Erfolg« und sprang vor Freude auf und nieder.

Bis der Auftrag finanziert werden musste. Und im Finanzierungsbüro platzte die ganze Sache. Ohne Finanzierung wiederum kein gültiger Vertrag …

Jetzt springen meine Kollegen auf und nieder und lachen vor Freude.

»Sie hat es nicht geschrieben!«

Von der Geschäftsführung wird diese Gefühlslage übrigens nach Leibeskräften unterstützt. Denn Neid, so steht es in der empfohlenen Verkaufsprofi-Literatur, ist ein idealer Antriebsmotor.

Und dieser Motor läuft wie geschmiert. Vornherum grüßen wir Verkäufer uns alle superfreundlich, aber wir wissen dabei genau, wer in welche Rangliste gehört. Wer ist bei den Top-Verkäufern und wer ist lediglich Mitläufer? Wer von den Neuen wird gefährlich? Oh, wir können so unglaublich freundlich zueinander sein, fast so süß wie zu den Kunden.

Und sobald einer der Kollegen aus dem Blickfeld steppt, wird gelästert.

Dann brechen alle Dämme, und wir zerreißen einander und sind doch sooo freundlich, sobald die betreffende Person zurückkehrt.

Niemals will ich so enden, sage ich mir tagtäglich.

Und wenn man mir tausend Verkäufer-Handbücher um den Schädel haut, mit dem zehntausendsten Marketing-Psychologen, der mir einreden möchte, dass ausschließlich so ein Klima aus Niederträchtigkeit zum Erfolg führt.

Niemals wirst du so enden, schwöre ich tagtäglich, du musst dich lösen von diesem Neid und dieser Bösartigkeit, von diesen Intrigen und Strategien.

Niemals wirst du ein Teil dieser Maschinerie werden. Versuche, die Solidarität untereinander zu entwickeln, das Gute im Menschen zu sehen, den Blick für eine bessere Zukunft nicht aus den Augen zu verlieren.
Das Blöde ist nur: Die Guten verkaufen nicht.
Und: Ich verliere zunehmend das Gefühl dafür, was eigentlich das Gute sein könnte.

»Verkaufen macht keinen Spaß mehr«, sagt Eulenberg im Pausenraum, »es ist nur noch ein Schachern um Prozente und Skontierungen.«
Er atmet aus und lässt den neuen Werbeprospekt sinken. Wie jedes Mal ist auch diese Wurfsendung ein Ausbund an schriller Farbigkeit, eine zügellose Orgie aus Großbuchstaben. Mittlerweile lassen sich die Werbeflyer der einzelnen Möbelhäuser in ihrer hysterischen Propaganda kaum noch voneinenander unterscheiden (und sollen es wohl auch nicht). Nur die rote Zahl der versprochenen Prozente variiert. Manche Mitbewerber sind bei märchenhaften »fünfundsiebzig Prozent« angelangt, nur übertroffen von den legendären »neunzig Prozent« für irgendeinen angeblichen Fabrikverkauf. In der weiteren Umgebung gibt es einen Teppichladen, der seit schlappen zwei Jahren »Räumungsverkauf« androht.
Letztlich geht es dabei immer nur um eines: die Leute ins Haus zu locken. Und wenn eben diese Angesprochenen diese Absicht mit detektivischem Spürsinn entlarven, führt das jedes Wochenende zu (in ihrer Heftigkeit schon wieder langweiligen) beleidigenden Anwürfen. Weil diese Meisterdetektive nicht verstehen wollen (oder können), dass so ein riesiges Haus nur dadurch existieren kann, dass Menschen es nicht nur einfach kennen und »schon mal

was davon gehört haben«, sondern es schlichtweg betreten – und etwas kaufen.

Eulenberg erzählt manchmal von den alten Zeiten, als Verkaufen noch Spaß machte. »Heute spinnen selbst die Alten«, sagt er, »und suchen sich im Internet die Finger wund …«

Das Handeln mögen die Deutschen immer noch nicht, aber das Totprügeln mit dem billigsten Preis. Das Demütigen und Runterdrücken. »Es gibt kaum etwas auf dieser Welt«, zitiert Eulenberg von einem Zettel, »das nicht irgendjemand ein wenig schlechter machen und etwas billiger verkaufen könnte, und die Menschen, die sich nur am Preis orientieren, werden die gerechte Beute solcher Machenschaften. Es ist unklug, zu viel zu bezahlen, aber es ist noch schlechter, zu wenig zu bezahlen. Wenn Sie zu viel bezahlen, verlieren Sie etwas Geld, das ist alles. Wenn Sie zu wenig bezahlen, verlieren Sie manchmal alles, da der gekaufte Gegenstand die ihm zugedachte Aufgabe nicht erfüllen kann. Das Gesetz der Wirtschaft verbietet es, für wenig Geld viel Wert zu erhalten. Nehmen Sie das niedrigste Angebot an, müssen Sie für das Risiko, das Sie eingehen, etwas hinzurechnen. Wenn Sie das tun, dann haben Sie auch genug Geld, um für etwas Besseres zu bezahlen …«

»Du bist unter die Philosophen gegangen?«

»John Ruskin«, liest Eulenberg von seinem Zettel ab, »ein englischer Sozialreformer, 1819 bis 1900 … Da hat sich nicht sonderlich viel geändert, würde ich mal sagen …«

»Doch«, entgegne ich, »Rabatte gehen inzwischen einzig und alleine von meiner Provision, also von meinem Lohnzettel ab …«

In allen sogenannten Verbrauchersendungen wird dieser Umstand übrigens ausgeklammert. Vermutlich wird es

dann zu kompliziert. Jede Form des Handelns bedeutet für mich effektiv: Einkommenssenkung.
Die Bosse wiederum juckt das nicht. Die haben ihre Gewinne schon davor einkalkuliert.
Auch eine Null-Prozent-Finanzierung kostet Geld. Jeden Cent, den ein Kunde spart, bezahle ich anteilig als Verkäufer. Und ich bezahle viel.

15

Schon wieder eine Trennung.
Diesmal zieht Müller den Kürzeren. Seine Frau hat ihm die Koffer vor die Tür gestellt.
Braun spielt den besorgten Vorgesetzten; eine glatte Fehlbesetzung. Dabei gibt er sich alle Mühe, wenn er den Kopf schief stellt und damit unterstreichen möchte, dass er jetzt so etwas anstellt wie Zuhören, oder wie man das so nennt, wenn man nicht brüllt. Gewissermaßen ist er tatsächlich *besorgt*. Aber vor allem, weil Müller ein guter Verkäufer ist – und dieser gute Verkäufer jetzt möglicherweise ausfällt. Schlimmstenfalls für längere Zeit. Und das in einer Phase, wo die Umsatzzahlen nicht stimmen. Und Huber wackelt.
Schließlich wurden in der Chefetage drei Prozent Umsatzsteigerung beschlossen. Und wir hinken immer noch hinterher.
»Nach vorne schauen«, kommandiert Rotkäppchen. »Auf keinen Fall negativ denken!«
Dieser alberne Positiv-Reflex kommt immer dann besonders gut, wenn sich eine schwere Erkrankung herumspricht. Wie bei Krabitzke. Oder gar ein Todesfall.

Das ist ohnehin auffällig: Sobald ein Gespräch auf das Thema Tod und Leid kommt, wollen sie das nicht hören. Das wird von Braun und Rotkäppchen kategorisch abgeblockt. Mit welcher Begründung?
»Dieses Thema ist nicht positiv …«
In der Tat, das hat der Tod so an sich. Deshalb ist er auch so endgültig.
Stattdessen tönt Braun reflexartig: »Carpe diem«, und Rotkäppchen knattert hinterher: »Nütze den Tag!« Wie eine magische Formel, mit stakkatohartem Nicken unterlegt.
Aber was soll das denn nun heißen? Nütze den Tag, ja, prima, hier, bei uns? Konkret? Der einzige Sinn dieser Formel scheint darin zu bestehen, dass Braun und Konsorten den Satz augenblicklich zitieren können.
Sie bleiben schließlich genauso bescheuert wie vorher, und die Arbeitsbedingungen ändern sich auch nicht.
Bei Rotkäppchen heißt »Carpe diem« höchstens, dass er sich neue Urlaubsfotos als Bildschirmschoner aufspielt.
Carpe diem bedeutet offensichtlich: Urlaub. Und Freizeit.
Wir sind aber den größten Teil unseres Lebens hier.
Und müssen *hier* Umsatz machen.
Der ausbleibt.
Dieses Ausbleiben wiederum verhagelt Rotkäppchen schon seit zwei Tagen die Stimmung. Unruhig wandert er durch die Hallen und treibt »seine Mannschaft« an.
Die Umsatzzahlen können ihm schon deshalb nicht gefallen, weil Braun seit zwei Tagen unruhig ist. Und weil die Besitzer unzufrieden sind.
Und während wir noch nachdenken, über Müller und diese verdammten Trennungen in diesem Job, steht da plötzlich eine Neue vor uns. Das geht hier ohne Ankündigung.

»Guten Tag!«

Sie strahlt wie Bolle. »Ich heiße Olga Bukowski«, piepst sie, fröhlich, voller Schwung und Elan, stammt ursprünglich aus Polen, wie sie sagt, lebt aber schon vierzehn Jahre in Deutschland. Olga hat lange Jahre in einer Fabrik am Fließband gearbeitet, Akkord, wie sie sagt, manchmal auch im Büro, ohne Akkord, und für sie ist der Weg ins Möbelhaus ein Sprung in die richtige Gesellschaft.

»Das kann ja heiter werden«, flüstert Müller.

Sie wird ansonsten nicht weiter groß vorgestellt. Frau Bukowski ist jetzt einfach mal so da.

Klein und zierlich; lächelnd. Eine möglicherweise vorhandene Attraktivität hat sie hinter einer schwarzen Hornbrille und einer Kurzhaarfrisur versteckt, die mich an die zwanziger Jahre erinnern.

»Warum machst du das?«, frage ich Olga irgendwann hinter einer Säule. Während sie lächelt. Vielleicht ist die Frage etwas zu provokant, aber der Akkordlohn in einer Fabrik liegt nicht so weit entfernt von dem, was sie hier verdienen wird. Meine Vermutung ist: Vorspiegelung falscher Tatsachen.

»Hier kann ich mich schön anziehen …«, antwortet sie.

Das ist ein Argument.

»In der Fabrik ist es laut und dreckig, und die Männer sind es auch …«

Im Möbelhaus verdient sie, völlige Selbstausbeutung vorausgesetzt, möglicherweise sogar noch einige Hunderter mehr als in der Fabrik, ist vor allem aber keine *Arbeiterin* mehr, sondern ein Teil der bürgerlichen Gesellschaft. So habe ich das noch nie gesehen.

Sie ist Ende dreißig, alleinerziehend und möchte ein neues Leben beginnen. Die beiden Kinder bleiben tagsüber bei der Oma, und Olga kann sich schön anziehen.

Rotkäppchen, Braun und Eisenherz, sie alle lieben das. Weil: Sie ist nicht sonderlich intelligent. Sie glaubt also alles, was das Trio ihr verkündet.
Und sie ist so irrsinnig glücklich hier.
»Ich komme aus einem armen Land«, sagt Olga, »hier ist es schön …«
»Nehmt euch mal ein Beispiel an Frau Bukowski«, heißt es von nun an täglich in der Morgenbesprechung. Weil, sie glaubt alles, was Braun und Konsorten verkünden.
Olga erzählt deshalb auch täglich, wie sehr sie diese Arbeit liebt. Sie ist ein bisschen dumm und ein großes Stückchen naiv. Und ein riesiges Stück gerissen.
»Ich glaub der kein Wort«, sagt Julia Birnbaum. Sie glaubt weder an diese Dummheit noch an die vermeintliche Naivität. »Und die wohnt schon über vierzehn Jahre in Deutschland, Polen hat sich unglaublich verändert. Was soll dieses Gequatsche vom armen Land? Wenn sie seit vierzehn Jahren nicht mehr dort war …«

»Wozu schon wieder eine Neue?«, frage ich.
Eulenberg zieht lediglich die Schultern nach oben. »Möglicherweise wollen sie uns immer wieder daran erinnern, dass wir alle ersetzbar sind. Das kleinste Widerwort, zack, schaut hin, da draußen stehen Tausende begeisterter Nachfolger …«
»Wo sind denn da Tausende …?«
»Oder, die andere Erklärung: Sie brauchen ständig neue Leute, weil du nach spätestens drei Jahren ausgebrannt bist …«
»Manche schon nach drei Monaten …«
»Danach verbindet die Oldies untereinander nur noch Hass und Rache. Körper und Geist wie bei alten Leuten.«

»Hallo?!«
»Ich meine: keine Hobbys mehr, keine Ideen, keine Pläne, keine Ziele ...«
»Das stimmt. Schau sie dir doch an, die Neue, wie sie strahlt und lacht, und wie sie sich freut, hier zu arbeiten. Sie schwebt geradezu durch die Hallen und Kojen ...«
»Und genau das macht mich misstrauisch ... Irgendwas stimmt da nicht ...«

16

Es gibt noch eine Neue ...«
Der Alte war also deutlicher unzufrieden als nur vermutet.
Folgerichtig gibt es wieder eine zusätzliche Konkurrenz. Duldete man hier nur Festangestellte, mit einem üppigen Gehalt gesegnet, würde ein Kunde in all diesen weitläufigen Hallen vielleicht fünf Nasen sehen. In Spitzenzeiten.
So aber, wo es den Alten nichts kostet, schaufelt er wahllos Leute rein und noch mal obendrauf, wie es ihm gerade passt. Inzwischen am liebsten Frauen. Das liegt zum einen daran, dass Kundinnen bevorzugt bei ihresgleichen kaufen (und, bei entsprechender Optik: die Männer ebenso), mit Ausnahme bei den Küchen – und zum anderen daran, dass Eisenherz entdeckt hat, dass sich Frauen stärker anheizen lassen.
Man sagt immer, dass Männer alles zu einem Wettbewerb, zu einem Schwanzvergleich machen müssen. Wer hat den Größten? Also: Wer verkauft am meisten?!

Aber hier ist das nicht so.
Im Verkauf sind es die Frauen, die unentwegt vergleichen. Männer absolvieren ihren Job und wollen möglichst ohne größeren Schaden überleben. Frauen hingegen verinnerlichen diesen Wettbewerb, als ginge es wahrhaftig um ihren Wert als Mensch, als Frau, und sie denken nicht einmal daran aufzumucken.
Sie lächeln.
Frauen verkaufen sich mit Leib und Seele (und vor allem mit ihrer Seele) an das Verkaufen. An das Verdienen. Damit ist aber auch jeder Angriff auf das Verkaufen ein Angriff auf ihre Seele.
Und es gibt viele Angriffe.
Also befinden sie sich unentwegt in Verteidigungshaltung. Und sind pausenlos gekränkt.
»Wieso kriegen die immer wieder neue Leute für diesen Scheiß?«, fragt jetzt auch Müller, während Olga umherschwebt.
»Weil sie in den Bewerbungsgesprächen das Blaue vom Himmel versprechen«, sagt Huber. »Heißt: richtig Kohle.«
Lediglich die Miesmacher ziehen angeblich den Laden runter, und wenn man die Miesmacher isoliere, dann rolle der Rubel. *Lasst euch nur ja nicht von den negativen Subjekten anstecken, die alles schlecht machen.*
Jeder Frischling zeigt den Altgedienten: Schaut an, es kommen ständig Neue, ihr seid alle ersetzbar. Ihr seid nichts weiter als Nummern.
Auf der Homepage existieren noch einige Werbefotos aus den Anfangstagen der Abteilungen, ein Haufen lächelnder Gesichter. Bekanntermaßen sieht man auf Werbefotos immer nur glückliche Menschen.

Nach kurzem Überfliegen zeigt sich, dass Dreiviertel der Glückseligen schon nicht mehr hier arbeiten. Innerhalb von drei Jahren.

»Vermutlich konnten sie so viel Glück auf Dauer nicht ertragen …«, ätzt Eulenberg.

Nimmt man den Text der aktuellen Stellenanzeige, dann muss man eindeutig den Eindruck gewinnen: Nur mit diesem Job erhalten Sie den Eintritt in ein neues Leben. Wohlstand, Anerkennung, Zuspruch. Der Beginn einer großen Karriere.

Ein Konkurrent hat mal keck gedichtet: Wer nicht mindestens fünfzigtausend Euro im Jahr verdienen will, braucht sich gar nicht erst zu bewerben. »Überall im Verkauf herrscht dieser gleiche Geist«, sagt Krupp, »aus der Flasche, haha … Ein guter Verkäufer schafft Wunder …«

»Und überall: Einsatzbereitschaft …«, ergänzt Huber.

»Und: überdurchschnittliche Sozialleistungen … Hallo! Wovon denn? Was soll denn da der Durchschnitt sein?«

»Und wenn du dann erst mal dabei bist, ist es schon zu spät …«, sagt Krupp.

»Wenn das purer Kapitalismus ist«, sinniere ich mehr so vor mich hin, »also richtig in Reinform, dann bin ich sicher, dass sich dieser Kapitalismus von innen heraus zerstören wird. Nicht durch Revolutionen, aber durch Depressionen und sonstige psychische Krankheiten. Durch Aufgabe. Dem Kapitalismus gehen irgendwann schlichtweg die Leute aus … Insofern: Ein Hoch auf die Depression!«

Laut der DAK beruht mittlerweile jede achte Krankschreibung auf psychischen Störungen. Das ist ein Anstieg um vierundsiebzig Prozent seit 2006. Außerdem belegen Berichte der Deutschen Rentenversicherung, dass mehr als vier von zehn Menschen, die in Frührente gehen, psychische Leiden als Gründe angeben. Auch die Kosten steigen kontinuierlich. So belaufen sich in Deutschland die Ausgaben für psychische Krankheiten und Verhaltensstörungen auf mehr als achtundzwanzig Milliarden Euro pro Jahr, das sind etwa zehn Prozent der jährlichen Gesundheitskosten.

Und dann gibt es noch die sogenannten körperlichen Gebrechen, die nicht als psychische Krankheit durchgehen, aber offensichtlich in der Seele ihren Ursprung haben. Wenn Krupp beispielsweise ständig mit seinem angeschlagenen Magen herumläuft und herumdoktert, also Unmengen an Tabletten schluckt, oder Pommerencke mit ihren Herzproblemen Aufmerksamkeit sucht. Abgesehen von den unzähligen kaputten Rücken. All diese Mitstreiter suchen Hilfe bei alternativen Medizinereien, wo sie sich nicht krankschreiben lassen müssen, und bezahlen die angepriesenen Kügelchen und Salben sogar noch aus der eigenen Tasche.

In der Hoffnung, bald wieder reibungslos zu funktionieren.

17

Nein, mich interessiert nichts mehr; ich bin glücklich. Ich plane wieder ein richtiges Leben. Ein zweites Angebot.

Ich bin als Textchef im Gespräch, für eine sehr renommierte und international tätige Agentur. Mit feinen und optisch ansprechenden Kundenmagazinen.

Und bin dementsprechend euphorisch.
Ich fahre morgens mit dem Zug in die Hauptstadt, wieder mit dem geliebten Zug, in meinen geliebten, *richtigen* Hosen und Hemden, in meine geliebte Hauptstadt. Und alles ist klar: Es gibt auch nach zwei Stunden noch keinen Haken.
Vielleicht deshalb, weil es keine ausgeschriebene Stelle ist. Mehr so eine spontane Idee der Geschäftsführung, weil ich mich auf eine »niedere Stelle« beworben hatte. So weit bin ich schon, ich würde inzwischen alles nehmen.
»Herr Kisch, dafür sind Sie doch völlig überqualifiziert, mit Ihrem Namen … Wir hätten da was Besseres vor …«
Und es bleibt ein geniales Treffen.
»Wissen Sie was, Herr Kisch«, sagt der Geschäftsführer beim Espresso, »wir machen das. Allerdings … müssen wir noch einen Großauftrag abwarten. Das ist eine Formalie, wir haben diesen Kunden schon seit Jahren. Passen Sie auf, folgender Vorschlag: Sie kommen erst mal drei Monate frei zu uns, und sobald der Auftrag in trockenen Tüchern ist, wandeln wir das Ganze in ein unbefristetes Arbeitsverhältnis um …«
Klasse!
Ulrike sieht das abends allerdings ein wenig anders. Nach der Rückkehr aus der geliebten Hauptstadt. »Und was ist, wenn dieser Pitch anders ausgeht? Oder wenn es länger als drei Monate dauert?«
»Schaaatz …« Ich argumentiere.
Aber wenn ich ehrlich bin, habe ich nicht so viele Argumente.
Das Problem ist: Für einen Außenstehenden, für einen Nicht-ganz-so-Besessenen gebärdet sich diese Medienwelt noch viel verbrecherischer als der gesamte Einzelhan-

del. Nur dass die ausgebeuteten Medienmenschen stets voller Begeisterung in ihr Sklavendasein pilgern. Wenn ich alleine überlege, wie oft man mich in dieser Branche hintergangen hat. Wenn ich an all die geplatzten Verträge denke. Und wenn ich an die Gerichtsverfahren denke, wo mutige Autoren sich gegen Medienkonzerne zur Wehr gesetzt haben – und immer recht bekamen. Und es dort trotzdem niemanden interessiert. Weil sie es einfach nicht umsetzen, *ätschbätsch*.
Weil sie es einfach nicht einsehen.
»Schatz …«, sage ich und bastle gedankenreich an einem Kompromiss. Demnach schwebt mir vor, in den besagten drei Monaten jeweils zwei Wochen in der Agentur zu arbeiten und die anderen zwei Wochen im Möbelhaus. Das kriege ich hin, denke ich mir, mit Urlaubs- und Krankentagen. Um nicht gleich ganz in den Sack zu hauen. Nach drei Monaten werde ich zwar einen Mordsärger mit Eisenherz kriegen, aber dann bin ich ja weg.
Ulrike schweigt.
Also sage ich noch am gleichen Abend in der Hauptstadt zu. Und bin wieder ein Mensch!
Am nächsten Morgen allerdings hat Ulrike wieder ihre Sprache gefunden. »Das geht nicht«, sagt sie kategorisch. »Ich habe mit meinen Eltern darüber telefoniert. So bin ich nicht erzogen worden. Solche krummen Dinge mache ich nicht.«
Na, super! *Vielen Dank auch …*
Einerseits ist das natürlich heldenhaft von meiner Frau, andererseits nehme ich ihr diesen ganzen Moralkram einfach nicht ab. Ich vermute, sie will es einfach nicht. Sie mag nicht, dass ich pendle, sie will vermutlich auch nicht, dass ich in diese komischen Medien zurückgehe.

Aber ich muss mich jetzt als Erstes in der Hauptstadt melden und absagen. Oder ich melde mich stattdessen von meiner Ehe ab.

»Es ist so … und so … Vielleicht verstehen Sie …«
Natürlich versteht mich dort niemand, in meiner geliebten Hauptstadt, und vor allem sind sie gleich wieder abgrundtief beleidigt. Das ist ja leider eine alte Nummer. Niemand überlegt sich, dass die mich überhaupt erst in diesen Schlamassel hineingebracht haben, mit ihrer komischen Dreimonatsregel. Ohne Absicherung. Dafür bin ich jetzt wieder mal irgendwo als Querulant geblockt und gesperrt. Und immer liegt es an der gleichen Ursache: Weil ich Idiot mir ein Kind gewünscht habe!
Als Freiberufler, alleine, ohne Familie, ohne Kind, wäre das alles prima und machbar gewesen. Auch dieser Deal. So wie jeder Deal: Mal eben drei Monate nach Frankfurt oder Hongkong wechseln, kein Problem.
Oder auch länger? Ich bitte Sie, fordern Sie mich!
Und genau so ein Freiberufler übernimmt dann auch problemlos meine Stelle. Mal eben so, erst mal für drei Monate. *Dankbar.*
Mit Familie geht das alles nicht.
Mit Familie kann ich auch nicht mehr nebenher schreiben. Ich kann nicht mal »einfach so« ins Ausland gehen, für eine Reportage, mal eben vier Wochen abhauen und den Kleinen zurücklassen. Ich will das auch nicht, ihm das Gefühl geben, sein Vater hat ihn im Stich gelassen. Da will ich gar nicht erst drüber nachdenken.
Wobei so eine freiberufliche Reportage letztlich nur zwei Monate zu Hause finanziert …
Eine Lösung wäre das alles nicht.

»Also weiter Möbelhaus …«, sage ich.
Ulrike schweigt wieder. Ihr ist das alles irgendwie egal.
Das kränkt mich erst recht.
Wir sind inzwischen wechselseitig enttäuscht.
Sie von mir, weil ich so wenig Geld verdiene. Als Möbelverkäufer komme ich auf durchschnittlich zweitausendfünfhundert Euro brutto, bin damit weit entfernt von den Versprechungen der Top-Verkäufer.
Und ich bin enttäuscht, weil sie mich nicht durch dieses Loch, durch diese Zeit begleitet. Wohin ist der alte Eid entschwunden: *In guten wie in schlechten Zeiten …* War das nicht früher normal? Dinge gemeinsam durchstehen … Ich lege mich doch nicht quer. Ich verweigere mich nicht, versuche doch was. Und ich kann auch nichts daran ändern, dass Journalismus keine Zukunft mehr hat!
Irgendwie, denke ich, hat sie sich mit dieser Vorstadtprovinzialität völlig assimiliert. Mit dieser muffigen Atmosphäre, wo es nur darum geht, wer wann warum den Rasen mäht. Als Kreativer arbeitslos zu sein, das versteht hier niemand. Weil hier auch niemand versteht, was überhaupt ein Kreativer sein soll. Das beginnt schon wenige Kilometer auswärts, vor allem weg von der Großstadt. Dann gibt es nur noch Handwerk und Industrie. Und Maschinen, Planungen, Berechnungen.
Es gibt keine *Kunst.*
So was wird höchstens gefördert, dann schweigt man aus Anstand, wenn es im sogenannten »Kulturhaus« ausgestellt wird, aber all das ist letztlich nur überflüssig. Und darf nichts kosten.
Also weiter Möbelhaus …

Ich kann auch nicht mehr schreiben, denke ich. *Worüber?* Man braucht Zeit und Abstand, und vor allem eine Idee, die trägt.
Ein Liebesroman? Absurd.
Ein Krimi? *Vielleicht …* Aber wann soll ich das Ganze zu Papier bringen?
Und vor allem gibt es kein Thema, das mich alle Opfer ertragen lässt.
Es gibt keine abstrakte Idee, die mich durch die ganze Scheiße trägt.
Wie kann man kreativ leben?
Wenn es nur darum geht, zu überleben.
Geht das?
Ist Kunst wirklich möglich, außerhalb einer gesicherten bürgerlichen Fassade? Ist sie nicht letztlich nur: Luxus?

HERBST

1

Die Neue ist auch gleich so ein Wirbelwind. *»Hier können Sie reich werden …«*
Eine Schauspielerin par excellence, nicht wie Sophie, also gelernt, sondern mehr im Sinne eines grandiosen Verstellens. (»Grandios« möchte ich doch lieber wieder streichen …)
Also: hektisch, verbissen, grinsend, lachend; hinterhältig. Und damit erfolgreich.
Sie verkauft wie Luzifer persönlich.
»Schon gehört?«, fragt Eulenberg.
Zwei Drittel ihrer Bestellungen sind falsch. Sie kann sich nicht konzentrieren. Das Aufschreiben von Aufträgen ist nicht ihre Sache. Frau Hollbeck will raus, an die Front, sie will lachen, dummes Zeug quatschen und den Leuten das Geld aus der Tasche ziehen. *Was* die Leute im Einzelnen gekauft haben, hat sie schon während der Auftragseingabe vergessen.
Dafür ist sie mit allen Wassern gewaschen. Sie hat bereits in mehreren Jobs gearbeitet, in mehreren Branchen, und ist dort immer mit warmen Worten gegangen worden.
»Das ist ein Kunde von mir«, zischt sie mir entgegen, als ich ein wenig schlendern will, »ein Wiederkommer, da

brauchst du nicht hin …« Ihre Brille nebst Frisur und Kleidung sind eine Original-Reminiszenz an die achtziger Jahre.
Als ich ihr späteres Verkaufsgespräch belausche, offenbart sich bereits nach wenigen Sätzen: Sie kennt den Mann überhaupt nicht.
Aber sie verkauft.
Und Braun liebt das.
Sie parkt auch Kunden. Spricht also möglichst viele Interessenten an, um ihnen beiseitezustehen, mit dem Hinweis, sie möchten bitte fünf Minuten warten. *»Dann komme ich sofort und nur zu ihnen …«* Überreicht zusätzlich noch ihre Visitenkarte. Damit kein anderer Verkäufer zwischenzeitlich das Gespräch sucht.
Und wenn gar nichts mehr geht, wagt sie sich gleich an eine Doppelberatung. Oder: Sie hört nicht hin, wenn ein Kunde nach einem bestimmten Verkäufer sucht. Sie spricht einfach weiter. Oder: Sie flunkert, dass Ömer sechs Wochen in Urlaub sei. *»Kann ich Ihnen stattdessen weiterhelfen?«* Wie ein Pitbull verbeißt sie sich.
Aber sie verkauft.
Und Braun liebt das.
»Schluss jetzt!«, spricht letztlich Krupp ein Machtwort. »Wenn du hier so weitermachst und verbrannte Erde hinterlässt, mach ich dich fertig! Und ein paar andere auch …« Daraufhin antwortet sie nicht, sondern rennt weg. Und schreit. Es ist schon ein wenig unheimlich, wie in einem Horrorfilm, wenn Dämonen aus dem Körper entweichen. Eine eher kleine Person, seit mehreren Jahren Ende vierzig, die kreischend wackelt. Wobei sie in ihrer Kleinheit annähernd doppelt so breit ist, in jeder Richtung, fast schon quadratisch.

Aber es ändert sich nichts.
Sie schreibt alles weg. Gnadenlos.
Alles in ihr arbeitet auf Hochtouren, alle Rezeptoren und Nervenbahnen stehen auf Anschlag. *Sie können hier reich werden!* Man spürt richtig den Bluthochdruck, kurz vor der Explosion. Ihre Nerven liegen frei und ungeschützt im Neonlicht der Flackerleuchten.
Und Braun liebt das.
Frau Hollbeck treibt den vertrauten Kampf der Verkäufer untereinander auf eine neue Ebene.
Braun verteidigt sogar ihr Verhalten: »Ich habe das früher auch so gemacht«, erzählt er lässig, »für jeden Auftrag, den mir jemand weggeschrieben hat, habe ich zehn von dem weggeschrieben. Und in Kopie an die Person weitergegeben …«
Das soll wahrscheinlich heißen: *Lauft mehr! Schreibt der Hollbeck einfach selber alles weg. Also lauft mehr!*
»Aha«, flüstert Eulenberg, »ich denke, hier ist alles gerecht. Und jetzt auf einmal sollen wir alle Arschloch spielen …«
Tatsache bleibt: Braun und Rotkäppchen wollen nicht eingreifen. Solche Pitbulls sind genau nach ihrem Geschmack, erst recht die Unruhe. Sie lieben den Zoff untereinander.
»Es gab mal eine …«, erzählt Eulenberg, »die ist sogar zum Alten nach Hause gegangen, um ihm da einen vorzuheulen … Sie hat alle Kollegen betrogen, und die waren stinksauer. Da hat sie ihre letzte Möglichkeit darin gesehen, abends zum Alten zu fahren, um ihre ergaunerten Aufträge gewissermaßen reinzuwaschen …« Der Alte wusste überhaupt nicht, worum es ging, er sah nur eine flennende Dame. Es interessierte ihn auch nicht. Hauptsache, der Umsatz stimmt.

Also hat er stumpf genickt.
»Am nächsten Morgen hat Müller besagte Dame dann zwischengenommen. Du kennst Müller. Er hat ihr eiskalt gesagt: ›Wenn du mir noch einen einzigen Auftrag wegschreibst, schlag ich dir in die Fresse! Auch wenn du eine Frau bist. Aber dann hast du wenigstens einen Grund, heulen zu gehen …‹«
Es gab anschließend noch zwei kleinere Eskalationen, danach war sie verschwunden. Wie so viele ehemalige Kollegen.
Aber alles ist gut. Wir freuen uns über jeden Kunden.

Die andere, Bukowski, ist in ihrem Vorgehen viel geschickter: Sie flirtet pausenlos mit den Vorgesetzten. Allerdings nicht vordergründig sexuell, mehr so im Sinne: *Sie sind ja sooo ein toller Mann …*
Und die tollen Männer fahren alle darauf ab, klimper, klimper. Bis auf Eisenherz, der ist immun gegen jede Form von Schmeichelei.
Braun und Rotkäppchen wiederum sind aufgrund ihrer charakterlichen Mängel alleine; isoliert. Sie wollen aber geliebt und respektiert werden. Das ist eines der merkwürdigen Dinge, die ich immer noch nicht verstehe: Warum wollen Arschlöcher geliebt und respektiert werden? Bukowski wiederum gibt ihnen dieses Gefühl. Sie himmelt die beiden an und hat stets ein offenes Ohr.
Sie hört auch deshalb so unglaublich großartig zu, weil sie selber nichts zu erzählen hat. Deshalb fällt es mir auch so schwer, einfach nur neben ihr stehen zu bleiben. Weil sie immer nur lächelt. Und lächelt. Und darauf wartet zuzuhören. Und wenn sie wirklich einmal den Mund öffnet, dann nur, weil sie wieder etwas »toll« findet.

Heute findet sie es beispielsweise »toll«, zu einem »Seminar« eingeladen zu sein. Weil da sogar Essen und Übernachtung bezahlt werden, in einem Hotel der gehobenen Luxusklasse. Und das sei doch wirklich »toll«.
»Bukowski«, sage ich und muss mich mühen, nicht allzu genervt zu klingen, »dieses sogenannte Seminar ist nichts anderes als eine Verkaufsveranstaltung. Der Hersteller macht das nicht, um dir Wissen beizubringen. Das Einzige, was den interessiert, ist, dass du zukünftig seine Produkte verkaufst …«
Aber sie versteht mich nicht. Sie will einfach nicht.
»Die haben doch sogar das Hotel bezahlt …«
Sie hält Verkaufen auch für eine Geheimwissenschaft, die man erlernen könne. Wenn man nur die richtigen Bücher liest, also genau diejenigen, die Braun ihr vorschlägt, und irgendwann die richtigen Management-Seminare besucht. Also wiederum diejenigen, die Braun ihr vorschlägt.
Und deshalb ist Braun so von ihr begeistert. Endlich mal eine Verkäuferin, die alles einbringt, was er stundenlang predigt. Und die zusätzlich noch gute Umsätze schreibt, was schließlich sein ganzes Geschwätz zu bestätigen scheint. Also quatscht er noch intensiver mit ihr, über noch mehr Stunden hinweg, so was gefällt ihm. Und ihr auch. Dass der Hausleiter sich über Tage hinweg ausschließlich mit ihr beschäftigt.
»Die ist zu dumm, um zu verstehen, was da passiert«, sagt Eulenberg.
Aber sie ist fleißig.
»Ich glaube, die ist extrem gerissen«, wiederholt Birnbaum ihre tägliche Vermutung. »Die ist nicht intelligent in einem mathematischen Sinne, aber die weiß exakt, was sie tut …«

Manchmal schmeißt Bukowski allerdings Türen zu. Das wirkt nicht unbedingt berechnend. Oder sie rennt heulend aus dem Laden.
Ihr Verhalten wird immer extremer.
Rotkäppchen muss sie dann auf der Straße anrufen. Aber er tut es.
Daraufhin kommt sie wortlos wieder angefahren und verkauft einfach weiter. Ohne Erklärung.
All das befeuert natürlich das Gerücht, wonach Braun eine Affäre mit ihr habe. Diesen Tratsch hört man auch von dem Hausleiter des benachbarten Discounters mit einer jungen Mitarbeiterin, und jedes Mal geht es dabei weniger um sexuelle Anziehung als vielmehr um diese verfluchte Einsamkeit. Du steckst den ganzen Tag in diesem Kerker fest und bist nur von nervigen Menschen umgeben. Und beinahe suchtartig springst du auf alle vermeintliche Aufmerksamkeit.
Sex … ist irgendwie weit weg …
Das ganze Getue der sogenannten Geschlechter untereinander ist hier ziemlich merkwürdig. Männer und Frauen existieren in dieser Ausbeutungsmaschinerie nur noch als Feindbilder. Es gibt offensichtlich einen deutlichen Graben und eine Grenze. Wir sprechen zwar miteinander über den Graben hinweg, aber es gibt nur wenige Brücken. Männer und Frauen bleiben jeweils als Block aneinander gebunden und leben ansonsten aneinander vorbei.
Früher: wurde auch in diesem Haus gefickt.
Interessanterweise ist das aber verknüpft mit dem Thema Arbeitnehmerrechte und mit dem großen Schwerpunkt: Selbstwert.
Früher wurde kopuliert.

Früher hat man sich auch nicht alles bieten lassen. Bis Ende der achtziger Jahre. Ein interessanter Zusammenhang.
Heutzutage wird nicht einmal mehr geflirtet. Es gibt weibliche und männliche Arbeitnehmer in allen Altersgruppen, Punkt.
Bis Ende der achtziger Jahre gab es dagegen Affären, Sex während der Arbeitszeit und sogenannte Hausberatungen, die nur dazu dienten, eine Kundin flachzulegen beziehungsweise umgekehrt: einen Verkäufer zu verführen.
Damals wurden noch Hausleiter mit ihrer Sekretärin im Büro erwischt, Praktikantinnen abrupt entlassen.
Damals beinhaltete *Sex* noch eine Fluchtmöglichkeit.
Eulenberg erzählt Dutzende Geschichten von schwulen und heterosexuellen *Suchenden*, am Wochenende in Kneipen unterwegs, in Diskotheken und Bordellen.
Heute: flüchten wir uns nur noch in psychische Krankheiten.
Ich bin mir nicht ganz sicher, ob das ein Fortschritt ist.
Die ganze Energie ist anscheinend nach innen geflossen.
Alle Lust, Kreativität, alle Sehnsüchte – anscheinend geballt als Depression verankert. Nebst Bulimie.
Der einzige Kollege, von dem ich weiß, dass er unvermindert flüchtet, ist Meister Eder. Ich mag ihn; viele andere halten ihn für einen Schwätzer.
Er ist nun mal ein Kokser. Damit übrigens ideal für den Verkauf.
Er schwätzt den ganzen Tag sinnlos daher, aber er ist immer gut drauf, immer »positiv eingestellt«.
Und er verkauft gut.

2

Die erste Neue, Bukowski, geht nicht jedem mit ihrem gekünstelten Lachen auf die Nerven.
Huber mag sie. Sehr sogar.
Er ist schon lange Junggeselle.
»Die Polin wird einschlagen«, sagt er beiläufig. »Sie hat ein sympathisches Lachen, verkauft viel ...«
Plötzlich fängt Pommerencke an zu heulen. »Die schleimt sich doch nur ein!«
Es ist peinlich. Und so absurd. Die Tränen schießen ihr aus beiden Höhlen. Eine gestandene Frau, wie man so sagt, Mutter dreier Kinder. Alleinstehend.
Wie kann man bei einer so simplen Aussage heulen?
Aber Frauen reagieren offensichtlich anders auf den Druck: Sie geben sich hier völlig auf für ein bisschen Anerkennung.
»Bei der stimmt was nicht ...«, springt Julia Birnbaum ihrer leidenden Kollegin bei. Sie meint mit ihrer Aussage allerdings die Bukowski. Und sie hasst bekanntlich eben diese.
Es ist ein wirklich tief empfundener *Hass*.
Der sie zunehmend schwierig macht.
Einerseits muss ich aufpassen, mich nicht in diesen Strudel der Verachtung hineinziehen zu lassen, andererseits mag ich gerade Julias Gebrechlichkeit in diesen Momenten. Denn die Verbitterung macht sie fast schon ein wenig *zart*.
»Ich habe mich mal erkundigt ...«, sagt sie leise, und ihre Augen funkeln. »Braun war, bevor er Hausleiter wurde, nur ein äußerst durchschnittlicher Verkäufer ...«
Birnbaums Verbitterung rührt daher, dass ihre allgemein akzeptierte Leistung nicht von der Führungsspitze gelobt wird. Braun und Rotkäppchen verbringen lieber Stunde

um Stunde mit der Bukowski, um dieser wieder und wieder vorzukauen, was eine Top-Verkäuferin ausmacht. Und Olga lächelt und lacht und genießt aus vollem Herzen jegliche Aufmerksamkeit.
»Ein *äußerst* durchschnittlicher Verkäufer ...«, wiederholt Julia.
Die beiden Vollblut-Führungsidioten verstehen nicht, dass ihre wahrlich beste Verkäuferin auf dem Absprung steht. Bukowski wird nie die Leistung einer Birnbaum bringen – aber Julia weigert sich, zu kriechen. Sie weigert sich, zu lächeln, zu flirten, zu kichern. Dazu ist sie viel zu stolz. Julia würde sich niemals hinsetzen und dem ollen Braun eine Stunde lang zuhören, wie der über Gesprächstaktiken salbadert.
Sie will lieber aufgrund ihrer Umsatzzahlen gelobt werden. Dazu wiederum ist Braun zu stolz.
Er will umschmeichelt werden: für seine Führungsqualitäten und für seine verkäuferische Begabung. Und dafür, ein sooo toller Mann zu sein.
Obwohl es doch angeblich nur um die nackten Zahlen geht.
Pustekuchen.

3

In meinem vorigen Leben bin ich unentwegt mit dem Zug gefahren, denke ich, während ich auf den Inspektionsbericht in der Werkstatt warte. Oder ich bin geflogen. Heute sitze ich nur noch im Auto, auf dem Weg zur Maloche. Und wieder zurück.

In meinem vorigen Leben habe ich ein Journalistenbüro mit Fotografen und Textern zusammen gegründet, um gemeinsam großartige Produkte zu kreieren; es war nicht so wichtig, pünktlich zu sein.
Es war entscheidend, *gut* zu sein.
In diesem Unterschied lässt sich mein neues Leben zusammenfassen, denke ich. Wo es vor allem und in erster Linie darum geht, nicht zu spät aufzuschlagen.
»Soo …«, sagt der Meister endlich, wischt seine ölverschmierten Hände an einem Lappen ab und deutet auf meine Karre. »Wir mussten die Bremsscheiben vorne erneuern und zwei Lampen … Ölwechsel, Bremsflüssigkeit …«
Während er mir die Rechnungsbeträge und damit also seine erbrachte Leistung aufschlüsselt, steigt augenblicklich Misstrauen in mir hoch. *Das haben die doch nur berechnet, um Kohle zu machen!*
Um mich augenblicklich wieder zur Ruhe zu kommandieren: *Natürlich machen die Profit.* Das ist die Aufgabe eines Autohauses. Es ist nicht die Absicht eines solchen Betriebes, Karosserien in ein Schaufenster zu stellen und schön zu beleuchten. Nein, sie haben Angestellte und verbrauchen Strom, und *natürlich* wollen sie auch aus deiner Reparatur Profit schlagen.
Ich bin exakt so bescheuert wie die Idioten, die mich jeden Tag anschreien, denke ich.
Allerdings möchte ich den geforderten Rechnungsbetrag immer noch hinterfragen. In mir tobt exakt die gleiche Kundenangst davor, dass man mich über den Tisch zieht, weil ich ein Amateur bin. Mit dem man alles machen kann. *Und sobald ich aus der Tür bin, lachen sie auch noch über mich!*

Junge, denke ich und zwinge mich zu einem Lächeln, es ist das einzige Ziel einer Marktwirtschaft (sag ruhig das böse Wort: einer kapitalistischen Gesellschaft), Geld zu machen.
Und wenn sie nichts verdienen, können sie ihren Laden dichtmachen. Und das willst du nicht. *Also ist alles gut …*
Folglich stimme ich zu und nicke mehrmals, übertrieben, nach dem Motto: Ich weiß, dass ihr mich betrügt, aber ich akzeptiere es.
»Alles in Ordnung?«, fragt der Meister. Ihn verwirrt offensichtlich meine übertriebene Komplizenschaft.
»Alles paletti …«, lächele ich.
Und stelle mich mit diesem Mienenspiel draußen vor die Werkstatt. Unschlüssig, was ich mit dem angebrochenen Tag und der neugewonnenen Solidarität anfangen soll. Es ist schon lange her, dass ich bei Tageslicht unter Menschen war. Ohne Ziel. Ohne Druck.
»Dann lass uns doch …«, spreche ich zu mir selbst, wie ein Geisteskranker mit einem imaginären Zweit-Ich verbandelt, »irgendwo einen Kaffee trinken …«
Freiheit.
Ich war schon lange nicht mehr draußen, in der Stadt, im Gewühl, unter richtigen Menschen. Einfach so.
Ich war auch schon lange nicht mehr flanierend unterwegs, auf der Suche nach einem gemütlichen, vielleicht auch aufregenden Café – und plötzlich steht da ein ehemaliger Kollege vor mir. Ende dreißig. Single. Dreadlocks.
»Hey!«, sagt er und stellt sich mir ungefragt in den Weg.
»Hey …«, antworte ich erschrocken. Auf so etwas war ich nicht vorbereitet. Ich habe kein Alibi, weiß nix zu erzählen.

Aber dann sehe ich sein überdrehtes Lachen, die amerikanischen Zeitschriften unter seinem Arm, und ich erinnere mich an seine Skateboard-Besessenheit. Damit werde ich ihn irgendwie ablenken können.
»Du auch hier ...«, sage ich und deute auf irgendein Haus. Im Zweifelsfall ist jedes Loft eine Agentur.
Er schaut kurz hoch und schüttelt dann den Kopf.
»Inspiration, man ... inspiration ...« Englisch ausgesprochen, versteht sich. Aber während er diese bescheuerten Wörter sagt, wird mir plötzlich klar, dass ich mir völlig unnötige Gedanken mache. Bleib locker, denke ich, das ist ein Redakteur. Der hat überhaupt kein Interesse an dir als Mitmensch. Der hat überhaupt keine Vorstellung, dass es reale Nachbarn geben könnte, die so etwas wie ein Schicksal durchleben. Er ist von einer geradezu bewundernswerten Naivität; er ist fest angestellt.
»Großartig ...«, betont er pausenlos, ohne jeden Zusammenhang, und lächelt. Pausenlos.
Er hat sich diese alberne Nerdbrille zugelegt und ist jetzt *ironisch*.
Fest angestellt.
Ich bin ihm nicht böse, ich wäre genauso: intellektuell, prinzipiell kommentarbereit, stets auf dem neuesten Stand, was Bücher, Filme, Musik angeht. Ich wäre mit Ende vierzig ein genauso lächerlicher Popmusikanalytiker.
Wann war ich das letzte Mal im Kino? Das ist über ein Jahr her.
»Alles klar, Mann?«
»Alles roger ...«
Ich betrachte sein affektiertes Verhalten, das fast schon tuntige Gestikulieren, das abgehackte Betonen von Wor-

ten, um noch eigenwilliger zu klingen, überhaupt die gestelzte Sprache und das völlige Desinteresse an seinem Gegenüber, also an mir, aber es nervt nicht mal mehr. Es macht das Geplaudere sogar leichter als mit Tanten oder Nachbarn, dieses völlige Desinteresse. Notfalls irgendeine »Sensation« in der Mongolei ansprechen, denke ich. Irgendwas »Exklusives«.

»Und sonst?«, fragt er und blickt auf sein Handy.

»Nichts Besonderes«, antworte ich, »Krebs im Endstadium, noch zwei Monate zu leben ...«

Er lacht.

Ich grinse mit. So sind wir Feuilletonisten, immer für einen makabren Scherz zu haben.

»Großartig ...«, sagt er wieder und erzählt von irgendeinem Untergrundprojekt in Mumbai. Mit einem Auge auf sein Handy gerichtet, auf dessen Oberfläche pausenlos neue Nachrichten und Tweets eintreffen. »Großartig«, murmelt er.

Meilenweit entfernt, denke ich so.

Ich kann schon deswegen nicht mehr als Journalist arbeiten, weil ich diese Weltfremdheit nicht mehr habe. Ich bin zu lange *offline* gewesen.

»Und sonst?«, frage ich diesmal, »mal an Nachwuchs gedacht?«

Er lacht zum Abschied.

Vor einigen Jahren ist mir so etwas Ähnliches passiert. Eine Zeitschrift wurde eingestellt, niemand hatte damit gerechnet, von heute auf morgen stand ich auf der Straße. Und der Kleine war gerade geboren.

Ich mailte wahllos herum, an alle möglichen Gönner und Gewährsleute, unter anderem an einen Doyen des deutschen Journalismus, einen sogenannten *Namen*. Wir hatten nur noch lockeren Kontakt, nachdem ich davor einige Stücke für ihn schreiben durfte.

Zu meiner großen Überraschung mailte er unverzüglich zurück: »Lassen Sie uns essen gehen.«

Früher hatte ich tagelang auf eine simple Antwort von ihm gewartet, manchmal musste ich zwei-, dreimal nachfragen. Und jetzt fast in Echtzeit.

Wow! Meine Erwartungen waren riesig groß. Für diesen Helden zu arbeiten wäre ein Aufstieg gewesen, kaum ausdenkbar. Mir gefiel die Vorstellung, und ich war sogar ein wenig nervös, was er wohl voraussetzen würde.

Beim Essen zeigte er sich tatsächlich äußerst interessiert an den Abläufen in der abgewickelten Redaktion, wirklich sehr interessiert, bis es zu einem peinlichen Moment kam, weil ihm wohl plötzlich aufleuchtete, dass ich mit diesem kulinarischen Vorschlag auch noch gewisse Erwartungen verknüpfte. Welchen Grund sollte seine Einladung denn sonst haben?

»Ich kann Ihnen keinen Job anbieten.«

Seine Entgegnung wirkte fast schon angewidert, dass ich ihn mit so einer profanen Idee belästigen wollte.

Stattdessen fragte er mich weiter aus. Dieser alte Tratschkopf wollte wirklich nur Klatschgeschichten aus der abgewickelten Redaktion erfahren. Mein Weiterkommen war ihm völlig egal, er hatte nicht mal ein schlechtes Gewissen. Danach hat er sich (altbekannt) nur noch verleugnen lassen.

»Großartig … Lass mal von dir hören!«

»Aber so was von …«

4

Es wird schwieriger mit dem Umsatz.
Kompletter Einbruch, jetzt nicht nur witterungsbedingt. Wir Verkäufer merken, da stimmt etwas *prinzipiell* nicht.
Aber das darf es nicht geben.
Klar, unser Denken ist falsch, natürlich sind die Verkäufer schuld. Wer sonst?
Andererseits hat sich Braun mit »neuen Strategien« angekündigt, insofern muss irgendetwas passiert sein. Das Bizarre ist nur, dass niemand von diesen Herren vorbeischneit, wenn ungewöhnlich gute Umsätze erreicht werden. Dann passiert gar nix.
»Sie müssen an Ihren Fragetechniken feilen!«, begrüßt Braun die Runde. »Sie sind alle nicht bereit, an sich zu arbeiten!« Seine neuen Strategien sind deshalb genial und kreativ: keine Mittagspause mehr, dafür erhöhte Lauffrequenz.
»Bei allem Respekt …«, räuspert sich Krupp (und er ist der Einzige, der es sich erlauben darf, in einer solchen Umwälzungsphase vernehmbar zu atmen), »es sind keine Kunden im Haus …«
Allerdings war dieser Schnaufer ein großer Fehler: Er beinhaltete einen sachlichen Einwand.
Braun fängt an zu toben. »Wenn mehr Kunden kommen, schreiben Sie auch nicht mehr Umsatz. Weil Sie falsch verkaufen!« Und dann rumpelt eine weitere Armada von Zitaten irgendwelcher Mental-Coaches, Verkaufstrainer oder sonstiger Helden der Geschäftswelt an uns vorüber. Irgendwo scharf links am Ohr vorbei, in die unendlichen Weiten des Universums. »Niederlagen erzeugen Gewin-

ner, blablabla, wichtig sind nur Ihre Gedanken, brabrabra, Erfolg im Leben hängt ausschließlich davon ab, welchen Gedanken Sie nachhängen, bräbräbrä, nur die Lust am Sieg macht zum Sieger …«

Und so weiter und immer nur weiter.

Und ich sitze so da, als ehemaliger Autor, als vernachlässigter Denker, und betrachte nicht ohne Faszination den Tiefpunkt einer kulturlosen Degeneration ohne jegliche philosophische Bildung. Jede Einzelne dieser »Erfolgswahrheiten« ist eine Platitude, mitunter unlogisch, nicht einmal gut geschrieben.

Aber Braun zitiert und zitiert.

Und tobt.

»Verkaufen beginnt dort, wo der Kunde nein sagt! Alles andere ist Verschenken …« Wieder und wieder mäandert das Mantra der Verkaufstrainer.

Ich will auch in diese Branche! Schulungen machen, in schicken Hotels hausieren, dummes Zeug reden und einen Tagessatz von zweitausend Euro kassieren.

»Nächste Woche kommt eine tolle Werbung …«, senkt Braun abrupt seine Stimmlage. Vermutlich leitet er jetzt den versöhnlichen Abschluss ein. »Dann holen wir alles wieder auf!«

Richtig so, Motivation ist alles.

Obwohl … Wenn es doch ganz egal ist, wie viele Kunden kommen, weil der schlechte Umsatz schließlich nur an uns liegt – dann müsste die tolle Werbung auch egal sein, oder?

Besser leise sein …

Die verheimlichten Umsatzeinbrüche der Möbelindustrie, auch des Handels, kann man in der Zeitung, im Wirtschaftsteil, einsehen. Wenn man zu einer solchen Eigeninitiative noch in der Lage ist. Wir sollen davon nämlich nichts erfahren, weil solcherlei Informationen unser Restdenken beeinträchtigen könnten. *Negativ*. Lieber mehr laufen. In frei zugänglichen Fachartikeln wird inzwischen sogar darüber spekuliert, ob der Preiskrieg im Internet die Branche möglicherweise zerstört. Laut Branchenstudie »Möbel Online 2013« des Instituts für Handelsforschung (IFH) sind die Umsätze im Online-Möbelhandel von 2012 auf 2013 um mehr als vierzig Prozent gewachsen. In besagtem Jahr setzte der Online-Möbelmarkt rund sechshundertsiebenundzwanzig Millionen Euro um, 2013 sollen es neunhundert Millionen Euro sein, heißt es in dem IFH-Bericht.

Der einzige Grund, warum es überhaupt noch Möbelhäuser gibt, besteht wohl darin, dass ein Großteil der Deutschen sich nicht mit dem Internet beschäftigt. Glücklicherweise sind das vor allem Frauen, unsere wichtigsten Neukunden.

Und der zweite Grund ist: Man will das Zeug vorher mal sehen. Bevor man es anschließend im Internet bestellt. Das machen allerdings nur die Jüngeren.

Völlig ohne Skrupel.

Das Internet ist für mich der Beweis schlechthin, dass dieses ganze Verkaufspsychologie-Gelaber eben genau das ist: Quatsch mit Soße.

Im Internet gibt es null Beratung – aber alles ist billiger.

Wenn man weiß, was man will …

Und diese Leute holen sich alle notwendigen Informationen im Möbelhaus und bestellen ohne Drumherumgesülze online.

Die Hersteller scheinen nicht sonderlich geschockt davon. Ich werde den Eindruck nicht los, dass sie in einer Form von Direktvertrieb die Lösung sehen – und nicht im Möbelhaus.

In unseren heiligen Hallen wird das alles allerdings totgeschwiegen. Wie gesagt, es könnte schließlich unser Unterbewusstsein beeinflussen, und wir müssen kategorisch: *positiv denken*.

Deshalb überwiegen inzwischen Durchhalteparolen: »Es kommen weniger Kunden, aber die wollen kaufen!« Wir müssen uns nur intensiver um die wenigen kümmern. »Noch mehr Energie pro Kunde, noch mehr Aufwand …« Alles mehr – und alles gleicht sich aus. Hauptsache *mehr*. Vor allem *mehr* Umsatz, das in jedem Fall. Auch bei einer Krise, denn in der Besitzerkaste werden neue Drittwagen bestellt, und eine Tochter will ein Haus bauen.

Vor allem mehr Umsatz …

Gerade in der steten Wiederholung, der permanenten Ernsthaftigkeit, der Heiligsprechung von Geldmitteln und Erträgen und dem unentwegten Druck auf die Verkäufer – stellt sich irgendwann unweigerlich die Erkenntnis ein, wie lächerlich das alles ist. Als ob eine Schleuse geöffnet worden wäre.

Also entsteht genau das gegenteilige Ergebnis: *Es ist doch alles nur hohle Fassade …*

Immer dann, wenn im Pausenraum von wirklich bedeutsamen Dingen gesprochen wird, über Krabitzke beispielsweise, oder auch über ein Unglück, irgendwo *draußen* in der Welt, bricht dieses ganze Umsatzmantra in sich zusammen.

Der Tod ist ernst. Punkt. Ein Erdbeben ist ernst.

Aber ein kleiner Umsatzeinbruch ist Pipi.

Für mich. Der Alte sieht das anders.

»Ich war vier Tage krank …«

Okay, die Pommerencke sieht es auch anders. Sie ist wieder mal fertig, weil sie zu wenig verkauft hat und damit ihren Platz in der Top Ten verliert. Und nur diese Plazierung zeigt offensichtlich ihren Wert als Mensch. Die Rangordnung ist für die Frauen hier lebensnotwendig, es offenbart ihre Lebensberechtigung.
Bei Männern ist das anders: Die interessiert nur der Nettoverdienst.
»Wenn ich jetzt richtig Gas gebe, kann ich das noch aufholen …«, murmelt Pommerencke. »Ich muss nur richtig Gas geben …«
Weg hier!

Und dann passiert es: Ein Kunde kommt, sieht und kauft. Und freut sich.
Die anderen Kollegen im Hintergrund lachen und feixen.
»Ein Blinder …«
Eine Atmosphäre von Frieden und Freude umgibt den Vertragsabschluss, wir lachen, erzählen uns Dinge aus unserem Leben, es ist entspannt und einfach nur schön. Kein Druck. Die Frau und ihr Mann, zwei nette, ältere Herrschaften also, haben eine neue Wohnzimmergarnitur gefunden, die ihnen gefällt, Stoffe, die sie begeistern; sie hören den Preis und kaufen. Und alle sind glücklich.
Wir verbringen eine wunderschöne Stunde miteinander.
Das ist einer der wenigen Momente, wo ich mit dieser Tätigkeit versöhnt bin und wo ich mich tatsächlich frage, ob darin nicht ein Sinn stecken könnte. Es hat diesen Menschen erkennbar gutgetan, zu sprechen, es hat mir Spaß gemacht, ihnen Zuhörer zu sein.
Verkaufen hat dann eine unglaubliche Verwandtschaft mit einem psychoanalytischen Prozess. Vor allem das Zu-

hören. Das Mitschwingen. Niemand sonst widmet sich derart leidenschaftlich dem Lauschen und dem Zustimmen, bestimmt nicht der Ehepartner, der eher genervt ist von der siebenunddreißigsten Wiederholung einer Anekdote.
Vermutlich hört nicht mal ein Psychotherapeut so gut zu wie ein Verkäufer. Zumindest nicht derart begeistert.
Umgekehrt ist es mir manchmal fast schon peinlich, wie intensiv die Menschen ihre Maske fallen lassen und lossprudeln. Anscheinend gibt es ein irrsinniges Redebedürfnis in diesem Land, denke ich.
Dieses wohlige Gefühl allerdings begleitet mich noch bis in den Abend hinein. Auch wenn meine Kollegen feixen: »Die waren doch vollblind!«
Ich bin mir darüber im Klaren, dass dieser Verkauf für Verbraucherschützer eine Katastrophe darstellt und dass dieses Erlebnis inzwischen eine absolute Ausnahme darstellt. Heutzutage ist ein Kunde, der ein Produkt erwirbt, ohne zu meckern, ohne zu murren, ohne bis aufs Blut an Preisen herumzuhandeln, ein »Blinder«. Früher war so eine Geschäftsabwicklung normal. Ich weiß nicht, ob es früher normal war, Freude beim Einkauf zu entwickeln, aber wenn es so gewesen sein sollte – was ist daran falsch?

Mittags erhalte ich sogar noch eine Einladung zum Essen. Es ist der Abwerbeversuch eines Kunden.
Der Traum fast aller Verkäufer.
Also, dass ein Verantwortlicher aus einem *richtigen* Unternehmen einen *richtigen* Arbeitsplatz anbietet, weil er oder sie so begeistert ist von meiner Ausstrahlung.
Aber es passiert so gut wie nie. Oder es gibt einen Haken.
»Geht's Ihnen gut?«

Der Mann hat sich schon zweimal angekündigt, nachdem wir uns gut verstanden haben, und er will mich mittags zum Essen einladen.
»Sie sind nett, das ist wichtig beim Verkauf …«
Er schwärmt, dass es mir ein wenig peinlich wird. Es wirkt so flirty, in dieser Schwärmphase fast schon schwul.
»Ich weiß doch, was Sie hier verdienen. Das haben Sie nicht verdient …«, sagt er.
Und er ist gut dabei. Er kann mich haben, *nimm mich.*
»Worum geht es denn?«, frage ich vorsichtig.
Er hat so leichtes Spiel, ich bin nicht sonderlich standhaft. *Soll ich heute Nachmittag schon anfangen, ich packe augenblicklich meine Sachen …*
Dann reicht er mir seine Visitenkarte. Ich lese nur dieses eine Wort:
Vermögensberatung.
»Ooh …«
»Ein Fehler auf der Karte?«
Ja, ein riesiger, ich bin so wahnsinnig enttäuscht. Vermögensberatung ist nichts anderes als eine blumige Umschreibung für Haustürkriecherei namens Versicherungsvertretung, also so ziemlich das Allerletzte. Das ist der wirkliche Abstieg, Abschaum, *Versicherung,* das bewegt sich noch unterhalb von Bahnhofsprostitution.
»Ich melde mich …«, sage ich.
»Wann ungefähr, weil …«
»Ich melde mich …«

Als ich aus der Pause zurückkomme, lässt Braun mir über Rotkäppchen mitteilen, dass ich für einen bestimmten Auftrag keine Provision bekomme. Nicht einen einzigen Cent.

Eine Mutter hatte den gleichen Nachlass eingefordert, den ihre Tochter vor einigen Monaten bekommen hatte, und ich habe das einfach durchgenickt, ohne Braun zu fragen.
Jetzt also dessen Retourkutsche.
Eine reine Machtdemonstration.
Du entscheidest hier gar nichts. Du bist eine Null.
Auftragswert: dreitausendvierhundert Euro.
Den Auftrag stecken sie sich da oben natürlich ein, aber ich arbeite umsonst. Bei einer Mindestprovision wäre mir ein Prozent verblieben, also vierunddreißig Euro brutto. Aber das streichen sie mir auch noch.
Eulenberg ätzt: »Ich hätte den Kunden angerufen und in aller Freundlichkeit gesagt, wir können den Auftrag nicht ausführen. Und bitte beschweren Sie sich beim Hausleiter, er heißt Braun …«
Hätte, hätte, Fahrradkette.
Ich habe gar nichts gemacht. Ich schenke denen tatsächlich einen Auftrag. Und bekomme *nichts* für meine Arbeit.
»Letztlich will Braun nur das Beste für uns alle, genau wie der Alte …«
»Hast du was getrunken?«, fragt Eulenberg.
»Auch Eisenherz …«
»Oder sind das jetzt Anfälle von Wahnsinn?«
»Nein«, antworte ich und gebe mir einen Anstrich von Ernsthaftigkeit. »Sie müssen so handeln, weil sie den Schlüssel für Wohlstand und Erfolg gefunden haben. Sie glauben es zumindest. Aber deshalb sind sie so misstrauisch, weil wir Doofis das einfach nicht kapieren wollen. Sobald sie aber ihr Wissen verwässern, geht der Erfolg flöten. Deshalb müssen sie uns manchmal züchtigen, so wie Eltern ihre Kinder bestrafen, obwohl sie sie lieben …«

»Ich glaube, du gehst mal besser an die frische Luft …«
Irony is over, das gab es mal als Spruch, in meinem früheren Leben. Damals, als ich noch in Bars saß und selber ironisch getextet habe, über Menschen und Kunst.
Das geht nicht mehr.
Es gibt keine Ironie mehr in diesem Leben. Nur noch Zynismus.
Was bleibt, ist das schöne Gefühl von meinem einzigen Verkaufserfolg heute, das Gespräch mit dem älteren Pärchen.
Der Friede.

5

Er dauert nur bis in die Morgenstunden. Der Friede. Gleich nach Ladenöffnung steht nämlich der Sohn vor mir.
Wutentbrannt.
»Das ist Betrug!«, schreit er und hat rote Flecken im Gesicht. Im Schlepptau seine Frau, schweigend, gleichwohl stiert sie mich mit zusammengekniffenen Mundwinkeln an, offensichtlich entschlossen zu töten – und ganz hinten, eher peinlich berührt, verstecken sich die beiden netten älteren Herrschaften von gestern.
Die *Blinden.*
»Ich habe meinen Eltern ausdrücklich gesagt«, schreit der Sohn, »sie dürfen nichts kaufen ohne meine Zustimmung. Ich weiß doch, wie alte Leute über den Tisch gezogen werden. So, als Erstes wird das hier alles rückgängig gemacht!«

Dabei wedelt er aggressiv mit dem Kaufvertrag seiner Eltern vor meiner Nase herum. Er führt einen tätowierten Panther spazieren, der sich an seiner rechten Halsseite bis zum Ohr hinaufwindet.
»Ich verstehe nicht ganz, wo ...«
»Sie halten jetzt den Mund! Ich mache von meinem Rücktrittsrecht Gebrauch, und wenn Sie jetzt nicht unverzüglich den Kaufvertrag ungültig machen, dann hören Sie von meinem Anwalt!«
Das ist eben die neue Generation. Und das neue Einkaufen.
Es geht um Leben und Tod, und an diesem Kauf hängt der Fortbestand Europas ab. Das ist deutlich.
Verlegenes Räuspern. »Bei allem Respekt«, sage ich, »das ist ein gültiger Kaufvertrag, und dabei gibt es kein Rücktrittsrecht. So etwas existiert nur bei Haustürgeschäften ...«
Kurzes Schweigen.
Dann kreischt die Frau, fest entschlossen zu enthaupten, gnadenlos, es klingt nach Kreissägen auf Metall. Ihre Haarfarbe ist lila, ihr Mann schnappt nach Luft. Aber nachdem er sich gefangen hat, dröhnt er: »Anwalt«, und unentwegt schwebt das Wort »Betrug« durch die Räume.
»Lassen Sie uns doch bitte mal einen Gang runterschalten, bitte ...«, sage ich und halte meine geöffneten Handflächen als Puffer nach vorne. »Wo liegt denn überhaupt das Problem?«
»Sie haben meinen Eltern eine Garnitur aufgeschwatzt!«
Wie gesagt, es war eine Atmosphäre von Frieden und Freude, aber das ist offensichtlich Old School. Wir leben in Kriegszeiten.

Streng genommen müsste ich mich überhaupt nicht um diesen Sohn kümmern. Rechtlich ist die Sache eindeutig, es gibt nichts zu beanstanden. Aber Kundenpflege etc. … Also gehe ich alle Stoffe durch, wir setzen uns auf mehrere Garnituren, es dauert geschlagene neunzig Minuten, und der Sohn will immer noch nicht verstehen, dass alles so seine Ordnung hat. Aus Prinzip nicht.
»Lass gut sein …«, sagt der alte Herr leise.
»Nein, Vater, so läuft das heutzutage nicht.« Der Sohn ist entschlossen. Ich aber auch. Es gibt keinen Grund, das Ganze zu stornieren, vor allem keine rechliche Basis. Gekauft ist gekauft.
Nach zwei Stunden geben sie endlich klein bei und suchen den Ausgang. »Die Sache ist aber noch nicht ausgestanden!«, droht der Sohn zum Abschied.
Was habe ich nur Schlimmes verbrochen?
»Den hast du jetzt an der Backe kleben«, sagt Eulenberg feixend, und vermutlich wird er auch in diesem Fall recht behalten. »Der Sohn wird in den nächsten Wochen nichts anderes zu tun haben, als durch sämtliche konkurrierenden Möbelhäuser zu fahren – aus Prinzip …«
Allerdings wird ihm dieser Fleiß keine Absolution erteilen, denn es ändert nichts an dem bestehenden und gültigen Kaufvertrag.
»Was ihn aber nicht abhalten wird, jeden dritten Tag wieder aufzukreuzen und irgendwas zu fordern …«, sagt Eulenberg.
Der Sohn wird wieder und wieder hier in den Hallen stehen und schreien, bis Rotkäppchen irgendwann die Faxen dicke hat und dem Sohn einen Einkaufsgutschein über hundert Euro anbietet. Missmutig, weil ich natürlich etwas falsch gemacht habe.

Am meisten schmerzt mich, dass die beiden Eltern wohl niemals ihre Garnitur genießen können. Es bleibt immer ein Makel an ihr haften, und ich kann mir lebhaft ausmalen, wie der Sohn jede Faltenbildung, überhaupt jeden Krümel hämisch kommentieren wird.
Dabei war sie schön.

Pommerencke wird derweil abgeführt.
Das Ganze nennt sich »Einzelgespräch«, mit Braun und dem Alten. Es lag in der Luft.
Die Umsätze lassen nach, vor allem *ihre* Umsätze lassen nach; sie ist oft krank.
Ergebnis: Der Alte macht sie fertig.
Warum?
»Sie könnten mehr Umsatz machen, Sie könnten weit über hunderttausend Euro Umsatz im Monat schreiben!« Und warum schafft sie das nicht, die eingeschränkte Frau Pommerencke? *»Weil Sie nicht genügend lächeln! Und Ihre Frisur, wie sehen Sie aus? Altmodisch! Ihre Kleidung ist Mist. Kleiden Sie sich mal anders. Und holen Sie sich mal wieder einen Mann ins Haus, Ihre ganzen gesundheitlichen Probleme rühren doch nur daher, dass Sie alleine sind …«*
Jetzt steht sie unten bei uns im Lederbereich, zittert am ganzen Körper, erzählt von dieser Hinrichtung im Chefzimmer und kann erst recht nicht mehr arbeiten.
»Ich wollte nicht weinen …«, heult sie. »Das habe ich mir die ganze Zeit gesagt, du wirst denen nicht den Triumph gönnen, zu heulen …«
Was, in Herrgottsnamen, soll an diesen Exekutionen motivierend sein?
Aber Braun und Konsorten glauben das.

Den Leuten eine sogenannte *Wahrheit* sagen, schonungslos, ins Gesicht.
Eine Studie der Techniker Krankenkasse bei tausend Befragten ab achtzehn Jahren ergab: Der Job ist der Stressfaktor Nummer eins, gefolgt von zu hohen Ansprüchen an sich selbst. Demnach sind Rückenschmerzen, Schlafstörungen und Gereiztheit die Folge. Chronischer Stress wiederum kann zu Depressionen und Krankheiten an Herz, Kreislauf, Magen und Darm führen. Krankheitsbedingte Fehltage, die auf das Konto psychischer Störungen gehen, erlebten in den letzten fünfzehn Jahren eine Steigerung um achtzig Prozent. Die WHO hat Stress deshalb zu einer der größten Gefahren des 21. Jahrhunderts erklärt.
»Aber ich schaff das schon …«, sagt Pommerencke plötzlich, »ich muss nur mehr Gas geben … Dann krieg ich auch meine Zahlen hin …«

»Wir brauchen eine Revolution«, sage ich zu Eulenberg und erkläre ihm den Grund für Pommerenckes Unpässlichkeit.
»Nee, nur ein bisschen Zusammenhalt …«, antwortet der Weise.
Ich habe mich nie sonderlich für Politik interessiert (also für das Postengeschiebe in Ministerien oder für weitere gesetzliche Vorschriften), ich konnte mich andererseits auch nie über Politiker aufregen, wie es manche meiner ehemaligen Journalistenkollegen schon zum Frühstück praktizierten, aber in diesem Gefängnis sind die herrschenden Machtstrukturen so klar und eindeutig, dass es ein Unding wäre, nicht über Politik zu reden. Und gleichzeitig ist alles so deprimierend.

»Ein einziger Streiktag«, sage ich zu Eulenberg, »das alte, klassische Mittel ... und der ganze Absolutismus des Alten würde bröckeln ...«

Ein einziger Streiktag – und er müsste auf unsere Forderungen eingehen. Ich denke an Ludwig XV., der es seelisch nicht verkraftet hat, dass jemand aus seinem Umfeld ein Attentat auf ihn verübte.

»Das Problem ist nur«, antwortet Eulenberg, »du kriegst die Leute nicht dazu, sich zu einem Streik zu vereinen ...«

Genau das ist der Knackpunkt.

»Mir fällt zu Hause die Decke auf den Kopf ...«, stöhnt Pommerencke und läuft an uns vorüber. Es ist nur wenige Augenblicke her, dass sie vor einem Nervenzusammenbruch stand, aber offensichtlich ist das alles immer noch besser als die Einsamkeit zu Hause.

Sie ist lange schon geschieden, Mitte fünfzig, ihre Töchter leben in weiter entfernten Städten. Keine Freunde (der übliche Kram), und sie fürchtet sich schon vor einem Feiertag. Also vor einem zusätzlichen freien Tag. Wo sie mit sich alleine auskommen muss.

Pommerencke hasst diese Arbeit, das ist nicht der Punkt. Sie hasst Braun und den Alten und vor allem den menschenverachtenden Umgang mit den Mitarbeitern, das ist unstrittig. Aber ihr größter Feind sitzt in ihrem Inneren.

»Mit solchen Leuten kannst du nicht für faire Arbeitsbedingungen kämpfen«, sagt Eulenberg.

Er überlegt stattdessen, einen Aufkleber zu entwickeln, so was wie »Fair Trade«. Wo im Umkehrschluss für die Kunden ersichtlich würde, dass sie, wenn ein Unternehmen den Test nicht besteht, weil es für die eigenen Mitarbeiter nicht gut sorgt, also den Aufkleber nicht erhält, dort nicht mehr einkaufen sollten.

»Das Problem ist nur«, überlege ich, »das schadet in erster Linie wieder uns, den Verkäufern, wenn die Leute nicht mehr hier einkaufen. Wie immer. Und wir brauchen den Umsatz und die Arbeitsplätze ...«

Birnbaum nimmt sogar Arbeit mit nach Hause, sie macht vor dem Schlafengehen Zeichnungen, Berechnungen, in ihrer karg bemessenen Freizeit, weil sie dann mehr Ruhe hat.

Und Hollbeck verzichtet gleich mal ganz auf ihren einzigen freien Tag, damit sie mehr Umsatz schreiben kann. Sie kommt sechs Tage hintereinander arbeiten. Der Alte freut sich darüber. Das sind Leute nach seinem Geschmack.

»Und wir reden über *Veränderungen* ...«, sage ich verbittert.

Du brauchst alle Mitarbeiter für einen Streik. Wenn auch nur einige wenige ausbrechen, dann führt das Ganze zur Spaltung. Und zu einer Kündigungswelle. Aber die fehlende Solidarität ist das Hauptproblem, Solidarität ist der Dreh- und Angelpunkt aller Veränderungen.

Mit dem Mund, hinter dem Rücken, sind wir alle eins, ob Arbeiter im Lager, »einfache Verkäuferin« oder snobistischer Top-Seller, im Quatschen sind wir eine große Gemeinschaft. Vereint in dem Ruf nach einem anderen System.

Wenn es dann aber ans Eingemachte geht, darum, »aus der Komfortzone herauszutreten« (was wir jeden Tag im Verkauf zelebrieren), zeigt sich: Die meisten kneifen.

»Schau dir die Pommerencke an«, sagt Eulenberg. »Sie argumentiert leidenschaftlich – aber nicht gegen das System, sondern gegen die Bukowski ...«

Diesen Ist-Zustand hat die Geschäftsführung nicht ungeschickt gefördert. Sie investiert viel Zeit und Strategie dahingehend, jegliche Solidarität der Mitarbeiter im Keim zu ersticken.

»Es wäre so einfach«, antworte ich, »ohne jede Gewalt würden wir alles ändern …«

Ein einziger Streiktag wäre für den Alten so teuer und geschäftsschädigend, dass er gar nicht anders könnte, als auf unsere Forderungen einzugehen.

»Wahrscheinlich würde er einen Herzinfarkt kriegen«, überlegt Eulenberg. »Streik, das ist für den Alten gleichbedeutend mit Kommunismus.«

»Andererseits siehst du an den Türken hier, wie Solidarität funktionieren könnte …«

Eulenberg verzieht den Mund, denn dieses Argument mag er überhaupt nicht hören. Heikles Thema. Es gibt keinen Rassismus in diesem Betrieb, dafür lege ich meine Hand ins Feuer, es gibt keinen Ausländerhass – aber wenn ich mit meiner Begeisterung loslege, wie die Deutschtürken miteinander umgehen, verziehen die Deutschen das Gesicht. Und es hagelt Vorwürfe. *Die Türken* kungeln angeblich alle miteinander, *die* schanzen sich gegenseitig Aufträge zu, *die* haben den Alten in der Hand.

Und meine Antwort ist immer gleich: »Fuck, dann nehmt euch das mal als Vorbild!«

Der Alte will schon keine Türken mehr einstellen, das habe er Braun angeblich mitgeteilt, und alleine dieser Umstand zeigt mir, dass *die* genau den entscheidenden Dreh raus haben, den *die* Deutschen verpasst haben.

Und wofür ich sie zuallererst liebe, ist ihre Lässigkeit. Wohlgemerkt: Ömer und seine Kumpanen in den anderen Abteilungen sind allesamt umsatzorientiert, genau wie die Deutschen, wahrscheinlich sogar noch stärker, und sie verkaufen alle, in sämtlichen Abteilungen, auf den vorderen Plätzen der Top-Ten-Liste – aber sie opfern diesem Laden nicht ihre Seele. Sie haben unverändert Freunde, und sie machen keinen Schritt unbezahlt. *Freiwillig.* Und wenn sich so ein Zusatzweg einmal nicht verhindern lässt, dann holen sie sich das Wegegeld irgendwie wieder zurück.

Das habe ich mir hier gleich schon abgeguckt: Das Zelebrieren der kleinen Freiheiten. Sich irgendwo ausruhen, in irgendwelchen versteckten Kammern oder Kojen, und einfach mal gar nichts machen.

Rotkäppchen hat das spitzbekommen (also vermutlich wurde es ihm zugetragen, möglicherweise sogar von einem der sogenannten Kollegen) und rennt nun täglich hektisch herum, um das Sitzen zu unterbinden. Ein Katz-und-Maus-Spiel.

Er will jede Annehmlichkeit verhindern, dich wieder einnorden, und du suchst neue Möglichkeiten, dich dem Terror zu entziehen.

»Und was machen wir?«, frage ich Eulenberg. »Schau dir doch unsere deutschen Kollegen und vor allem unsere Kolleginnen an: psychisch krank, ohne Anhang, ohne Freunde, völlig isoliert, aber kein Arsch in der Hose, wenn der Alte sie zusammenpfeift …«

Kurz durchgerechnet: Unter den derzeitigen Provisionsverkäufern gibt es eine Quote von annähernd neunzig Prozent, die psychisch krank sind. Ich erlaube mir einmal, auch die Kollegen und Kolleginnen dazuzuaddieren, die »Rücken haben« oder »Magen«. Und die Adipösen. Vielleicht eine umstrittene These, wenn ich behaupte, dass dicke Menschen etwas mit sich herumschleppen. Aber auch wenn ich die wieder herausstreiche, bleibt in meiner Liste ein sattes Übergewicht. Volles Programm: Burn-out, nar-

zisstische Persönlichkeitsstörung, die große Gruppe der Depressiven, und immer wieder Sucht …
Und dann die Ausnahme: Ömer.
Anscheinend gibt es nur einen Ausweg aus dieser Spirale von Druck und Verachtung: kleine Fluchten. Und große Fluchten. Und ein beständiger Freundeskreis außerhalb der Firma.
Aber wer hat das schon, und wer kann das machen?
Denn wir Deutschen wollen ja so unglaublich ehrlich und fleißig sein. Dabei sind alle in dieser Abteilung verlogen und eher unfleißig, vielmehr angstbesessen.
Wenn ich diesen Neurosenwert mal eben hochrechne auf ähnliche Unternehmen, in denen ein ähnlicher »Wettbewerb« herrscht, dann kann ich nur sagen: Gute Nacht, Marktwirtschaft.
Das kann nicht funktionieren.
Der Kapitalismus frisst sich von innen heraus auf wie ein Tumor, die Leute brechen zusammen.
Und die Kunden genauso, mit ihrer Kaufsucht.
»Ich verstehe heute den Alkoholismus meines Vaters«, sagt Eulenberg. »Ich habe ihm immer Vorwürfe gemacht, vor allem, als ich noch zu Hause gelebt habe. Aber heute … Was sollte er denn machen, mit seinem Leben? Wenn du nur so einen Drecksjob hast …«
Der Kapitalismus hat gesiegt …
Ein echtes Braun-Bonmot, das alles legitimieren soll. Ja, der Kapitalismus hat gesiegt, aber um welchen Preis?
Wie sehen die Sieger aus?
Ich sehe Julia Birnbaum: kein Kind, keine Familie, keine Hoffnung, keine Ziele, kein Glaube an irgendetwas. Weder an eine bessere Welt, eine gerechtere Welt, erst recht nicht an Gott oder Vaterland.

Und sie wird zusammenbrechen. Das weiß sie selber.
Der Kapitalismus hat gesiegt …
»Früher war das anders«, erzählt Eulenberg. »Früher konnten die Bosse sich nicht so viel rausnehmen. Das war zu Zeiten des sozialdemokratischen Aufbruchs, als man sich ohnehin nichts gefallen ließ.« Früher hat ein junges Mädel Eisenherz kurzerhand eine Ohrfeige gegeben, als er wieder einen seiner ätzenden Kommentare vom Stapel ließ. Früher applaudierten Arbeiter, als sie von einer schweren Erkrankung seinerseits informiert wurden. Das war instinktlos, brutal – aber es war eine Entgegnung. Es war eine Gegenmacht.
Heute gibt es nur noch Tratschen und Flüstern.
Andererseits gab es früher, infolge der Solidarität, auch fast schon mafiöse Strukturen, um die Anweisungen von oben zu unterwandern.
Heute haben die Bosse keine Gegenwehr mehr zu erwarten.
Was ist passiert?
»Keine Jobs mehr …«, flüstert Eulenberg, »ich weiß nicht …«
Früher waren die Menschen, gerade die Frauen, nicht so selbstbewusst wie heute. Aber sie waren dafür kämpferischer. Sie waren untereinander solidarischer. Es ging um eine Verbesserung der gemeinsamen Arbeitsverhältnisse.
Heute sind es beeindruckend selbstbewusste Frauen, aber sie interessieren sich nicht die Bohne für den Menschen, für die Kollegin neben sich. Es geht nur noch um den eigenen Kopf.
Und der eigene Arbeitsplatz ist wichtiger als »Volk und Vaterland«.

»Ömer hat noch nie gelästert. Er macht Witze über uns alle – aber er ist nicht hinterhältig. Und Ömer hat mich nie betrogen.«
Während meine deutschen Kollegen es »dem Südländer an sich« unentwegt vorwerfen. Und es selber praktizieren. Meine deutschen Kollegen haben mich alle schon betrogen.
Lange schon steht diesbezüglich ein Gerücht im Raum: Wenn der Alte Ömer oder einen anderen der türkischen Verkäufer unter der Gürtellinie anfährt, dann packen angeblich alle Türken die Tasche und verschwinden. Und lassen von der Moscheekanzel verkünden: Leute, kauft nicht mehr in diesem Möbelhaus.
»Die haben den Alten in der Hand«, hetzt Eulenberg erneut.
»Hallo, du willst den Türken vorwerfen, dass sie untereinander solidarisch sind?! Wir sollten uns was schämen, dass wir so ein Gerücht nicht zustande bringen! Von uns weiß jeder bloß, dass wir im Dreck kriechen und uns untereinander hintergehen. Wir sollten uns da mal ein Beispiel dran nehmen!«
Aber das will Eulenberg nicht hören.
Einmal wäre allerdings tatsächlich fast gestreikt worden. Der Alte wollte, dass zwei Wochen durchgearbeitet wird, ohne freien Tag und weitgehend ohne jede Pause. Weil er aus unerfindlichen Gründen der Meinung war, in diesen zwei Wochen würde der Umsatz durch die Decke gehen. Es war ihm nicht zu entlocken, wie er auf diese Idee kam (es stand nichts an), und er war nicht davon abzubringen.
Nur, es passierte nichts. Es war so öde wie immer.
Und: Niemand kritisierte den Alten. Wie immer.
Niemand machte ihn darauf aufmerksam, dass er (wieder einmal) reinen Schwachsinn propagierte.

Aber die Leute murrten. Und die Abteilungsleiter spürten den Unmut und gaben heimlich in der zweiten Woche wieder Rolltage und Pausen frei. Der Alte sollte das nicht erfahren.
Die rote Linie war überschritten.

»Was willst du denn ändern?«, fragt Krupp.
Respekt, antworte ich, und die einfache Ansprache: »Was wollt *ihr*?«
Also ein Miteinander.
Krupp kriegt sich nicht mehr ein vor Lachen, und ich komme mir selber lächerlich vor. Klar, war nicht ehrlich gemeint, haha, nur ein Späßle.
Abschaffung der Hierarchien, sage ich. »Wozu braucht man Abteilungsleiter?«
»Du vergisst immer wieder, dass das hier keine Behörde ist«, antwortet Krupp. »Dieser Laden gehört dem Alten. Und solange er sich nicht strafbar macht, kann er machen, was er will!«
»Aber es ist doch kontraproduktiv!«
»Ja und, er will es so haben. Und ganz ehrlich … Glaubst du wirklich, dass dein nettes Modell vom ›Miteinander‹ mit Leuten wie der Pommerencke funktioniert? Oder mit Müller?«
Nein, ich bin mir nicht sicher.
Das ist das eigentlich Tragische. Mir fehlt der heroische Glaube der alten Arbeiterführer. Ich sehe diese Leute und habe das starke Gefühl, dass es Menschen gibt, die nur so funktionieren können.
Das Absurde (der Kern, das Selbst) des Kapitalismus ist: Die Bosse brauchen dich, um reich zu werden. Sie brauchen Bodenpersonal. Du willst aber nicht deine ganze

Kraft dafür hergeben, dass sie reich werden – also zwingen sie dich. Unter Zwang hast du noch weniger Lust, ihnen zu helfen. Sie brauchen dich aber, um reich zu werden. Und sie hassen dich dafür, dass sie dich brauchen.
Andererseits sind sie auch nicht bereit zu sagen: Ich brauche dich nun mal, um reich zu werden, also werde ich dich für deine Mühe irgendwie beteiligen.
Dabei wäre das genau die Lösung: Lass uns zusammen reich werden. Lass es uns beiden gutgehen!
Aber wenn ich mir den Alten vorstelle, dass er mit dem Verkäufergesocks auch nur eine simple, *gleichberechtigte* Unterhaltung führen sollte – unmöglich! Er würde eher den ganzen Betrieb vor die Wand fahren lassen, als auch nur zehn Cent an seine Mitarbeiter zu verschenken. Oder: zuhören zu müssen.
Es ist so, von einem normalen Arbeiter oder Angestellten in einem normalen Betrieb erwartet man, dass er brav seine Arbeit macht. Und gut ist.
Hier: erwartet man auch noch, dass wir den Scheiß toll finden. Und vor allem seinen Besitzer.
Was dann zu solchen merkwürdigen Aussetzern führt, wenn einer seiner Umsatzbringer ausfällt. Da läuft die Geschäftsführung Amok.
Vor einem Jahr hatte Grünberg aus der Küchenabteilung, die Nummer drei der Top-Verkäufer, einen Burn-out. Ging gar nichts mehr. Dem haben sie beinahe täglich auf der Bettkante gesessen, was nun los sei. Und dann wieder, was los sei …
Blanke Panik, dass so jemand ausfällt.
»Der Mensch ist dabei egal«, sagt Krupp, »es geht nur um seine Bedeutung als Geldmagnet.«

6

Ein Jahr draußen, aber jetzt bekomme ich die Veränderungen mit allen Sinnen zu spüren. Vor mir liegt ein Text.
Ein schlechter Text; ich soll ihn gut finden.
Vorgeschichte: Eine junge Redakteurin hatte mir gemailt, ich solle doch *bitte, bitte* zwei Texte für ein Magazin schreiben. Für das ich schon mal vor zehn Jahren gearbeitet hatte. Sie sei unter Zeitdruck. Und weil sie sehr jung ist, hatte sie sich noch keinen Harem an Textern zugelegt, und ich durfte mal eben ran. Aus Zeitdruck.
Einfach so.
Das war befreiend, und ich gab alles, Vollgas, vor der Arbeit, nach der Maloche, am Wochenende.
Zu Beginn verhielt sie sich noch respektvoll. Eine zuckersüße Stimme. Das Telefonieren gestaltete sich allerdings trotzdem schwierig, weil ihr teenagerhaftes Timbre sofort in ein angesäuertes Vereisen umschlug, wenn ich mich nicht unverzüglich zurückmeldete. Ich konnte ihr schlecht erklären, dass ich nicht gelangweilt in einem Journalistenbüro saß, sondern in einem Möbelhaus arbeitete. Und dort dann erst in einer Pause anrufen durfte.
Aber ich mailte die geforderten Texte, pünktlich, wie immer.
Sie rief mich drei Tage später an. »Gefällt mir sehr gut, ich hab alles schon mal umgestellt …«
Schweigen.
Ich verstand ihre Ausdrucksweise nicht. Was bedeutete dieser Satz? In dieser Selbstverständlichkeit. *Umstellen …?*
Als sie mir den Text in der sogenannten Druckfassung mailte, wurde mir klarer, was sie ausdrücken wollte. An-

scheinend ist das Rumfummeln in einem Text inzwischen Ausbildungsnotwendigkeit. Also ohne Begründung und vor allem ohne jeden ersichtlichen Grund: Das Textende befand sich nunmehr in der Mitte, im Einstieg fehlten dafür die wichtigsten Sätze, und wie immer (das ist leider ein länger schon existierender Trend) war jegliche Formulierung, die auch nur ansatzweise interessant oder gar poetisch zu nennen wäre, ersatzlos gestrichen. Der gesamte Rhythmus weitgehend eliminiert. Der Text war in seiner vorliegenden Druckfassung irgend so ein durchschnittliches Geschreibsel, für das ich mir überhaupt keine Mühe hätte machen müssen. Aber noch vertretbar.
Bei dem zweiten Text war es schon schwieriger. Es ging in einer Rahmenhandlung um einen jüdischen Brauch. Nicht einmal ansatzweise um den Holocaust, aber ja, es ging am Rande um einige jüdische Mitbürger in einer deutschen Kleinstadt. Und es war nicht mein Themenvorschlag.
Hektische Telefonate.
Ihr Atem ging schneller, bei jedem Telefonat, sie war panisch, vermutlich auch nur ein befristeter Arbeitsvertrag. *Beweisen Sie sich!* Irgend so was in der Art erzählte man ihr vermutlich täglich, auf jeden Fall konnte sie keinerlei Aufregung gebrauchen.
»Ich habe mit der Dokumentation gesprochen«, sagte sie letztlich, hysterisch, »heikles Thema …«
»Was ist denn daran heikel? Ein Wissenschaftler erwähnt Forschungsergebnisse …«
»Der Mann ist umstritten …«
»Wo denn? Ich wüsste nicht, dass es in der Wissenschaft …«
»Wenn da jemand einen Leserbrief schreibt …«, unterbrach sie mich und beendete das Gespräch. *Zack.* Womit

nun endlich offen auf dem Tisch lag, dass ich für sie kein Gegenüber darstellte. Verdammt, ohne die rettende Macht des Festangestellten, ohne die rettende Kraft der Fernseh-Allgegenwart bin ich auch in meiner richtigen Welt nur ein läppischer Befehlsempfänger.

»Wissen Sie was, Herr Kisch, schreiben Sie doch einfach erst mal weiter ...«

Das machte mich schon misstrauisch. Der Tonfall, die abrupte Versöhnlichkeit. Denn die vorgeschlagenen Änderungen waren eher nebensächlich. Aber der Tonfall war merkwürdig.

Umso beunruhigender, dass ich auch nach der Schlussfassung nichts mehr von ihr hörte. Erstaunlicherweise auch nicht von den interviewten Forschern und Beteiligten.

Heute ... bekomme ich also besagte Mail von meiner Jungredakteurin. Keine Zeit, ich soll *bitte, bitte,* bitte schön den Text schnell absegnen. Weil unglaublicher Zeitdruck.

Das lässt schon das Schlimmste befürchten.

Lese zwei Zeilen, überfliege, und ja, meine Befürchtungen sind weit davon entfernt – es ist noch grausamer als in meinen schlimmsten Vorstellungen. Mein Gott, die haben hinter meinem Rücken mit allen Beteiligten die Zitate abgeglichen und geändert und folgerichtig: den Text *komplett neu* geschrieben.

Wow. Das ist eine Zäsur.

In dieser Reportage, unter meinem Namen, steht tatsächlich nicht ein einziger Satz, der noch von mir stammt. Nicht ein einziger Satz! Der gesamte Text ist eine Mischung aus angerissenen Satzfragmenten von meinem Ursprungstext und einer neu entwickelten Angstfassung. Kein Flow, kein Rhythmus, kein Garnix. Nur Buch-

staben. Kein Geist, nicht mal der Anflug von Ironie. Als Ganzes so schlecht, so uninteressant, so ideenlos, dass ich beinahe lachen muss.
Beinahe … Mein Name steht im Kopffeld. Als Verfasser. Die wenigen Leute, die mich noch kennen, die müssten doch sofort wissen, was los ist, denke ich. So schlecht schreiben, als ob ich unter Drogen stünde.
Aber wer kennt mich noch?
Dafür hast du deine Seele hergegeben, denke ich. Für diese Gegenwart hast du deine Vergangenheit geschenkt.
Alles für die Literatur, für das Schreiben – und dann *so was.*
Ich kann es mir finanziell nicht leisten, wieder auf einer schwarzen Liste zu stehen. Das ist mir schon zweimal passiert, wegen eines ähnlichen Vorfalls.
Einmal hat ein junger Redakteur einen Text von mir dahingehend bearbeitet, dass er dem jugendlichen Protagonisten auch eine jugendliche Sprache geben wollte. Weil er der Meinung war (als Jungredakteur), dass Jugendliche, zudem mit Migrationswurzeln, gefälligst so zu sprechen haben: *Voll krass, Alter, boah, was geht ab …*
Wer spricht denn so, außer doofen Rappern? Oder deutschen Komödianten?
Unabhängig davon, dass der geschilderte Jugendliche in Deutschland geboren war. Abiturient, gebildet, Vater Zahnarzt.
Ich habe nach der Veröffentlichung dann allerdings massiv Probleme mit dem Jugendlichen und seinen Freunden bekommen. Weil sie sich von *mir* hintergangen fühlten. Das alles hat den süßen Redakteur natürlich nicht interessiert. Doch ich wurde gesperrt.
Und jetzt mein Judentext … Puh, was mache ich nun?

Kurz durchgeatmet und dann akzeptiert. Ich bitte darum, die schlimmsten Stilblüten zu ersetzen, und sage schnörkellos »Ja«.
Ich will das Geld haben.
Und dann nie mehr schreiben.

7

Bukowski ist wirklich ideal für den Job. Für sie ist das alles hier besser als ihr altes Leben in der Fleischfabrik, und wenn sie etwas verkauft, dann schwebt sie auf Wolke sieben.
Sie hat Erfolg.
Und Braun mag das.
Braun mag das wirklich sehr, wie sie sich an ihn ranschmeißt und ihm schmeichelt und ihm zuhört. Und ihn anhimmelt. Und ihn immer wieder fragt, wie sie sich verkäuferisch verbessern könne. Und ihn am Arm fasst und seine Krawatte richtet und einen Staubfussel vom Sakko wischt.
Also verbringt er sehr viel Zeit mit ihr.
Und ich sehe wieder, worin Frauen im Verkauf tatsächlich besser sind als wir Männer: im Lachen. Schleimen. Lachen.
Bei einem Mann funktioniert das nicht.
Wenn Frauen mit Schleimen verkaufen, dann rutscht man fast auf der Spur aus, aber man empfindet es mitunter sogar als angenehm. Weil sie auch privat untereinander so reden. »Schönes Kleid«, sagt Julia und lächelt, »Wie toll«, sagt Olga und lächelt, gleichgültig, ob die Begeisterung

nun Haare, Schuhe oder Frisur betrifft. Da fehlt nur noch ein kleiner verbaler Schritt, hin zu: »Sie sind so geschmackvoll … Bitte hier unterschreiben …«
Frauen fällt das überhaupt nicht auf. Es ist ihr normaler Umgangston untereinander, es nennt sich »Freundlichkeit«. Männer können das nicht.
»Am Ende des Tages fühle ich mich wie ein Stricher«, sagt Huber.
Dieses permanente Lächeln, die permanente Verfügbarkeit. Und dabei magst du die Leute nicht, aber du gibst deinen Körper her. Und deine Seele.

Vom ersten Tag an sitzt die Bukowski neben den Kunden und schleimt sie von oben bis unten voll. Und fragt die Leute über ihr Leben aus.
»Nehmen Sie Platz!« Ihr Lachen. »Meine Lieben, Sie sind so klasse.« Mit Anfassen, immer wieder Anfassen.
Bei Frauen wirkt dieses Koberverhalten niedlich. Süßliche Prostituierte.
Wenn ich die Leute anfassen wollte, wäre das bestenfalls peinlich.
Wobei …
Gerade in diesem Moment, wo ich mir meine Gedanken über die Überlegenheit von Frauen im Business mache, streicht diese ältere Dame an mir vorbei und kichert albern, mit einer Freundin zusammen.
»Sie kommen zurecht?«, frage ich und lächle. *Du Stricher!*
Es folgt ein nettes Gepräch, fast ein wenig zu problemlos. Denn die ältere Dame wirkt ein bisschen verliebt.
Und ich mache mit.
Warum auch nicht, denke ich, es ist doch angenehm. Für beide Seiten.

Sie erwirbt letztlich eine Wohnzimmergarnitur nebst Sessel im Wert von dreitausendfünfhundert Euro und bekommt dafür von mir Aufmerksamkeit. Eine ganze Stunde lang.

Sie ist Witwe, Anfang sechzig, erfahre ich. Und es fällt ihr schwer, alleine zu leben, alles alleine zu entscheiden. Sie schmilzt dahin, bei jedem meiner Worte, einfach nur, weil ich freundlich bin und ihr zuhöre. Und lächle. Ohne dass es ein Flirten sein soll.

»Sie sind sehr aufmerksam …«, sagt sie.

Ich bin einfach nur nett. Wie zu jedem kaufwilligen Kunden.

»Ich bin alleine …«, sagt sie. Und die Einsamkeit schreit geradezu aus ihren Augen. »Wenn die Sessel stehen … kommen Sie mich doch mal besuchen …«, lacht sie über den Witz, haha, und wir wissen beide, dass es kein Scherz ist.

Es geht nicht um Sex. Sie ist einsam.

Sie will noch eine Esszimmergruppe kaufen, und ich bringe sie in die nächste Abteilung. Als sie dort plötzlich registriert, noch während des Kicherns, dass ich mich nun verabschieden werde, und ihr stattdessen eine fremde Frau, eine Kollegin, entgegeneilt, um ihr etwas zu verkaufen, wird sie ernst. Und traurig. Und enttäuscht.

Du bist kein bisschen besser als die Bukowski, denke ich. Du hast nur seltener die Gelegenheit, dein Hurenpotenzial auszuspielen.

Umgekehrt ist es schwieriger, denke ich. Ich muss sehr aufpassen, wenn ich mit einer attraktiven Frau spreche und wir zusammensitzen. Es geht auch dabei nicht um Erotik. Dieser Gefängnisaufenthalt, ohne Tageslicht, diese Eintönigkeit macht dich wahnsinnig empfänglich für die kleinsten zwischenmenschlichen Schwingungen.

Einige Verkäuferinnen flirten brutal mit männlichen Kunden, aber das ist schon wieder nur Berechnung. Bei den männlichen Verkäufern ist es tatsächlich eher eine Form von Romantik. Wir sind so abgeschnitten vom Leben, dass wir es beinahe panisch inhalieren, wenn es denn mal eintrifft, das *Leben*.
Ich betrachte so eine Frau, diese Kundin, die ich in diesem Moment wirklich verehre und liebe und toll finde. Ich würde sie heiraten.
Und muss mich sofort wieder zügeln.
Jeder Scherz muss mir beiläufig entgleiten. Wenn mein schwülstiges Verlangen auffallen sollte, gibt es nur wieder Beschwerden. Kundinnen mögen nicht romantisch angeschmachtet werden.
Männer sind da anders.
Verkaufen hat wirklich viel mit Flirten gemeinsam, denke ich. Es geht darum, eine wohlige Atmosphäre zu schaffen, wie bei einem Date, es geht darum, Komplimente zu machen, eine gemeinsame Wellenlänge zu erzeugen, dein Gegenüber kopulationsbereit zu machen.
Heißt: kaufwillig.
Das fällt Frauen merkwürdigerweise leichter. Wenn es ums Verkaufen geht. Im sogenannten richtigen Leben können das nur die wenigsten, mit einem Mann flirten, iiih, das wollen sie auch gar nicht – aber beim Verkaufen beherrschen sie es alle perfekt. Sogar die grauen Mäuse.
Und das Kaufverhalten lässt sich genauso übersetzen, denke ich. Männer sehen etwas, eine Schrankwand beispielsweise, wie sie auch eine schöne Frau entdecken, und wollen es haben. Sofort.
Frauen wiederum müssen umworben werden, gehen eher spielerisch mit dem Gedanken um, müssen sich die Situa-

tion vorstellen, sich einfühlen, wieder umworben, vor die Entscheidung gestellt werden. Sie müssen zunächst eine Runde drehen und dabei das Objekt der Begierde noch einmal aus der Distanz betrachten.
Und auf keinen Fall Sex beim ersten Treffen …

»Schon gehört?«, beschließt Eulenberg einen weiteren Arbeitstag.
Bukowski hat der Rentnerin gesteckt, dass sie nicht lange hierbleiben will. Auch sie, die fröhliche Polin, für die diese Tätigkeit die Erfüllung aller irdischen Gelüste bedeutet, auch sie, die uns als Streberin und Schleimerin auf die Nerven geht, sieht das Ganze nur als Sprungbrett. Sie will hier einen reichen Mann kennenlernen.
Olga hat diesen Tipp von einer Freundin erhalten, die sich dementsprechend »in die bessere Gesellschaft« integriert hat.
Ihr ach so fröhliches Leben ist eine einzige Katastrophe. Ja, sie ist glücklich darüber, dass sie nicht mehr in einer Fabrik arbeiten muss, aber sie fühlte sich nicht wohl.
»Stimmt das?«, frage ich Olga später, auf dem Weg zum Auto; vorsichtig.
Die Mentalität, sagt sie leise, die Leute mögen sie nicht. Sie fühle sich nicht geliebt, nicht akzeptiert, ist auch hier nur die Polin. Zudem lohne sich das Ganze kaum. Sie hat ihren Mann verlassen (anscheinend eine Einstellungsvoraussetzung), wohnt in einer zweiten Wohnung, die Trennung frisst ihre Rücklagen. Außerdem unterstütze sie weiterhin ihre Familie.
Vor allem: Sie hat ein massives psychisches Problem.
Und ich frage mich: Hat sie sich diesen Knacks in Deutschland geholt? Oder sind auch meine klischeehaft-robusten

osteuropäischen Nachbarn im Grunde schon so kaputt wie wir?
Angeblich hat sie sogar schon Braun davon erzählt.
»Ich kann nicht mehr …«, sagt sie.
Was zutrifft: Braun hat wieder zwei Stunden alleine mit ihr gequatscht. Eine Kündigung muss er unbedingt verhindern, sie verkauft gut.
Außerdem sind ihre Tränen eindrucksvoll. Und sie hört so wunderbar zu. Und sie ist so lieb.
Von mir kriegt Braun das alles nicht.

8

Hurra, es geht aufs Wochenende zu …«, dröhnt es aus dem Radio.
Der Wahnsinn hat einen Namen: verkaufsoffener Sonntag.
Alle Lokalsender strahlen diese Werbebotschaft aus und überbieten sich noch in der Häufigkeitsdichte. Beginnend ab Freitag früh.
Wir Verkäufer wiederum drehen allesamt das Radio ab. Es ist nicht zu ertragen. Weil auch unsere Konkurrenten sich in der Kunst der überdrehten Stimmlage üben und grenzdebile Radiospots buchen.
Morgens früh prasselt schon der gesammelte Jingle-Schwachsinn auf das Rührei: *»Prozente, Prozente, Prozente …« »Und nur dieses Wochenende!« »Und noch mehr Nachlass!«*
»Es dauert nicht mehr lange«, sagt Eulenberg, »und die Leute kriegen die Möbel geschenkt …«

Ich frage mich, warum nicht mal irgendein Haus ausschert und zum Beispiel originelle Werbung macht, aber ich vermute, das funktioniert einfach nicht. Einkaufen bedient niederste Instinkte, das ist wie Pornografie, da will auch kein Konsument langwierige Handlung und ausgefuchste Kameraführung.

Lieber wird die Streuzahl der Prospekte erhöht. An diesen Werten kann sich Braun richtiggehend aufgeilen: »Oooh«, stöhnt er, »fünfhunderttausend Empfänger …«

Das bedeutet: wieder eine halbe Million Mal Schwachsinn. Der weder optisch noch inhaltlich von den konkurrierenden Schwachsinnigkeiten zu unterscheiden ist. Weil alle gemeinsam *»Prozente, Prozente, Prozente«* anbieten. *»Und zwar nur dieses Wochenende!«*

Selbst die Kunden verlieren den Überblick und wedeln mit Prospekten unserer Marktbegleiter vor der Nase herum, um bei uns deren Werbeangebote zu finden. »Zeigen Sie mir, wo das steht! Und zwar auf der Stelle!«

Und auch wir müssen dann erst mal schauen: Von wem ist denn jetzt dieser Dreck? »Da nehmen Sie am besten die nächste Autobahnausfahrt … und dann zweimal links …«

»Unverschämtheit!«

Ruhig bleiben …

Am verkaufsoffenen Sonntag herrscht das blanke Chaos. Für mich gibt es jetzt schon über ein halbes Jahr kein Wochenende mehr, nun fällt auch noch der Sonntag weg, aber du musst lächeln und freundlich sein. Sonst ist König Kunde beleidigt.

Freundlich sein. Auch wenn die Wahnsinnigen um dich herum rennen, schreien und treten.

»Alles ist gut …«, sagt Eulenberg.

An diesem Sonntag ist zu allem Überfluss auch noch bei einem unserer Konkurrenten geöffnet, das ist eine Katastrophe. Ups, ich vergaß, so eine Einstellung ist natürlich negativ und schädlich.
Also läuft Rotkäppchen wieder zu großer Form auf: »Das ist gut«, flötet er, »dann werden die Leute doppelt motiviert, sich auf den Weg zu machen ...«
Alles ist gut. Und zwar immer. Bis zum Erbrechen.
Die letzten drei Tage spürte man schon die Unruhe, vor allem im Pausenraum, alle Gespräche drehten sich nur noch um das kommende Wochenende. Manche Verkäufer bunkerten Aufträge, um nur ja nicht den GAU zu erleben, eine Null, an so einem wichtigen Tag. Mit einer extrem hohen Vorgabe. So was kann passieren, das ist sogar bei Top-Leuten vorgekommen. Einmal falsch abgebogen, zweimal zu lange mit den falschen Nasen gealbert, und der Tag ist gelaufen. An so einer Pleite knabbert man Wochen.
Auch wenn die Hütte voll ist, kann es dir wieder und wieder geschehen, dass du an Leute gerätst, die letztlich nicht kaufen wollen. Während deine Kollegen um dich herum mit dem Aufschreiben nicht mehr nachkommen.
Wenn es nach dem Alten geht (und er arbeitet hinter den Kulissen daran), sollte es regelmäßig jeden Monat einen verkaufsoffenen Sonntag geben. Auch wenn sich der Effekt abnutzen sollte.
»Ich kapier das nicht«, flüstere ich im Gewühl Eulenberg entgegen, »was wollen die alle hier?«
Mir geht einfach nicht in den Kopf, warum der Sonntagsverkauf noch so eine Größe darstellt? Die Leute haben doch eine Unmenge Freizeit, und sie haben ohnehin schon den Samstag zur Verfügung. Wir haben jeden Tag bis

20 Uhr geöffnet. Aber nein, es muss auch noch der Sonntag sein.
»Es regnet …«, antwortet Eulenberg, »die langweilen sich …«
Währenddessen fuchtelt der Alte am Aufzug mit hektischen Armschwingern herum. An so einem hohen Feiertag beehrt er uns natürlich mit seiner ungebrochenen Aufmerksamkeit. War zu erwarten, denn ohne ihn geht es bekanntlich nicht. Er kommandiert pausenlos, flucht ununterbrochen und schickt jeden Verkäufer, dessen er irgendwie habhaft werden kann, irgendwohin, zu irgendwelchen Kunden, und steigert seinen Blutdruck in bedenkliche Hemisphären.
Ganz ehrlich, seine sogenannten Verkaufsgespräche sind Schrott und an der Grenze zur Peinlichkeit. Das ist ein offenes Geheimnis. Und bleibt ein solches – denn niemals, *niemals*, wird das Getuschel an seine Ohren dringen. Er ist schließlich der König. Selbst die Kunden hören sich das bizarre Gestotter nur deshalb an, weil sie wissen, dass der Mann »ein hohes Tier« ist, »hab ich zumindest gehört …« Und weil sie davon ausgehen, dass sie nun mehr geschenkt bekommen. Und das kann er tatsächlich gut: verschenken. Es kostet ihn ja nichts. Es ist unsere Provision, unser Geld, das er durch den Schornstein jagt.
Ich frage mich, ob es wirklich nur am Alter liegt.
Mein Verdacht ist, dass man in den siebziger Jahren mit so einem primitiven Gebaren reich werden konnte. Vielleicht passte es sogar in die damalige Aufbruchsepoche.
Aber er ist irgendwie in dieser Ära stehengeblieben.
Keine Zeit allerdings, weiter darüber nachzudenken – es geht nun Schlag auf Schlag.
»Hey Sie, kommen Sie sofort her!«

Zwei gleichfalls wedelnde Interessenten, offensichtlich angewidert von der Menge an Menschen. Es bleibt die Frage, warum sie sich dann auf den Weg in ein Möbelhaus machen. *An einem Sonntag …*

»Man findet überhaupt keinen Verkäufer …«, startet die herbe Charme-Offensive, ohne Begrüßung, »wir suchen ein TV-Unterteil …«

»Schauen Sie mal da vorne …«, lautet meine schnelle Entgegnung, denn hinter der nächsten Säule sehe ich ein freundliches Wedeln. Und zwar eines, das einer Ledergarnitur gilt.

»Bleiben Sie hier! Zeigen Sie mir sofort was!«

Wie bitte? Sonntags?! Am einzigen Tag im Monat, an dem noch Umsatz zu machen sein könnte! An dem der Rubel rollt!

»Bitte«, sage ich fast schon flehentlich, weil meine Ledergarnitur ungeduldig wird, »da vorne stehen etliche TV-Möglichkeiten …«

»Ich verlange, dass Sie mich beraten! Ab 12 Uhr ist freie Schau!«

»Das geht nicht … Sonntags …«

Daraufhin explodiert die Göttergattin. Weil ich mich anscheinend weigere, sie hier zu umschwärmen. »Ich werde mich über Sie beschweren!«

Ausnahmsweise ist mir das so was von egal. »Gerne … Sie können sich gleich da vorne an die Information wenden.«

Ausnahmsweise würde diese Handlung sogar von oben gedeckt. An einem verkaufsoffenen Sonntag gilt das Recht des Stärkeren, also des Finanzkräftigeren.

Kunde, erinnere ich mich, ist ein zentraler Begriff im Rotwelschen und bedeutet dort nichts anderes als Bettler und Landstreicher. Ende der zwanziger Jahre entstand sogar

aus der »Bruderschaft der Vagabunden« eine eigene literarische Obdachlosenzeitschrift namens »Der Kunde«.
Nebst eigener »Kundensprache«.
Wobei der entscheidende Unterschied zu den heutigen Schreihälsen darin besteht, dass sie nur noch von einer einzigen Sache angelockt werden wie Geier von Aas, und das sind: Schnäppchen.
»Früher«, sagt Eulenberg im Gewühl, »hatten wir in diesem Land noch Ideale und Ziele. Inzwischen ist es die größte Beleidigung für Otto Normalverbraucher, wenn er ein Schnäppchen verpasst. Oder wenn man es ihm gar nicht erst anbietet ...«
Es ist auch Ottos größte Angst, eines verpasst zu haben, ein Schnäppchen, dafür lässt er heute glatt einen Krieg sausen.
Wenn man einen Südländer oder Araber tödlich beleidigen will, dann sagt man einfach: Ich habe deine Mutter gefickt.
Wenn man dagegen einen Deutschen tödlich beleidigen will, reicht es inzwischen zu sagen: Du hast zu viel bezahlt.
Dann morden wir. Und fühlen uns im Recht!
Ein merkwürdiges Phänomen: Dieses Beleidigtsein, wirklich tiefgehend verletzt zu sein – weil ein anderes Kaufhaus ein Produkt preiswerter anbietet.
Früher hätte man gesagt: Schade, so ist das Leben.
Heute kriegen wir einen Herzinfarkt.
»Wir sind Stammkunden«, *Schlag auf Schlag*, faseln mir zwei Provinzler ins Ohr, weil sie vor drei Jahren mal einen Garderobenständer gekauft haben. Und jetzt wollen sie zusätzliche Prozente, für einen Hocker aus der Ausstellung. »Wir kennen einen der Chefs persönlich!« Wie so viele ... Dabei ist das gar nicht mal gelogen. Aber es stellt

sich meistens heraus, dass sie vor dreißig Jahren zwei Straßen weiter gewohnt und sich vielleicht morgens am Gartenzaun mal zugenickt haben. Und das sind schon die wirklichen »Freunde«.

Schlag auf Schlag …

»Was auf den Preisschildern steht, ist Verarschung!«

Ein Mann mit Jägerhut ist auf hundertachtzig. Warum eigentlich? Wenn er doch den Durchblick hat, wie er vorgibt, dann dürfte die Preisgestaltung keine sonderliche Überraschung für ihn sein. Oder sollte die darin bestehen, dass der Preis trotzdem bestehen bleibt?

Er ist einer dieser Kunden, der überall Fallstricke und Irrwege wittert. Damit liegt er prinzipiell auch richtig – nur, er wird sie nicht finden. Oder zumindest nicht dadurch, dass er transpiriert und schreit.

Für die meisten Kunden bist du als Verkäufer entweder *Personal*, also kein Mensch, sondern ein Neutrum, untergeordnet, ein humanoider Roboter (wobei das Bild hinkt, denn so etwas würde bei vielen männlichen Kunden zu liebevollen Begeisterungsstürmen führen) – oder ein abgezockter, mit allen Wassern gewaschener Betrüger. Also auch kein Mensch.

Eine Ausnahme bilden zugezogene Kunden aus Osteuropa. Eingeschränkt: Kunden aus Osteuropa ab Mitte vierzig. Die jüngeren, die Quasi-Deutschen, sind perfekt integriert. Also: schlecht gelaunt und misstrauisch. Wie übrigens auch die türkischen Käufer sich mit zunehmender Lebensdauer in diesem Land als vorbildliche Deutsche assimiliert haben: misstrauisch und mürrisch.

Und schlecht gelaunt, genau wie ich.

Aber die anderen, die älteren Polen, Russen, Balten, das ergibt ein Fest.

Doofes Klischee, aber diese Menschen kommen, um zu konsumieren.
Man geht mit ihnen durch die Ausstellung, bleibt vielleicht kurz mal stehen, »mast scheen sein«, und wenn es »scheen« ist, wird addiert. Das und dies und dies und jenes, ohne Heckmeck, ohne Rumgeeier, ohne brutale Nachlassschlachten. Bisschen Skonto, bisschen Warengutschein, dafür ein Haufen Witze und Spaß. Und sie sind zufrieden.
Deutsche sind offensichtlich nie zufrieden.
»Dann zeige ich Ihnen eine Schrankwand von Hülsta, oder wir gehen zu Musterring. Da haben wir Markenfestpreise. Die sind überall gleich.«
»Die sind genauso bescheuert«, tobt der Jägerhut mit Walrossschnäuzer, »da kann ich nicht handeln!«
Oh, es ist nicht einfach.
Vor allem, weil die Verarschung noch viel grundlegender ist. Deine von dir favorisierte italienische Ware ist beispielsweise hundertprozentig aus China. Auch die amerikanischen »Möbel zum Wohlfühlen« werden alle in Fernost hergestellt. Und die Qualität ist ein Witz. Aber es ist billig, billig, billig.
Und die teuren Marken, nicht wahr, was folgt, als Echo, beinahe zeitgleich, markenübergreifend: »Da bezahlt man doch nur den Namen …«
Es gibt auch deutsche Produzenten, die längst polnisch sind, nur mal so am Rande. »Deutsche Herstellung« insgesamt ist längst nicht mehr ein Qualitätskriterium – weil Möbelherstellung zu einem großen Teil Handarbeit ist, und Handarbeit ist teuer. In Deutschland. Das heißt, dass hier zu Billigpreisen von billigsten Arbeitern Dinge angefertigt werden, die die Schwitzenden einen Rotz interessieren. Es können

auch nur sehr beschränkt Maschinen eingesetzt werden, die einen Vorteil bringen könnten. Bei den hochpreisigen Möbeln ist der Standort Deutschland dadurch noch halbwegs bezahlbar, aber wenn es um die Mittelklasse geht, wird es schwierig. Da sind osteuropäische Hersteller im Vorteil und die Produkte wahrscheinlich im Prinzip besser. Weil dort die Arbeitsbedingungen (noch) vernünftig sind.

Aber das alles ist zu kompliziert für die selbsternannten »Profikäufer«. Mein Jägerhut beispielsweise will ausschließlich Preise vergleichen.

Deshalb hat er ein Notizbuch dabei, und für alle Fälle noch sein Laptop. Er ist perfekt vorbereitet. Der Preisvergleich ist eine neue Kunst der Deutschen und wird generalstabsmäßig vorbereitet.

Nur dass von uns niemand Lust hat, dieses Theater mitzuspielen.

»Butter bei die Fische«, sagt er und reibt seinen Schnäuzer. In seinem Notizbuch stehen, säuberlich untereinander addiert, mehrere Preise, zirka fünfzehn Stück. Das heißt, wir sind das sechzehnte Möbelhaus. *Gratuliere, wer ein Hobby hat.*

»Was ist Ihr letzter Preis?«, sagt der Jägersmann. »Ich will keine Abzüge mehr, nur das, was unten steht. Was ist ihr letztes Wort?«

Das ist so langweilig. Und für mich so albern. Ich verdiene nichts daran. Und es ist Sonntag, ich muss Umsatz machen.

»Was ist denn bislang der günstigste Preis? Wir gehen einfach darunter und schreiben heute den Auftrag.«

Zack.

Das ist aber nicht die Antwort, die er haben wollte. Das ist auch nicht der Gesprächsverlauf, den er einstudiert hat.

Also wird er plötzlich ganz hektisch. Damit zerstöre ich seine ganze Ordnung.
»Wie ... wie ...?« Rote Flecken im Gesicht.
»Könnten Sie sich denn vorstellen, hier und heute zu kaufen?«
»Nein. Ich will jetzt einen konkreten Endpreis.«
Um danach durch vier weitere Möbelhäuser zu streifen, um letztlich, gnadenreich, das billigste zu erwählen. Und genau das will kein Geschäft haben: die Vergleichbarkeit. Das Kundendiktat.
Er wiederum will vor allem *entscheiden*. Er will das so machen wie in der Großindustrie.
»Wir können das ganze Spiel jetzt einfach abkürzen«, sage ich.
Aber er will nicht abkürzen. Er weint fast, der Kunde. Er hat sich das so schön vorgestellt. Vor allem: so einfach.
»Schreiben Sie mir jetzt bitte alle Preise und Artikelnummern auf einen Zettel!«, flennt er.
»Warum?«
Wie gesagt, er rennt damit nur durch andere Geschäfte. Und er wird nicht mehr wiederkommen. Wozu soll ich mir die Mühe machen?
Also rastet er aus. Vor allen Menschen. Er läuft rot an und brüllt.
In einem kleinen Fachgeschäft am Marktplatz, denke ich, da könntest du deine wunderbare, ausdauernde Beratung bekommen, mit allen Informationen. *Geh doch dahin ...* Ach, stimmt ja, die hast du ja schon kaputtgemacht mit deinem Geiz. Und mit deinem doofen Preisvergleich.
»Wir können mit diesem günstigsten Preis, den Sie da stehen haben ...«, sage ich und blicke ihm in die Augen, »erst

mal nicht mithalten. Aber ich kann den Geschäftsführer holen und dann …«

Hektisch schlägt er sein Notizbuch zu. »Dieses Haus sieht mich nie wieder! Nie wieder!«

Ganz ehrlich, ich bin froh darüber.

Solche Profikäufer nehmen die Preise auf den Etiketten nicht ernst, einverstanden, aber sie haben auch nicht verstanden, was Handeln bedeutet. Bei ihnen ist alles so bierernst. Und vor allem sind sie sofort beleidigt.

Es gehört auch ein wenig Spaß dazu, ein wenig Esprit. Nicht einfach nur so plump daherrülpsen: »Was kostet das?«

Wir sind zwar die Billigsten, laut Eigenwerbung, wie auch die anderen jedes Mal und stetig die Billigsten sind, laut Reklame. Aber es zahlt sich überhaupt nicht aus, immer und stets der Günstigste zu sein. Das bringt kaum Gewinn.

Wir sind trotzdem alle gemeinsam die Billigsten, weil es kein geschützter Begriff ist. Klingt immer toll: Qualität und gleichzeitig billig, und es funktioniert. Man muss es nur oft genug und pausenlos wiederholen: *Wir sind die Billigsten!*

Letztlich bringt viel billig nur viel zu viel Umsatz, bei viel zu wenig Gewinnsteigerung. Damit müssen allerdings auch viel zu viele Lkw in Umlauf gebracht und viel zu viele Menschen beschäftigt werden, die das ganze Getue beaufsichtigen sollen. Nicht zu vergessen: Monteure, die das ganze Billige aufstellen müssen.

Es bringt also kaum etwas, der Günstigste zu sein.

Es bringt viel mehr, *einigermaßen* billig zu sein. Lieber weniger verkaufen, dafür aber mit mehr Gewinn. Das kann man aber keinem Kunden erklären.

»Was geht da noch runter?«, heißt es stattdessen.

Vom Preis, meint er, der Kunde Oberarsch. Konkret heißt das allerdings: von meiner Provision. Ich sitze inzwischen schon eine halbe Stunde mit dem glatzköpfigen Bodybuilder und seiner frisch aufgeblasenen Perle zusammen, spiele freundlich und aufmerksam, aber er ist und bleibt ein Riesenarsch.

Spiele freundlich und aufmerksam: *Dienen.*

Unmöglich für viele meiner Freunde, denke ich. Es fällt mir auch zunehmend schwerer. Nur, als Verkäufer muss ich *dienen.*

Und ich bediene.

Das ist belastend. Immer willfährig sein, immer freundlich, immer zuvorkommend. Andererseits problemlos, weil du wie eine Sache dienst. Es ist nicht deine Seele. Dann wird es schwierig.

»Gratiskäse gibt es nur in der Mausefalle …«, versuche ich einen kleinen Scherz, um das Gespräch aufzulockern.

Hat aber keinen Sinn, er mosert weiter an allem herum. Alles hier sei miese Qualität und zu teuer. In anderen Möbelhäusern ist angeblich alles viel besser. »Wir kaufen nur dort.«

Das Interessante ist dabei, denke ich so, dass ich die ganzen Gesichter teilweise schon während des Gesprächs vergesse, es verschwimmt alles zu einer unpersönlichen Masse. »Sorry«, sage ich, »warum kommen Sie dann immer wieder zu uns?«

»Hier ist das Restaurant besser. Wir essen hier fast jede Woche …«

Er hat einen Haufen Geld mit Gebrauchtwagen gemacht. Ein Vollidiot, ungebildet, unsympathisch.

»Das ist doch schon mal ein Argument …«, sage ich lächelnd.

»Also vorwärts … Was geht da noch ab?«
Es ist Sonntag, die Bude voll, also wische ich ganz langsam mit dem Zeigefinger über die Tischplatte hinweg, eine Linie entlang, als würde ich damit Staub suchen. »Das – geht da noch ab …«
Das Ergebnis ist, wie zu erwarten, Schreierei und Drohen. Und kein Auftrag. Aber am Sonntag geht es Schlag auf Schlag, da steht immer gleich der Nächste auf den Füßen.
»Hier! Hier!«, brüllt er, der neue Kunde, der blöderweise sein erkorenes Designerstück für viertausend Euro als »Superschnäppchen« in der »Resterampe« entdeckt hat, im Abverkauf. Nur noch billiger, für etwas mehr als tausend Euro. Und genau dieses Teil habe er letzte Woche bei uns gekauft! Ausnahmsweise diesmal kein Geschrei, sondern ein Riesengeschrei.
Ich hole Braun, und er zieht die große Nummer ab, das kann er zugegebenermaßen wirklich gut. »Wirklich *das* Leder«, steigt er ein, »*diese* Verarbeitung?«
Der Kunde präsentiert Fotos von seinem Erwerb, aber »Leder«, das ist eine Welt für sich. Davon wirklich Ahnung zu haben ist extrem selten, und Fotos helfen überhaupt nicht bei der Wahrheitsfindung. Die Verarbeitung der Nähte, der Lagen, der Häute, all das ist eine jahrhundertealte Meisterschaft, deren Kunst allerdings weitgehend aus dem öffentlichen Bewusstsein verschwunden ist. *Leder ist kalt,* das ist als einziges Bonmot hängengeblieben.
»Schauen Sie sich nur einmal diese Nahtführung an«, sagt Braun und deutet auf irgendeinen Fleck auf dem Foto, »das ist mehr als großartig, im Gegensatz zu dem Billigmodell aus der Fundgrube …« Und das kann Braun wirk-

lich gut, einen Kunden so lange zutexten, bearbeiten, bis der sich seines Geschlechtes nicht mehr sicher ist.
Dabei hat sein Gegenüber recht, aber das bleibt unter uns.
»Entschuldigen Sie vielmals ...«, sagt der Kunde plötzlich.
»Ich habe mich da wohl etwas vergaloppiert ...«

Es gibt zwei Gruppen von Menschen, die mich an einem Sonntag in den Wahnsinn treiben. Zum einen sind es die Preisfüchse – und dann, viel schlimmer, die Zeitschinder. Das sind diejenigen, die sich stundenlang bedienen lassen, auch skrupellos von mehreren Verkäufern, weil einer nicht ausreicht, sehenden Auges, dass gleichzeitig noch eine Menge drängelnder Kunden scharren, winken und wedeln, pampig dabei, weil diese anderen Menschen nicht einfach mal warten können – und die dann irgendwann aufstehen und sagen: »Jaaa ... das müssen wir erst noch mal zu Hause messen ...«
Hallo! Die Bude ist voll, und du lässt dich hier bespaßen!
Am Nachmittag schmeiße ich deshalb eine Kojenmappe mit Wucht auf die Garnitur und drücke einem solchen Zeitschinderpärchen grußlos die erwünschte Zeichnung in die Hand. Ohne große Verabschiedung. Kommen sowieso nie mehr wieder. *Arschloch!*
Das Pärchen wirkt ziemlich erschrocken. Welche Überraschung, in einem Geschäft, dass die Verkäufer was verkaufen wollen ...
Aber es bleibt keine Zeit, darüber nachzudenken, denn der nächste Spezialagent drängelt sich vor.
»Ich will was zurückgeben ...«
Hä?
»Wir sind gestern nur spontan hier rein, und dann haben wir uns überreden lassen ...«

Hä?
»Das geht nicht …« Es ist Sonntag. Die Meute tobt.
»Wie? Aber aus Kulanz …«
»Nein …«
»Wir sind gute Kunden … und außerdem haben wir uns mit den Maßen vertan.«
Nein, ich will nicht. Ihr seid erwachsen, ihr geht wählen, ihr habt Kinder. Nein, das ist gekauft und basta!
»Sprechen Sie morgen mit dem Verkäufer, der Sie bedient hat …«
Fassungslosigkeit.
Schlag auf Schlag.
Wieder eine aufgebrachte Wohlstandsbürgerin. Ihre Tochter hat ein Schlafsofa gekauft. Noch einmal, zum Mitschreiben: *Ihre Tochter* hat das Teil gekauft.
Nicht sie.
Aber die Rentnerin steht hier rum und mosert, ein Kissen sei nicht in Ordnung. Dabei wedelt sie mit einem Kaufvertrag vor meiner Nase entlang wie ein Ventilator.
»Wer ist denn der Verkäufer?«
»Der ist heute nicht da, der ist krank …« Das weiß sie schon.
»Dann gehen Sie doch bitte zum Kundendienst …«
»Da war ich schon«, unterbricht sie mich, »die haben auch schon ein neues Kissen bestellt, aber das war das falsche!«
Es ist dieser neue Typus Wutbürger, pausenlos und durchgängig kurz vor der Explosion.
Und ich weiß immer weniger, was sie will.
»Ich will den Verkäufer sprechen, aber der ist krank, und letzten Montag hatte er frei …«
»Dann rufen Sie doch morgen an, ich weiß wirklich nicht, was ich für Sie …«

»Anrufen, anrufen …«
Es geht um ein doofes Kissen. Der Kundendienst hat auch längst schon ein neues bestellt. *Was willst du von mir?!*
»Wenn es ums Kaufen geht, dann sind wir Kunden gut genug, aber sonst …«
Ja, genau, was sonst! Was glaubst du, was ich hier mache? Wenn ich nicht so ein freundlicher Mensch wäre, hätte ich dich längst stehen lassen, mit deinem bescheuerten Kissen. Für deine Tochter! Das schon längst wieder neu bestellt ist! Ach, du willst, dass hier und heute, an einem Sonntag, irgendetwas geregelt wird, wahrscheinlich willst du auch noch tausend Euro dafür geschenkt kriegen, weil dein blödes Kissen zerbeult ist? So ein Pech, dass sich die Welt nicht nur um dich und deine kleine Welt dreht! Mein Gott, ein Kissen! Und was glaubst du, werde ich jetzt tun, für dein Kissen? Soll ich die Polizei anrufen? Oder den CIA? Was soll ich jetzt tun? Für dein doofes Kissen, das schon längst wieder neu bestellt wurde?!!
»Bitte«, antworte ich so höflich wie möglich, »melden Sie sich doch morgen bei dem zuständigen Kollegen, er wird Ihnen sicherlich helfen.«
»Ich werde mich beschweren!«, droht die Dame zum Abschied. »Es ist ein Unding, wie man in diesem Haus behandelt wird … Ich will doch nur eine kleine Auskunft … Zum Kaufen sind wir gut genug …«
Und so weiter, und so weiter …
Ich lasse sie einfach stehen. Es ist Sonntag!
»Was haben wir in unserem Leben verbrochen, dass wir hier arbeiten müssen?« Eulenberg schüttelt den Kopf und trinkt hastig an seiner Cola. In einer ausrangierten Koje.
»Wieder dreißig Minuten Stand-up-Comedy …«, sagt er und meint damit Männer, die in epischer Breite über Poli-

tik schwafeln und sich gerne reden hören. Letzteres auch bei Jüngeren, Ersteres nur bei den Älteren. Dann aber volle Kanone, über Hitler, Rommel, selbstredend den Euro und nicht zu vergessen: *die* Politiker.
Vordergründig geht es dabei auch um eine Ledercouch. Also uns, den Verkäufern.
»Ich kann nicht mehr ...«, sagt Pommerencke und gesellt sich zu uns. Sie schafft es schon seit Tagen nicht mehr, einzuschlafen. Immer wieder Existenzängste, ihre Umsätze reichen gerade so zum Leben, aber ermöglichen ihr keinen Schritt weiter. Was soll werden, wenn das Auto streikt? Eine teure Reparatur wirft alles aus dem Ruder. Und sie hat drei Enkel.
»Was soll nur werden?«, sagt sie. Immer wieder dreht sich alles um diese Frage.
Sie ist Ende fünfzig. Ein Neuanfang, irgendwo anders, was sollte das sein? Und der reiche Mann, von dem auch sie beinahe verzweifelt halluziniert, scheint weiter weg zu sein als je zuvor.
Aber dadurch, dass sie nicht einschläft, ist sie tagsüber so kaputt, dass sie erst recht nicht verkaufen kann. Sie sieht nämlich fertig aus, und Kunden mögen keine kränklichen Verkäufer. Sie wollen: Fröhlichkeit!
Positive Ausstrahlung! Ein Lächeln.
»Sollen wir das kaufen?« Das Gespräch weht zu mir hinüber und lockt mich augenblicklich zurück auf die Fläche. Das waren magische Worte!
»Ich weiß nicht ... ich glaub schon ...«, antwortet eine Frauenstimme.
»Willst du das nicht noch mal verinnerlichen ...?«
Jetzt nur nicht lachen. *Verinnerlichen ...* Wo bist du hier gelandet? Es geht um ein bisschen Holz an der Wand.

»Machen Sie gaaanz in Ruhe …«, sage ich, mit den Augen längst in einer Nachbarkoje verankert.

»Wenn alle Verkäufer so gleichgültig wären, ob wir was kaufen«, rufen die beiden mir beschwipst hinterher, »dann würden wir viel mehr kaufen …«

Ja, ja, sage ich, Sie kriegen alle Unterstützung, und wie ich Sie verstehen kann … Aber in Wahrheit denke ich: Du Arsch! *Wir leben davon!* Das kannst du dir nicht vorstellen. Wie überhaupt dieser direkte Bezug des Handelns mit dem täglichen Brot für den durchschnittlichen Deutschen nicht mehr existiert.

Schlag auf Schlag …

Der Kunde in der Nachbarkoje ist schon *fast* bereit zu kaufen.

»Machen wir eine glatte Summe …«

Ich eile also zu Rotkäppchen. Ein bisschen noch, murmle ich.

Rotkäppchen ist sauer. Darüber, dass er wieder Nachlass geben soll. Er stellt sich dann immer so an, als müsste er diesen Rabatt aus seiner eigenen Tasche bezahlen.

»Sie können wohl nur über Preis verkaufen …«, tobt er voller Abscheu. Wir erinnern uns, ein wirklich guter Verkäufer verbimmelt alles, egal, zu welchem Preis. Weil dieser Zahlenwert letztlich egal sei. Das ist die offizielle Philosophie.

Mag sein, dass die Deutschen inzwischen morden, weil es irgendwo etwas günstiger geben soll, dass es zudem das einzige Thema ist, das sie noch interessiert, weit mehr als Sex, und zwar alleine nur die Vorstellung, dass sie etwas günstiger kriegen *könnten* – in der offiziellen Marketingwelt spielt der Preis keine Rolle. Dort leben lediglich schlechte Verkäufer, die den Preis nicht verteidigen kön-

nen. Dabei gäbe es doch so wunderbare Argumente, *gähn* …
»Das geht alles von Ihrer Provision ab …«, sagt Rotkäppchen.
Diesen Spruch liebe ich am meisten. Es muss halt meine Schuld sein, meine Blödheit, dass ich nichts verdiene. Weil ich unentwegt den Leuten nach dem Maul rede. Und weil ich es nicht hinbekomme, einen teuren Preis zu verkaufen. Nachdem die Meute umgekehrt aber von den wahnsinnigsten Hurenangeboten überhaupt erst ins Haus gelockt wurde: 30 PROZENT. NUR HEUTE. Alle Hallen hängen voller überlebensgroßer Rabattschilder: ALLES MUSS RAUS. BIS ZU 80 PROZENT. Was für eine Überraschung, dass Kunden den Kram dann auch noch lesen. Und einfordern.
Das Schlimmste ist diese Null-Prozent-Finanzierung. Katastrophe! Da liegen fast alle Kaufverträge schlussendlich bei einer Provisionsrate von knapp ein Prozent. Das bedeutet, bei einem Volumen von zwölftausend Euro, also einem richtig guten Deal, bleiben dir als Verkäufer gerade mal hundertzwanzig Euro. Brutto.
Ja, ja, der Alte würde mir doch so gerne die Möglichkeit bieten, reich zu werden. Es könnte alles sooo einfach sein. Aber ich muss blöderweise ständig Geld verschenken.
Wo existiert denn bitte schön ein Kunde, der für den Preis kauft, der auf dem Etikett steht? (Mist, jetzt habe ich das ja offiziell geschrieben. Dass so etwas also geht. Und wenn es jetzt tatsächlich noch Menschen gab, die nicht handeln wollten … Dann werden die jetzt auch noch aufgeschreckt! Der Kunde soll das doch nicht wissen! Der Kunde ist schließlich ein Trottel!)

Und genau in diesem Moment starrt Birnbaum mich an, während sie Muster durchwühlt, in diesem Chaos aus Menschentrauben, Schreiattacken und Gieraroma, wie versteinert am Stoffwagen: »Und das alles noch zwanzig Jahre weitermachen, noch zwanzig Jahre hier rumlaufen …?«
Sie ist frustriert, weil es nicht läuft wie gewünscht und weil ihr Umsatz hinter den Erwartungen zurückliegt.
Sie wollte verkürzen. Und es wurde abgelehnt.
»Das ist doch kein Leben …«

9

Abends, erschöpft, beim Ausziehen, entdecke ich eine Veränderung an meinem Körper. An meinem rechten Fuß fühle ich eine merkwürdige Verdickung unterhalb des kleinen Zehs.
Das ist ein Überbein, sagt Ulrike.
Eulenberg hat diverse Fußkrankheiten, erinnere ich mich an sein Lamentieren. Von der Lauferei.
»Schlimm?«, frage ich.
Ulrike schüttelt den Kopf.
Dann schweigen wir wieder.
Das ist unsere neue Gemeinsamkeit: Wir schweigen viel.
Es interessiert sie nicht, was mich den ganzen Tag in dem Gefängnis beschäftigt und quält, und umgekehrt will sie mir nicht erzählen, was in ihrem Kopf wuchert und wabert.
Allerdings mag ich diese neue Gemeinsamkeit. Ich rede ohnehin schon den ganzen Tag.

Aber ich bezweifle, ob Ulrike wirklich langfristig an diesem Männerhobby Gefallen zeigt. Sie wäre die erste Frau, die nicht über ihr Leben sprechen möchte.
»Alles in Ordnung?«, frage ich.
Sie nickt.
Nur der Kleine ist großartig. Ihm ist es egal, was ich mache, Hauptsache, ich bin da. Und Hauptsache: Ich spiele mit ihm. Wird erledigt.
Mag ich noch so erschöpft sein und noch so kaputt, ich lächle meinen Sohn an und schiebe mit ihm Autos über den Teppich. Die Fahrzeuge müssen nämlich alle hintereinander auf einer großen Straße rasen, weil sämtliche Fahrer und Kinderinsassen gemeinsam ein Fest besuchen wollen, und das kann schon mal Stunden dauern.
Das ist der einzige Sinn in meinem Leben, denke ich.
»Kommt ihr …?«, sagt Ulrike und stellt Teller und Gläser auf den Wohnzimmertisch. Es gibt Abendbrot. Wir sind eine Familie.
»Alles in Ordnung?«, frage ich.
Sie nickt.
Und während wir gemeinsam essen, selbstverständlich schweigend, fällt mir ein, wie die Bukowski sich in der Mittagspause verhält. Sie kaut nämlich extrem langsam, immer nur ein kleines Stückchen, es dauert Jahrhunderte, um eine kleine Mahlzeit zu verdrücken. Die sie ohnehin nicht zu Ende futtert. Und weil ich sonst kein unverfängliches Thema habe, erzähle ich Ulrike davon.
»Magersüchtig«, antwortet sie, »oder Bulimie. Auf jeden Fall typisch für die Zeit danach. Ehemals essgestörte Frauen können nie mehr richtig essen …«
Ulrike weiß offensichtlich, wovon sie redet. Und mein Klischee von der polnischen Robustheit hat sich mit ei-

nem Schlag erledigt. Bukowski ist schon angekommen in Europa: magersüchtig und kaputt.
You are welcome!
»Bist du immer noch so mies drauf …?«
»Ich bin nicht mies gelaunt!«, belle ich zurück.
Diese verdammte Pflicht zur guten Laune, denke ich und lächle fröhlich. Positives Denken kommt ursprünglich aus der christlichen Tradition, da hat es allerdings auch einen Sinn. Alles Leid, alle Freude hat deshalb einen Sinn, weil es von Gott gewollt ist. Und es ist von Gott gewollt, weil es etwas bewirken soll. Es geht dann weniger darum, dass alles gut ist, denke ich, sondern darum, dass alles Geschehen einen Sinn hat.
Und es geht vor allem nicht darum, stets und pausenlos zu grinsen.
»Sorry …«, flüstere ich, »ich bin wirklich nicht mies drauf …«
Positives Denken ohne einen solchen spirituellen Hintergrund, denke ich, also in Reinform, wie er im Handel gefeatured und in Seminaren gepredigt wird, ist einfach lächerlich. Was soll an dieser Scheiße *positiv* sein?
Klar, diejenigen, die mit Seminaren und Vorträgen über »charismatische Erscheinung« und »begeisternde Ausstrahlung im Verkauf« reich werden, für die gibt es schon einen Sinn in dem Ganzen. Und die sind auch positiv, richtig von Herzen. Das glaube ich denen sofort, dass die sich über jeden Tag freuen. Über jeden neuen Bankauszug.
»Alles ist gut …«, sage ich.

10

Der Sonntag ist nicht so gelaufen wie erwartet. Umsatztechnisch.
Also gibt es am Montag ein ordentliches Donnerwetter. Weil die anderen Abteilungen sich vergleichsweise ordentlich geschlagen haben.
Rotkäppchen versucht es zuerst mit sogenannter Subtilität.
»Woran kann es liegen, dass der Umsatz schlecht war …«
Die Antwort ist relativ einfach: Es waren weniger Kunden im Haus als erwartet. Und dabei vor allem weniger kaufwillige. Zum größten Teil bestand unsere Kundschaft aus mordlüsternen Psychopathen und diabolischen Vampiren. Außerdem hatte unsere Konkurrenz geöffnet.
Aber das will Rotkäppchen verständlicherweise nicht hören.
»Okay …«, sagt er leise, »unser Marktbegleiter kann ja nicht der einzige Grund sein. Was könnte sonst noch …«
»Die Leute …«
»Nicht die Leute – Ihr! Seid! Faul!«, schreit er plötzlich. »Und keine Ausreden. Immer Ausreden! Das ist ganz schlecht, was ihr gemacht habt!«
Wenn ein Automobilkonzern rote Zahlen schreibt, dann würde niemand den Arbeitern die Schuld dafür in die Schuhe schieben. Im Einzelhandel ist das anders geregelt. Sobald der Umsatz dort neue Hürden überspringt, klopfen sich Braun und Konsorten pausenlos auf die Schulter, weil sie die richtigen Entscheidungen getroffen haben.
Darunter versteht man die richtige Werbung, die richtigen Anreize, die intuitiven Entscheidungen halt. Wenn der

Umsatz allerdings einbricht, sind einzig und allein und zwar immer die Verkäufer schuld.
Ohne jede Ursachenforschung. Solche Key-Facts wie Managementfehler, strukturelles Umfeld, verändertes Käuferverhalten, das alles mag vielleicht für sonstige Branchen interessant sein: Im Einzelhandel ist eine Analyse relativ einfach.
VERKÄUFERFEHLER.
Bekanntermaßen gibt es keinen schlechten Umsatz, sondern nur unmotivierte Verkäufer. Also verabscheuungswürdige Subjekte, die sich nicht genügend anstrengen.
Wir vergessen dabei bitte den ewigen Zirkelschluss namens: Warum sollte ein Provisionsverkäufer nicht verkaufen wollen? Er schneidet sich doch bloß ins eigene Fleisch?! Er verdient in diesem Fall doch kein Geld!
Aber Braun und Konsorten wollen sich mit derartigen Feinsinnigkeiten nicht beschäftigen. Das würde schließlich im Umkehrschluss bedeuten, dass es tatsächlich »äußere« Faktoren gäbe. Vielleicht sogar Umstände, gegen die man von Seiten der Geschäftsführung vorgehen müsste, mit »Kreativität« beispielsweise *(»Um Gottes willen!«)*, oder mit neuen Wegen auf eingetrampelten Pfaden *(»Das hat seit dreißig Jahren funktioniert, das wird auch in den nächsten dreißig Jahren funktionieren!«)*, oder vielleicht auch nur mit einem minimalen Berechtigungsnachweis für die grandiose Kohle, die sich die gesamte Geschäftsführung jeden Monat reinschaufelt.
Puh, das war jetzt aber böse.
Das klingt ja fast schon: *neidisch …*
Schluss deshalb mit dem Debattieren: Es muss der Verkäufer schuld sein, basta. Das war schon immer so, und das wird jetzt auch nicht verändert.

Schließlich wurde eine Umsatzsteigerung von drei Prozent beschlossen.
»Es waren wirklich eine Menge schwieriger Leute im Laden …«, versucht Krupp sich erneut an einer Analyse, die vielleicht einen anderen Schwerpunkt setzt. Krupp ist ohnehin der Einzige, der es wagen darf, überhaupt noch irgendwas zu wagen.
»Blödsinn!«, faucht Braun. »Man kann auch aus wenigen Kunden Umsatz machen. Ihr kriegt doch auch nicht mehr Umsatz hin, wenn der Laden voll ist!«
»Sie sind allesamt schlechte Verkäufer!«, bellt Rotkäppchen hinterher.
Er ist ein Angstbeißer. Ein exaktes Abbild dessen, was der Alte morgens mit seinen Abteilungsleitern veranstaltet hat.
»Wollen Sie damit sagen, dass *ich* ein schlechter Verkäufer bin?«
Einem halbwegs sensiblen Menschen hätte auffallen können, dass Krupps Augenlider ungewöhnlich heftig zittern.
»Ja«, antwortet Rotkäppchen. »Selbstverständlich. Schauen Sie nur Ihre Zahlen vom Sonntag an!«
»Das reicht jetzt!« Krupp steht auf, mitten im schönsten Schreivortrag. »Ich höre mir diesen Scheiß nicht länger an! Ich habe kein Leben mehr, und dann soll ich mir morgens noch diesen Quatsch anhören! Dann kann ich auch Fritten verkaufen!«
Rotkäppchen ist sprachlos. Es ist noch niemand aufgestanden, wenn er schreit. *Das tut man nicht.*
Und es hat sich auch noch niemand ohne Erlaubnis von der Morgenkonferenz verabschiedet.
»Kommen Sie sofort zurück!«
Aber Krupp bleibt verschwunden.

Und jetzt beginnt Rotkäppchen zu zittern.
Er kriegt Druck vom Alten, Rotkäppchen gibt ihn einfach nur weiter.
Denn der Alte versteht nicht, dass ein Tag auch schon mal schlechter läuft, so eine Vorstellung existiert nicht in seiner Nachkriegsdenke. Es geht immer nur aufwärts, und es gibt immer nur: *mehr*.
Die einzige Erklärung, für alles, ist für den Alten: Faulheit. Und dagegen hilft, seit ewigen Zeiten: Druck.
So ist das immer gewesen. Und so bleibt es. Der Alte sagt: Wir haben tolle Produkte, ich will jährlich drei Prozent Umsatzsteigerung.
Mindestens.
Dass es inzwischen an jeder Ecke Konkurrenz gibt, vor allem durch das Internet, dass die Kunden sich verändert haben, dass sie wählerisch bis zur Neurose geworden sind, sich überhaupt verändert haben, das will er einfach nicht hören. Das sind alles nur Ausreden.
Drei Prozent jährlich! Ganz einfach.
Und Krupp bleibt verschwunden.
Rotkäppchen wird inzwischen kreidebleich. Die Chefs wollen hier alle brüllen und demütigen, aber *bitte, bitte*, es soll auch keiner weglaufen.
Zumindest keiner von den Guten. Dann fehlt schließlich einer.
Und vor allem soll keiner von den Top-Verkäufern kündigen. Nachher geht der noch zur Konkurrenz.
Rotkäppchen läuft also panisch hinter Krupp her und sondert Säuselzeug ab. Er winselt wie ein Mädchen. Es ist einfach nur peinlich.
»Sie müssen mich verstehen«, kriecht er, »ich habe einen unglaublichen Druck ...«

»Nein«, antwortet Krupp sachlich, »ich verstehe Sie leider nicht …«
In dem Moment, wo du gehst, denke ich, bricht dieses ganze autoritäre Regime zusammen. Sie beziehen ihre gottgleiche Macht einzig daraus, dass du nirgendwo sonst einen Job findest. Und deshalb vor Angst alles erträgst.
»Was sitzt ihr noch rum?!«, beendet Braun derweil unser morgendliches Beisammensein mit einem Fauchen. »Wir haben viel vor!«

»Prost Mahlzeit«, sage ich zu Eulenberg.
»Vorsicht …«, antwortet er. Die Wunde ist noch frisch. Und wir wissen nicht, was jetzt passieren wird.
Krupp ist offensichtlich nach Hause gefahren.
Auch in den anderen Hallenecken und Nischen stehen Verkäufer zusammen und flüstern. Mit einer Ausnahme: Olga. Sie ist die einzige Person, die das ganze Hin und Her anscheinend nicht einmal ansatzweise berührt. Sie verschwindet stattdessen, wie inzwischen täglich, für mindestens eine Stunde in Brauns Büro.
»Trauerbewältigung …«, ätzt Huber.
Während Braun uns gegenüber immer pampiger wird, regelt er für Bukowski die Herstellerrückfragen und vermittelt ihr lukrative VIP-Aufträge. Das Nervige dabei ist weniger der Umstand, dass die beiden wahrscheinlich eine Affäre haben, als sein sonstiges Verhalten uns gegenüber. Seine Unausgeglichenheit. Das Lügen. Das Kommandieren. Es nervt unglaublich, dass er offensichtlich machen kann, was er will. Und dass es ihm egal ist, dass er die Abteilung damit noch stärker spaltet und gegen die Neue aufbringt. Bekanntlich liebt er Streit und Spaltung.

»In einem normalen Unternehmen wäre so was undenkbar …«, sage ich.
Eulenberg schweigt.
»In einem normalen Unternehmen gibt es strenge Regeln für den Umgang zwischen den Hierarchien. Hier spielen die sich auf wie in …«
»Die macht mir Angst«, unterbricht Eulenberg.
»Bitte, was?«
»Ich hab die erwischt, als sie heulend aus einer Kammer kam …« Manchmal verkriecht sich Eulenberg in einem Abstellraum, um dort heimlich mit seiner Frau zu telefonieren. Und als er aus einem dieser Geheimverstecke schlüpfte, lag Olga dort flennend am Boden. Nur um ihm zwei Minuten später zu erzählen, wie schön alles ist. Um dann wieder zu heulen. Und dass sie daran gedacht habe, sich umzubringen. Nur um zwei Minuten später wieder lachend durch die Verkaufshallen zu schweben.
Alles ist gut.
Wenn sie total aufgekratzt ist, geradezu manisch, hält sie sich für die beste, mindestens aber die zweitbeste Verkäuferin im Haus. Was sie auch pausenlos erzählt.
»In einem Nebensatz hat sie mir von einer Therapie erzählt, irgendwas mit Borderline, manisch-depressiv, und dass sie irgendwelche Psychopharmaka schluckt, um über den Tag zu kommen …« Daher auch ihr schrilles Lachen. Aber die Kunden lieben das.
»Ohne Psychopharmaka ist der Kapitalismus am Ende«, sage ich. »Es ist kein Zufall, dass so viele Menschen drogensüchtig sind.«
Der ganze Verkauf zielt doch darauf ab, dich high zu machen, denke ich. Wortwörtlich. Dieses Wechselbad der Gefühle, je nach Umsatzgrad, dieses Hoch und Runter, was

zum »positiven Stress« verniedlicht wird. Der Körper wiederum produziert Adrenalin, Noradrenalin und andere Stoffe, um auf diesen Stress zu reagieren. Zusätzlich setzt er eigene Opiate wie Endorphin oder Encephalin frei. Gerald May, ein amerikanischer Psychiater, hat sich intensiv mit der Wirkung dieser Neurotransmitter beschäftigt. Und er beschreibt, dass der Körper nur an einen geringen Umlauf dieser Stresssubstanzen gewöhnt ist. Als Möbelverkäufer (*»Einrichtungsfachberater!«*) arbeiten wir allerdings unter permanenter Stressanforderung. Wir gewöhnen uns an den erhöhten Opiatpegel, Entspannung ist unmöglich. Die Neuronen, inzwischen an eine hohe Dosis gewöhnt, reagieren so, als wäre etwas nicht in Ordnung. Sie senden Stresssignale an den Körper, um die altvertrauten Mechanismen wieder in Gang zu setzen. Unruhe setzt ein, sobald nichts zu tun ist. Andere Zellen, die sich auf Stresshormone eingerichtet hatten, erleiden umgekehrte Entzugserscheinungen und kollabieren. Sie werden lethargisch, weil ihnen jede Stimulation fehlt. So kommt zur Gereiztheit eine ungeheure Erschöpfung und Müdigkeit. All das führt dazu, nur ja nicht auszuspannen! *Lieber zusammenbrechen …*
Meister Eder verkauft beispielsweise immer dann besonders gut, wenn er ordentlich Koks genommen hat und einfach nur sinnfrei schwafelt und schwafelt und grinst und albert. Meister Eder war mal vermögend, alles von einer Tante geerbt, hat den ganzen Batzen allerdings fein säuberlich durchgebracht und wartet jetzt täglich darauf, dass endlich sein Vater abkratzt. Um da noch ein paar Mille abzustauben. Oder so ähnlich, ganz genau lässt sich das bei einem chronischen Kokser nicht mehr in eine Reihe bringen – aber er ist nicht dumm. Damit ist er hier schon mal eine löbliche Ausnahme. Und er hat schon mal was anderes

von der Welt gesehen als diese heiligen Hallen. Und das unterscheidet ihn glatt nicht nur von den Kollegen, sondern auch von der Geschäftsführung nebst Kundschaft.

Meister Eder ist, wie gesagt, ein Kokser, praktizierend, und das macht seine Geschichten immer ein wenig zu grell, zu laut, zu explosiv, aber genau deswegen mag ich mir all das stundenlang anhören. Bevor ich mich wieder diesem langweiligen Möbelquatsch zuwenden muss. Für die meisten meiner Kollegen sind seine Storys allerdings eine Spur zu größenwahnsinnig, angefüllt mit etwas zu viel Nutten-Party-Alkohol-Kater-Exzess.

Für mich ist auch das eine kleine Flucht. Und damit Rettung.

Es ist absurd: Distanz und Abstand zu dem ganzen Stress und all den Demütigungen sind genau dann möglich, wenn du von dem Job nicht finanziell abhängig bist. Also: wenn du nicht arbeiten musst.

Und genau das wollen die Bosse verhindern.

Dabei ist Meister Eders Gesprächsführung auf Koks genau *das* Verkaufen, von dem meine verehrten Motivationsstrainer nur so schwärmen.

11

Der Einschnitt ist offiziell.

Wie erwartet: Krupp hat gekündigt.

Im gegenseitigen Einvernehmen, wie es später offiziell heißt.

Er hatte wohl noch ein persönliches Gespräch mit dem Alten und hat ihm verklickert, dass er sein Hobby, das Aufmotzen von Oldtimern, nun professionalisieren will.

Der Alte hat ihm lediglich vorgerechnet, dass das alles keinen Erfolg haben wird, und er solle doch bitte schön bleiben. Nein, hat Krupp geantwortet, er wolle es unbedingt mit den Autos versuchen. Aber sollte er scheitern, dann wolle er gerne zurückkommen.
Der Alte glaubt so was.
»Warum hast du ihm nicht die Wahrheit gesagt?«, frage ich Krupp an seinem Spind, während er die letzten Sachen packt. Er hat zehn Minuten, dann wird man ihn aus dem Haus führen wie einen Ladendieb.
»Es bringt doch nichts«, antwortet er lakonisch. »Der Alte würde nichts davon annehmen, aber ihr kriegt anschließend nur noch mehr Druck, weil er das Gefühl hat, hier läuft nicht alles rund.«
»Und«, frage ich, »was machst du, wenn das mit den Autos nicht reicht?«
»Keine Ahnung. Aber zwei Dinge auf keinen Fall mehr: Gastronomie oder Einzelhandel. Dann lieber Hartz IV …«
Oh Gott, ich weiß, so etwas darf man nicht schreiben, von wegen *lieber Hartz IV …*
Das Merkwürdige ist, ich hätte das früher auch nicht verstanden.
Vermutlich hätte ich zusätzlich noch einen bösen Kommentar verfasst.
Es hat sich vieles verändert, denke ich, seitdem ich in diesem Gefängnis einsitze.
»Man sieht sich …«, sagt Krupp zum Abschied und drückt den wenigen Mutigen, die sich hierhergetraut haben, die Hand. Einen Abtrünnigen zu verabschieden, bedeutet wieder nur Ärger.
Es fließen sogar Tränen. Nicht nur, weil er uns als Mensch fehlt.

Sondern auch, weil es wieder einer geschafft hat, hier rauszukommen.
Wie lange noch …?

»Wo waren Sie, Herr Kisch?«
Rotkäppchen stromert unruhig umher, weil mit Krupp sein bester Umsatzbringer verschwunden ist. Die Vorgaben bleiben aber unvermindert bestehen. Jetzt steht ihm die blanke Panik in den Augen.
»Auf der Toilette …«
»So lange?!«
»Ich werde mich bemühen, an einer beschleunigten Entleerung meiner Blase zu arbeiten …«
Ansonsten herrscht gespenstische Ruhe im Haus. Nach der Kündigung von Krupp gebärdet sich Braun ungewöhnlich freundlich, geradezu auffällig kumpelig. Geradezu gespenstisch freundlich.
Ändert sich jetzt was?
Hat Krupps Kündigung also gewissermaßen ein Umdenken bewirkt?
Schließlich ist Krupp keine Flasche wie die anderen (wie ich), sondern ein Top-Seller. Er hat doch all das verkörpert, was die uns hier pausenlos predigen.
»Mach dir keine Hoffnung«, sagt Eulenberg in der Mittagspause in der Kantine, »hier wird sich gar nichts ändern, nicht das kleinste bisschen …«
Währenddessen lästert Birnbaum über das unerträgliche Gockelverhalten von Braun – und erstarrt plötzlich. In der Nische sitzt ein fremder Abteilungsleiter. Aber sein vorgebliches Zeitungslesen wird vermutlich wie immer damit enden, dass er unverzüglich nach dem Essen »oben« melden wird, was hier »unten« besprochen wurde. Alles

wird weitergegeben. Das funktioniert ähnlich effizient wie bei der Stasi.
Freie Meinung gilt nur in den eigenen vier Wänden. Auch sämtliche Mails nach draußen, an Kunden, um Vorgänge abzukürzen, werden von einem Mitarbeiter der IT-Abteilung gelesen und gegebenenfalls an die Geschäftsführung weitergeleitet. Jede flapsige Bemerkung, jedes falsche Wort wird unverzüglich berichtet.
Es passt wie die Faust aufs Auge, dass es in der nächsten Woche eine Wahl geben soll – für einen *Betriebsrat.*
»So was haben wir?«, fragt Pommerencke. Sie arbeitet seit drei Jahren im Unternehmen.
Ihre Frage ist dabei gar nicht mal so falsch, denn man kann dieses Konstrukt nirgends begrüßen. Es ist eigentlich mehr ein Zusammenschluss von Gottes Gnaden. Seitdem der Alte aus dem Unternehmerverband ausgetreten ist, kann er ohnehin machen, was er will. Also fungiert da vorgeblich ein sogenannter Betriebsratsvorsitzender, meist ein Büroarbeiter, den der Alte schon seit zwanzig Jahren kennt und der bis aufs Komma genau alles ausführt, was der Alte will. Unterstützt von wechselnden Lakaien. Laut Eulenberg hat es in den letzten Jahren auch hin und wieder mal einen Revoluzzer gegeben, also einen, der wirklich etwas ändern wollte. Aber derartige Subjekte wurden unverzüglich weggemobbt.
»Der Alte hat ein einfaches Motto«, sagt Eulenberg, »und das lautet: Seit wann muss sich ein König erklären ...«
Und wie im absolutistischen Versailles hält sich der Alte einen Betriebsrat als gesetzlich vorgeschriebenes Anhängsel. Diesbezüglich ist er tatsächlich penibel: Alles, was ihm der Gesetzgeber vorschreibt, wird auch eingeführt. Zumindest scheinbar.

Aber alles, was er darf (und er darf jetzt vieles), wird gemacht – und vom Betriebsrat gefälligst abgenickt. Dafür ist der Haufen schließlich da. Oder gibt es noch einen anderen Grund?
Aktuell hat der Alte wieder zwei Urlaubstage gestrichen. Begründung: Gute Verkäufer wollen ausschließlich verkaufen, die brauchen keine Freizeit. Weil sie dann logischerweise keinen Umsatz machen. Und weil *Geld* nun mal das Einzige sei, was einen wirklichen Verkäufer interessiere, weil es seine Seele ist, sein Blutkreislauf, ist diese Streichmaßnahme eher als Wohltat zu verstehen.
Danke, Eure Majestät.
Besonders hintersinnig ist dabei: Wer weiter Urlaub nehmen möchte (faules Pack), kann das problemlos anmelden.
Die Urlaubstage werden nur nicht mehr bezahlt.
»Letztlich ist das alles dumm«, sage ich, ungeachtet der hektischen Fingerzeige von Birnbaum. »Würde er die Mitarbeiter mehr anhören und beteiligen, dürften sie auch nicht murren. Im Grunde erreicht er mit einer wirklichen Beteiligung viel eher das, was er doch haben will. Er will, dass wir ihn lieben und verehren, und er will, dass wir gerne zur Arbeit kommen … dann soll er den Leuten doch ein wenig Futter geben …«
»Wenn das Volk hungert«, sagt Eulenberg zynisch, »soll es Kuchen essen …«

Nach der Mittagspause zeigt sich ansatzweise, welche Folgen Krupps Kündigung haben wird.
»Wir sind eine große Familie …« Rotkäppchen hat wieder seine rührseligen zwei Minuten. »Und niemand, ich betone: niemand wird bei uns gekündigt …«

Aus heiterem Himmel: Meister Eder darf ebenfalls gehen. Angeblich sei er verantwortlich für »schlechte Stimmung« in der Abteilung, angeblich habe er eine »negative Haltung« verbreitet und dadurch den schlechten Sonntagsumsatz verursacht. Und auch Krupps Abgang.
Ein Kokser. Pausenlos grinsend.
»Herr Eder hat sich seine Gedanken darüber gemacht … und will sich beruflich neu orientieren …«
Es blieb nicht mal Zeit für einen Abschied.
Wie alles übrigens, was Rotkäppchen betont oder gar schwört, stimmt auch seine Hauptaussage nicht ganz. Ich habe das selber im letzten Monat mitbekommen, dass sie einer Mitarbeiterin gekündigt haben, die wegen einer schweren Krebserkrankung schon seit sechs Monaten krankgeschrieben war. Krankheiten sind Kopfsache, bekanntermaßen, und der Alte mag das gar nicht. Die Frau hat sich daraufhin einen Rechtsanwalt genommen und vor dem Arbeitsgericht einen glatten Sieg errungen.
Ansonsten liegt das Perfide an Rotkäppchens Aussage darin, dass tatsächlich kaum jemand entlassen wird. Man verlängert nur eben einfach die Zeitverträge nicht.
Und wenn es dafür zu spät sein sollte, wird die besagte Person so lange von Braun gemobbt, bis es einfach nicht mehr geht.
Eine Mischung aus beiden Elementen hat vermutlich zur besagten »Neuausrichtung« von Meister Eder geführt.
»Schade …«, sage ich und lebe damit gefährlich.
Ich erinnere mich daran, wie Braun ihm einmal gedroht hat, vor der versammelten Mannschaft: *»Wenn Sie mich zum Feind haben, dann geht es Ihnen dreckig …«*
Dabei hatte Meister Eder im Prinzip nichts anderes getan, als die tägliche Ungerechtigkeit offen anzusprechen.

Lachend, scherzend, aber pointiert. Das gilt sofort als »Unruhestiftung«. Weil wir bekanntlich im Paradies leben.
Und nur, weil es solche Unruhestifter wie Meister Eder gibt, könnte uns vielleicht der Gedanke kommen, dass das Paradies auch Schattenseiten haben könnte. Außerdem bedeutet es, wenn jemand die Stimme erhebt, dass er eben eine solche hat, also würdig ist zu sprechen – also sich auf gleicher Höhe befindet wie Braun.
Und das kann er auf den Tod nicht ausstehen.
Sobald das gewissermaßen göttliche Kastenwesen angetastet wird, dreht Braun durch. Weil irgendwie damit seine Autorität verknüpft ist. Jede Form von Widerspruch wird unverzüglich mit Mobilmachung beantwortet. Ein »Aber« ist schon ein Angriff, eine Kampfansage. Und Kampf bedeutet für Braun den »totalen Krieg«, mit Panzern und Raketen, es geht dann um alles.
Es geht Braun um nichts weniger als die völlige Vernichtung des anderen. (*Des Gegenübers* habe ich nicht geschrieben, weil er das nicht akzeptiert: ein Gegenüber. Wir haben gefälligst unter ihm zu stehen, das ist für ihn elementar, genau wie für Eisenherz und absurderweise auch für Rotkäppchen.) Es geht plump freudianisch nur darum, wer den Größten hat.
Jetzt, im Nachhinein, wird mir auch klarer, wie sie das Ganze vorbereitet haben. Zuerst wurde Meister Eder vor den Kunden abgestraft, jeder Auftrag mit Pseudofehlern behaftet, und wenn er einen Nachlass wollte, wurde das prinzipiell abgelehnt. Umgekehrt versahen sie jedes Fehlverhalten unverzüglich mit einer Abmahnung.
Als nun der Kauf einer Machalke-Couch im Auftragswert von viertausendfünfhundert Euro an einem Nachlass

von lächerlichen dreißig Euro scheiterte, den Braun nicht geben wollte und stattdessen sämtliche Verkaufsargumente von Meister Eder ins Lächerliche zog, vor dem Kunden wohlgemerkt, da hat er resigniert die Reißleine gezogen.

Wie schon so viele vor ihm.

Aber niemand wird gekündigt …

Das Absurde ist, dass die Bosse in so einem Fall auf Umsatz verzichten, nur um einen Menschen zu vernichten. Sie wollen seine Kapitulation, sie wollen uns alle vollständig brechen, und dafür geben sie alles.

Um sich nach dem »Erfolg« rührselig zu schneuzen.

»Herr Eder macht mit seiner Entscheidung einen großen Fehler«, flötet Rotkäppchen. »Aber jeder ist für sein Schicksal selbst verantwortlich. Jeder muss selber sehen, wie er klarkommt. Vielleicht war Herr Eder auch in einem falschen Beruf …«

Und wir sitzen da und hören uns diesen verlogenen Mist an.

Bis auf einen.

»Ist gut jetzt …«, sagt Müller und steht auf.

Davor ziehe ich den Hut. Er ist ein Prolet, ein Großmaul, ein langhaariger Death-Metal-Musiker (wenn man diesen Krach Musik nennen darf), aber er hat eben auch die Eier in der Hose, seine Meinung zu sagen.

Erst will Rotkäppchen wieder empört schnaufen, aber dann belässt er es tatsächlich bei einem tuntigen Augenrollen. Die Krupp-Wunde ist noch zu frisch.Vielleicht ist ihm unterschwellig sogar klar, dass sein Kommentar völlig überflüssig war.

»Ich wünsche Ihnen allen einen erfolgreichen Tag …«

Meister Eder wurde kurz nach mir eingestellt, erinnere ich mich. Und Braun war begeistert, wie fast immer bei Neueinstellungen.
»Der hat keine Angst vor großen Summen!«
Weil wir Durchschnittsverkäufer angeblich nie über unseren sozialen Schatten springen, also niemals etwas verkaufen würden, was wir uns selber nicht leisten können. Der Kunde hingegen, klar, der möchte am liebsten zwanzig-, ach was, dreißigtausend Euro aus dem Fenster schmeißen, einfach so, voller Freude. Aber weil wir so kleingeistig sind, verscherbeln wir nur schüchtern was für tausend Penunzen.
Hahahaa.
Nein, das ist nicht zum Lachen. Für solche Thesen kassieren Managementberater mehrere tausend Euro. Pro Tag.
»Die Hauptmotivation für den Menschen ist Geld«, philosophierte Braun nach der Vorstellung von Meister Eder in der Mannschaft. Das ist unvermindert eine seiner Lieblingsthesen. Aus irgendeinem seiner Lieblingsbücher. Es ist die Philosophie der Sahneschöpfer, und wir Doofis sollten, wie immer, bloß nicken. Es geht bei seinen kostenlosen Vorträgen nicht um einen Dialog, es ist eine Einbahnstraßenphilosophie. Der Herr beschenkt seine Esel, und die grauen Ungetüme dürfen fressen.
Nur dass es mir Esel nicht schmeckte.
»Es soll ja auch so was wie Kunst geben, oder Religion …«
»Dafür habe ich keine Zeit«, antwortete Braun. »Und das interessiert auch sonst niemanden!« *Zack. Aus.*
Um sich wieder seinem Hauptthema zu widmen, der Ausrichtung des Menschen auf Geld, angeblich seit der Steinzeit, Stichwort: Evolution, und lückenlos lief die Maschinerie, ratterratter, *Geld Geld Geld*, nichts anderes auf dem

Planeten hat Bedeutung, weder Liebe noch Freiheit, nur *Geld Geld Geld*, und nichts anderes interessiere den Menschen …

»Ist die Hauptsehnsucht wirklich Geld?«, fragte ich naiv.

Das Problem bei allen Sahneschöpfern ist, dass sie nicht hinterfragt werden wollen. Obwohl sie gerade den Sinn der Welt auslegen, so darf dieser von uns doch immer nur angestaunt werden. Niemals anfassen.

»Hä?« Braun war fassungslos. »Deutschland stirbt an Faulheit«, krakeelte er weiter.

»Deutschland stirbt am Reichtum«, antwortete ich, »und es erstickt eher vorher noch an Dummheit …«

Braun zeigte Schnappatmung. Er war richtig sauer. So ein Zeugs wollte er nun wahrlich nicht hören.

Nur weil ich das Ganze *scherzhaft* vorgetragen hatte, also lächelnd, nicht als Replik, eher so monologisch, für mich, also wie gesagt *scherzhaft*, ließ er den Affront auf sich beruhen. Aber er war deutlich gereizt.

»Geld ist langweilig …«, setzte ich *scherzhaft* hinterher, »es erschafft überhaupt nichts …«

Und in dieser Stimmung war es ausgerechnet Meister Eder, an seinem ersten Arbeitstag, der mir zustimmte und dadurch meine Position stärkte, ganz langsam und ernst.

»Geld ist nur Papier …«

So ruhig und tiefgründig, dass das ganze Gespräch augenblicklich versandete. Und Braun kommentarlos abdampfte.

12

Ich habe einen Themenvorschlag an eine Redaktion gemailt.
Mir bleibt zwar überhaupt keine Zeit, um den ersehnten Text zu schreiben, aber irgendwie *würde* ich das schon hinkriegen.
Das war vor zwei Wochen.
Und heute ist mir klar: Vergiss es, du kriegst nicht mal mehr eine Antwort. *So weit ist es schon, Herr Preisträger.*
Im Prinzip wie im Möbelhandel.
Du bist weg vom Fenster.
Ich bin derart gereizt, dass ich innerlich schon die Fäuste ausfahre, wenn mich ein Kunde nur anspricht.
Und genau so einer kommt auch noch die ganze Halle hindurch zielstrebig auf mich zugelaufen. Ich bin zwar auf das übliche Geschrei und Gemecker vorbereitet, aber zum ersten Mal habe ich Angst, ob ich mich wirklich noch beherrschen kann. Ich stehe derart unter Strom!
Und dann kommt dieser Typ auf mich zu und bedankt sich lächelnd für die reibungslose Lieferung und den freundlichen Service.
»So etwas muss man doch auch mal machen …«, sagt er.
Ich bin sprachlos.

Heute dürfen wir ohnehin länger bleiben, heute laden wir zur *Late Night* ein. Das ist eine weitere Bespaßung als Party-Event. Einkaufen als Gesamtkunstwerk. Als Lebensinhalt.
Jetzt sogar bis 23 Uhr.
Mit Sekt und »Gourmet-Essen« im Restaurant.

Aber Eulenberg und ich können uns noch so sehr über diesen Irrsinn und vor allem über die Arbeitszeiten aufregen, es konterkariert damit, dass sich fast alle Mitarbeiter freiwillig dafür melden, morgens schon um 10 Uhr anwesend zu sein. Auch auf die Gefahr hin, bis abends um 23 Uhr durch die Kojen zu irren. Weil sie Angst davor haben, dass schon morgens einer reinkommt und kauft – und sie diesen einen verpassen. Und dann den nächsten. Und wenn sie stattdessen erst um 13 oder 14 Uhr zur Arbeit erscheinen, wäre der Tag schon gelaufen.
Einzig Eulenberg und ich geben den Außenseiter. Wir machen die Spätschicht.
»Wir reden nicht mehr über Revolutionen …«, begrüße ich meinen Vertrauten. »Dieses System kollabiert schon vorher – am Schwachsinn!«
»Die fallen irgendwann alle tot um …«
»Aber sie kriegen am Sterbebett noch ein Extralob, und dann hat sich der frühe Tod doppelt gelohnt …«
Freiwillig erscheinen sie alle, diesmal tatsächlich *freiwillig*. Und das alles nur, weil so ein Einsatz ein besonderes Lob von der Geschäftsführung nach sich zieht, ein Extralächeln, und weil sie es nicht ertragen, dass die anderen schon Umsätze schreiben, während man selber noch im Morgenmantel sitzt.
Ömer und Müller kommen ebenfalls früher, notgedrungen, weil sie darauf hoffen, nur unwesentlich später als sonst abhauen zu können.
Pommerencke wiederum erscheint zur Morgenschicht, weil sie, wie immer, mit ihren Dämonen kämpft. »Mir fällt doch zu Hause nur die Decke auf den Kopf …«
Ich kann es nicht mehr hören.

Also sind alle Verkäufer an Bord, fast zwanzig Mann (und Frauen) alleine in dieser Abteilung. Und der Kampf um die wenigen Krümel wird immer härter.
Vorwärts!
Ich beobachte einen Kunden. Er betrachtet Fernsehsessel. Ich warte auf den geeigneten Moment, um mit einer beiläufigen Frage einzusteigen. Im Augenwinkel sehe ich Grusitzky.
Die Dampflokomotive.
Jetzt musst du laufen! Natürlich weiß Grusitzky, dass ich nur etwa zehn Meter entfernt von dem Kunden stehe, aber halt zehn Meter entfernt. Ich bin noch nicht im Gespräch. Wenn ich jetzt nicht spurte, schlendert Grusitzky mit einem beiläufigen »Guten Tag« vorbei, um dann unvermittelt stehen zu bleiben. Er wirft sich gnadenlos auf jeden Kunden, der nicht bei drei auf den Bäumen sitzt.
Also laufe ich schneller, um *vor* Grusitzky an dem Kunden zu arbeiten.
»Gibt es auch …« Kurz Luftholen, außer Atem: »In anderen Farben …«
Grusitzky spielt im Hintergrund den pikierten Adeligen, gestenreich, was ich denn für ein Benehmen habe. Er holt sich sogar noch Pommerencke ins Boot, um sich gemeinsam über mich zu ereifern. Aber ich kenne meine Pappenheimer.
»Ich will nur schauen …«
Im weiteren Gesprächsverlauf stellt sich heraus, dass der Kunde mit einigen angeforderten Stoffmustern vorbeigekommen ist. Und er war vorher noch mal bei einem »Marktbegleiter«, aus reiner »Neugierde«. Hat sich dort auch beraten lassen, aus reiner »Neugierde«, zum gleichen Modell. Und ja, dieser Verkäufer habe ihn dann eben auf dem Handy angerufen.

»Tut mir leid, habe ich dem Mann gesagt, wir haben schon woanders gekauft ... Da sagt der Mann zu mir: Kommen Sie zu uns, wir gehen auf jeden Fall unter den Preis!«
Jetzt grübelt der Kunde. Er ist verwirrt.
Ich will nicht damit anfangen, dass es einen gültigen Kaufvertrag gibt. Man kann nicht einfach so sagen, tut mir leid, hab's mir anders überlegt. Aber was ist das für ein Verhalten von diesen »Mitbewerbern«? Steht denen das Wasser schon dermaßen bis zum Hals?
»Herr Grusitzky«, rufe ich, »das ist Ihr Kunde ...«

Die Luft in den Hallen wird dünn, schmeckt abgestanden. Die Lüftung funktioniert nicht, Kopfschmerzen sind die Folge. Ich fühle mich matt. Aber das spielt keine Rolle.
»Wir wollen ehrlich sein ...«
Das ist auch mal gut. Vor allem nach einer halben Stunde Schleimerei. Meinerseits.
»Wir haben das gleiche Modell in einem anderen Möbelhaus gesehen ...«, höre ich.
»Das kann nicht sein, schauen Sie ...«
»Doch. Genau das gleiche ... Und da kostet es nicht zweitausend Euro, sondern nur tausendachthundert ...«
»Ooh ...« Überraschtes Schauen meinerseits. Als ob ich das noch nie gehört hätte. Wie kann so was nur sein, blablablabla, aber könnten Sie sich vorstellen, hier und heute bei uns zu kaufen? Dann könnte ich mal nachfragen, und so weiter und so weiter ...
Das gleiche Theater wie jeden Tag.
Ich steppe also zu Rotkäppchen und schildere ihm die Lage. Streng genommen bräuchte ich nicht mal groß was zu erklären, es ist halt Schwarzbrot. Alltagskram.
Aber er stellt sich quer.

»Das geht alles von Ihrer Provision ab …«
Klar, ein guter Verkäufer hätte dieses identische Sofa *trotzdem* zu einem höheren Preis verkauft, weil der Preis für einen Kunden bekanntermaßen völlig unerheblich ist, blablablabla … Dabei hängt das Haus voll von Plakaten: 30 PROZENT! ALLES MUSS RAUS! BILLIGER!
Aber es liegt natürlich, wie immer, ausschließlich an mir.
»Sie können wohl nur über den Preis verkaufen …«
Ich höre schon gar nicht mehr zu.
»Also gut …«, lenkt er theatralisch ein, »dann geben Sie halt einen Einkaufsgutschein über hundert Euro …«
Er dreht sich weg und kümmert sich wieder um seine Internet-Einträge.
Ich stehe bewegungslos an seinem Schreibtisch. Fassungslos.
Räuspern. »Ähm … bei uns kostet es zweitausend Euro …«
»Das sind hundert Euro Nachlass!«
»Ja, aber damit sind wir immer noch teurer …«
Seine Stimme klingt laut und genervt. »Dann geben Sie halt zweihundert Euro.« Als ob ich die Waren verschenken würde.
Und wie zu erwarten, erreiche ich bei meiner Rückkehr keine sonderlich begeisterten Groupies. »Dann können wir auch bei Ihrer Konkurrenz kaufen …«
Ich stampfe also wieder hinüber zu Rotkäppchen. Der unverzüglich tobt.
»Entschuldigen Sie«, entschuldige ich mich (sarkastisch), »wir können die Kunden doch nicht erziehen …«
Rotkäppchen murrt und mault und salbadert, aber nach zwei weiteren Beleidigungen kann ich wenigstens das Dreckssofa aufschreiben.

Eine Stunde später stehe ich bei Eulenberg und erzähle ihm dieses Rechenbeispiel. Wir flüstern, weil der Feind überall mithört.

»Das liegt an der Gehirnwäsche«, sagt er. »Die verstehen überhaupt nicht mehr, was bei den Kunden vorgeht … Beziehungsweise, die wollen das nicht verstehen …«

Plötzlich schießt Eisenherz aus einer Koje an uns vorüber. Demonstrativ, also ohne ein Wort zu sagen.

Einfach nur mal eben schweigend in unsere Blickrichtung gezoomt – und dann im Turbo zu Rotkäppchens Schreibtisch. Er hat wahrscheinlich irgendwo erspäht, dass sich zwei Verkäufer unterhalten und ist augenblicklich lauschen gekommen.

»Prost Mahlzeit …«, sagt Eulenberg.

Permanenter Druck, denke ich, durch Kontrolle und durch Provisionen, damit die Leute nicht »faul« werden. Das ist die inoffizielle Begründung. Offiziell heißt so was: Anreize schaffen.

Und was ist das Ergebnis?

Null Identifikation mit dem Laden. Der Mannschaftsgeist wird beherrscht von latenter Feindschaft und Aggressivität. Und das bei der geforderten Vorgabe: positives Denken. Also, was ist das Ergebnis: Schizophrenie.

Arbeiten auf Provision soll bewirken, dass die Leute rennen, rennen, rennen. Dass sie sich für ihren Job den Arsch aufreißen. Weil es doch mein Geld ist, für das ich arbeite. So weit die Theorie.

Beziehungsweise: Vielleicht stimmt das dort auch tatsächlich, wo es wirklich Geld zu verdienen gibt, an der Börse beispielsweise.

Im Einzelhandel bist du erst einmal den Großteil des Monats damit beschäftigt, die Lebensgrundlage zu erwirt-

schaften. Und, wie gesagt, Geld verdienen hier nur eine Handvoll.
Der Rest resigniert.
Die Fluktuation ist riesig. Weil es sich nicht lohnt.
Hat der Alte aber alles eingerechnet. Und ihn interessieren Menschen nicht. Es geht ihm nur um ein riesiges Heer von blutleeren Verkäufern.
Wer geht, war eben zu schlecht.
Würden wir wirklich exquisit verdienen, denke ich, dann wäre die Motivation auch gegeben. Aber der Alte und seine Bagage wollen vor allem möglichst viel selber aus dem Laden herauspressen. Also wird uns möglichst viel abgezogen.
»Müller hat einen Auftrag über zwanzigtausend Euro geschrieben«, erzählt Eulenberg. Es gab einige Unstimmigkeiten, Nachbesserungen, Reklamationen. Ergebnis: Mindestprovision. Unter dem Strich bleibt ihm damit ein Wert von vielleicht zweihundertsechzig Euro. Brutto.
Wie willst du da *positiv* denken?

Es gibt bei allen Provisionsverkäufern vielleicht zwei, vielleicht drei, die zufrieden sind. Wahrscheinlich ist es auch nur einer.
Der Rest schleppt sich so durch.
»Weil sie schlecht sind!«
Ja, ja, ja, ich kann es nicht mehr hören.
»Darwin hat das gesagt, und die Hirnforschung bestätigt das ...«
Das ist übrigens Brauns neues Steckenpferd: Darwin und die Hirnforschung. Ich bin mir zu hundert Prozent sicher, dass der berühmte britische Biologe sich niemals über die Arbeitsbedingungen von Provisionsverkäufern im 21.

Jahrhundert geäußert hat, und ich bezweifle auch sehr stark, dass es überhaupt irgendwo auch nur eine ansatzweise wissenschaftliche Untersuchung gibt (nicht einmal aus den Vereinigten Staaten, unserem geliebten Motivationsvorbild), aber Braun hat damit zwei neue Totschläger. Was willst du auch antworten, wenn du es gleich mit Darwin und der Wissenschaft aufnehmen sollst?
Nur weil du ein schlechter Verkäufer bist. Und weil du diese Tatsache nicht einsehen willst. Auch wenn es völliger Schwachsinn ist! Egal, Braun kann damit zuschlagen.
Fresse halten!
»Na ja, manchmal ist es mir egal, ein schlechter Verkäufer zu sein – ich will nur als solcher noch einigermaßen bezahlt werden«, grinst Eulenberg.
»Wir bezahlen doch nicht noch Ihre Faulheit!«, gebe ich den Geschäftsführer.
Man kann Motivation nicht erzwingen, will es aber.
Es ist immer das Gleiche: Druck von der Geschäftsführung auf die Abteilungsleiter. Die geben das Ganze weiter an die Verkäufer. Nach unten treten, nach oben buckeln. Angst, pure Angst, das ist für viele Verkäufer der nackte Arbeitsalltag.
Und das ist gewollt.
Klappe halten und Befehle ausführen.
Aber dabei lächeln.
Wobei es vielleicht gar nicht so sehr die Strenge, der Druck ist, der am meisten zersetzt und zerstört, sondern eher die Zweiklassengesellschaft. Es ist eben nicht so, dass auch Rotkäppchen, Braun und Eisenherz diesem Druck ausgesetzt wären und ihn vorbildlich bewältigten, sondern es zeigt sich, dass die Geschäftsführung, nebst Abteilungsleitung, machen kann, was sie will. Und dabei stellen sie Vor-

kommnisse so dar, wie es ihnen am besten in den Kram passt. Hauptsache, der Löwenanteil wandert in die eigene Tasche.

Die Strenge, der Druck, verbleibt nur bei den Provisionsverkäufern.

Wenn ich Braun betrachte, aber auch Politiker und Vorstandsvorsitzende, all diese Marktverfechter, wenn ich mir vor allem Publizisten ansehe, die sich als erklärte Verehrer des »Wettbewerbs« positionieren, dann sehe ich überall das Gleiche: Sie leben selber nicht einmal in Nähe der Startlinie.

Sie sonnen sich stattdessen allesamt in stabilen, gesicherten Verhältnissen. Sie müssen nicht einmal ansatzweise kämpfen. Aber sie huldigen *dem Markt.* »Der Markt regelt das«, heißt es dann bevorzugt, wenn Menschen entlassen werden, oder auch gerne: »Das Recht des Stärkeren«.

Im konkreten Leben bedeutet das alles nur: Wir machen uns die Taschen voll, und ihr haltet brav die Klappe.

Oh, ich weiß, das ist jetzt grauenhaft ideologisch und durch eine weiß Gott wie verzerrte Brille betrachtet – aber wo ist es denn anders?

Braun und seine Konsorten beziehen ein fettes Grundgehalt und addieren als Sahnehäubchen noch Prämien, Provisionen und so weiter dazu. Der Alte kassiert ohnehin von jedem Atemzug. Und das ist alles auch okay, damit wir uns nicht falsch verstehen, das ist alles in Ordnung: Aber warum müssen sie dann zusätzlich noch die Klappe aufreißen?

Reicht es nicht, still und leise Geld anzuhäufen? Muss auch noch ein philosophischer Überbau her?

Wir Doofis bleiben auf der Strecke und dürfen uns noch anhören, dass »der Markt« seine eigenen Gesetze habe.

Und seine eigene Gerechtigkeit. Aber keiner von diesen Marktverfechtern lebt in Sichtweite der Innenstadt. Sie stehen alle abseits in der Sonne, am Strand, und *betrachten* bloß den Markt.
Das Markttreiben selber ist ihnen viel zu laut und zu dreckig; eklig.
»Lass gut sein …«, sagt Eulenberg, der meine Gedanken inzwischen hören kann. »Es ist noch ein langer Abend …«
Die Augen brennen, die Beine schmerzen, aber der Mob drängt mitleidlos weiter durch die Hallen. Schließlich wird kostenlos Sekt augeschenkt, und es gibt eine Tombola, »kostenlos«, und zusätzlich zuckert eine Band noch melodische Gefühle. Zum Möbelgucken.
Im Vorübergehen schwärmt eine Kundin von der »netten Atmosphäre« hier im Haus.
»Deshalb komme ich immer wieder hierher«, sagt sie zu ihrer Freundin. »Hier sind alle nett, und die Angestellten sind so freundlich …«
Wenn du wüsstest …
Mutter zur Tochter: »Alles nicht das, wonach ich suche …«
Ich, im Vorbeigehen, mit den Luchsohren eines Verkäufers: »Wonach suchen Sie denn?«
Daraufhin schrickt sie zusammen, wankt einige Schritte zur Seite und hält die Hände vors Gesicht: »Nein! Nein!«
Ich will sie doch nicht verprügeln. Aber sie dreht sich um und rennt schnell weg.
Dann eben die Nächste suchen, denke ich, und drehe nach links ab.
Die ist allerdings sauer, die nächste Kundin.
Sie sucht irgendeinen Schrank, möglichst klein, wobei er auch größer sein kann, oder möglicherweise werden es

auch zwei. Aber vielleicht lässt sie besser auch alles in der Wohnung so stehen, wie es jetzt gerade ist. Holz? Keine Ahnung. Sie hat mehr eine vage Idee, wie das aussehen könnte, so eine »Vision«. Aber noch sehr unscharf.

»Okay …«, sage ich gedehnt und suche nach einem Fluchtweg.

Jeden Tag erlebe ich das gleiche Problem: Einrichten als Lebensentscheidung. Wie heißt es immer wieder: Zeige mir, wie du wohnst, und ich sage dir, wer du bist.

Der erste Blick ist angeblich entscheidend.

Zumindest glauben das die Leute, also muss es »edel« sein. Und dabei, noch viel wichtiger: gemütlich. Soviel ich gehört habe, kann man dieses Zauberwort nicht ins Englische übersetzen, und auch in Asien soll es unbekannt sein. Aber weil es immer mehr Fernsehberichte über die Häuser, die Wohn- und Schlafzimmer der Prominenten gibt, ist die Wahl des Interieurs für viele Kunden zur unlösbaren Lebensaufgabe geworden.

»Es muss meine Persönlichkeit widerspiegeln …«, sagt die Frau und spielt an ihrer Perlenkette. Sie sagt das todernst. Es geht um eine blöde Holztruhe. *Möglicherweise.*

Am liebsten würde ich ihr antworten, dass ihre sogenannte Persönlichkeit billig, übertüncht und mehr als brüchig wirkt und dass ein Sperrholzverschlag demnach perfekt zu ihr passt, aber ich belasse es dann doch lieber bei einem vieldeutigen Lächeln.

»Richtig …«, sage ich.

Freude beim Kauf, das gibt es schon lange nicht mehr. Es herrscht Panik, Verzweiflung, Stress. Dafür gibt es auch zu viele Vorbilder, zu viele Kataloge, zu viele Möbel, gereizte Diskussionen, Streit. Und es gibt zu viele Zeitschriften und Stilikonen, die sich mit Einrichtungsfragen beschäftigen.

»Was meinst du denn?«, fragt die überforderte Mutter ihre Tochter.
»Es gibt zu jedem Programm auch noch Einzeltypen«, assistiere ich den Entscheidungsprozess, »im Katalog. Die können Sie … auch einzeln kaufen …«
»Mmh …« Keine sonderliche Reaktion. Von beiden.
»Ihr Mann muss vermutlich auch noch kommen …?«
»Auf jeden Fall!«
»Dann schauen Sie sich doch einfach in aller Ruhe um«, sage ich, fast schon erleichtert, und will mich umdrehen.
»Bleiben Sie gefälligst hier!«, schreit die Frau. Sie ist plötzlich stinksauer und will sich über mich beschweren.
»Ganz in Ruhe …«, wende ich mich um und deute in Richtung Ausgang, »ich muss nur kurz …«
Was soll ich denn mit ihr machen? Innenarchitekt spielen?
»Ja«, erläutert Eulenberg später, in einer weiteren Geheimpause, »du sollst dich stundenlang mit dieser Frau beschäftigen, wie es sonst niemand auf der Welt tut. Am besten noch Kaffee und Kuchen spendieren und ihr tausend tolle Ideen vorschlagen. Du sollst ihr einen inspirierenden Abend bereiten …«
»Und wer bezahlt mir das?«
»Du machst das aus reiner Menschenliebe …«
»Tu ich das?«
»Offensichtlich nicht …«

23 Uhr. Erledigt.
»Ich bin schlecht …«
Die Rentnerin ist fertig. Weil sie zwei miese Tage hintereinander hatte.
»Was redest du da?!«

Ich kann das nicht ertragen, weil es genau die Sorte von Hirndreck ist, den die da oben uns einzupflanzen versuchen. Und wogegen ich mich wehre, wehre, wehre. *Nicht so was denken!* Wobei die da oben uns nur eintrichtern wollen, wir seien drittklassige Verkäufer. Die Rentnerin hingegen, ganz Frau, erlebt sich gleich in aller Vollständigkeit als schlecht. Als Mensch. Und zwar in toto, komplett, mit Leib und Seele.
»Lass dir doch nicht so einen Scheiß einreden!«
»Woran soll es denn sonst liegen?«, fragt sie schwach.
»Was weiß ich, Pech, falsch gestanden, Zeitumstellung, keine Ahnung ...«
»Ich bin schlecht ... Was soll ich machen, ich kann nichts ...«
Sie findet kaum mehr aus diesem Gedankenkarussell heraus, egal, was ich sage. Sie schließt ihre Augen und senkt den Kopf.
»Ich hasse mich ...«

13

Freizeit? Gartenfest.
Also: *Freude ...*
»Mach doch nicht immer dieses ernste Gesicht«, sagt Ulrike.
»Ich freue mich doch«, antworte ich.
Denn: *Alles ist gut.*
Ein Nachbar feiert seinen fünfundsechzigsten Geburtstag, und damit haben sich sämtliche Anlieger einzufinden. *Wir sind alle zusammen eine wunderbare Gemeinschaft.* Der

Nachbar ist übrigens einer der Kesseltreiber im Gerüchtefeuer meine Person betreffend. Inzwischen hat er sich allerdings mit seiner Frau auf eine gepflegte Hochnäsigkeit geeinigt, weil meine Person offensichtlich zu wenig Stoff für weitere Tuscheleien abgibt.
»Ist wirklich alles in Ordnung?«, fragt Ulrike, während sie den obligatorischen Mitbringsalat auf einen reichhaltig gedeckten Holztisch stellt.
»Alles prima …«, antworte ich.
Sogar Ulrikes Bruder ist anwesend. Und der Rest der Familie.
Früher hat der Schwager mich neiderfüllt gehasst, vor allem nach den Fernsehauftritten, und kaum mit mir gesprochen. Jetzt redet er immer noch nicht mit mir, schaut mir unverändert nicht in die Augen, aber dafür hat er sich auf ein verächtliches Lästern zurückgezogen.
»Na, was macht dein *Möbelhaus* …?«
Alleine schon für die widerliche Art der Betonung könnte ich ihm die Hose über die Ohren ziehen. Aber er gehört zur Familie, also suche ich den Zapfhahn in einer gegenüberliegenden Ecke.
Dort hält eine mir unbekannte Nachbarin Hof, die neu zugezogen ist, nach einer Scheidung, betont lebenslustig; sie sucht Anschluss.
»Was machen Sie so beruflich?«, fragt sie angeschickert. Nach zwei Einstiegssätzen.
Damit habe ich nicht gerechnet. So schnell, so plump, auf einem Gartenfest. Ein Mann fragt so was nicht.
Ich stottere: »Eigentlich bin ich Journalist … aber aus gewissen Gründen arbeite ich jetzt in einem Möbelhaus …«
»Ach …«
Peinliches Schweigen.

Warum erzählst du der Punze überhaupt von der Schreiberei?, denke ich. Du wirst die Frau nie mehr wiedersehen. Und was interessiert es dich, ob sie jetzt enttäuscht ist?
Aber sie ist ziemlich enttäuscht. *Möbelverkäufer.*
Eine andere Frau hört das am Rande mit und nimmt es zum Anlass, sich in aller Ausführlichkeit über eine Verkäuferin in einer Boutique zu beschweren. »Ein unmögliches Verhalten von dieser Person!«, tobt sie.
Es folgen noch minutenlang Beispiele für *unmögliches Verhalten,* wo mir allerdings auch nach mehrmaligem Nachdenken nicht klar wird, was daran so schlimm gewesen sein soll. An einem gewissen Tonfall, einer gewissen Nachfrage, einer Vertröstung. Aber die Freundinnen schütteln gemeinsam den Kopf. »So etwas geht gar nicht!«
»So was ist ein absolutes No-Go!«
Um dann in die Sparte Gastronomie überzuwechseln. Auch da finden sich wieder ellenlange Listen diesbezüglicher Menschenrechtsverletzungen. »Un-mög-lich!«, echauffiert sich die Vorsängerin, und als gemeinsamer Chorus hallt es zurück.
»Un-mög-lich!«, skandieren die Nachbarinnen.
»Das liegt an der Gesellschaft …«
Wahlweise auch an der Erziehung, auf jeden Fall seien es Beispiele einer verrohten Gesellschaft. Ich weiß immer noch nicht, worüber sie sich gemeinsam aufregen. Offensichtlich ist niemand geschlagen oder misshandelt worden, wohl auch nicht betrogen, aber trotzdem muss es ein Fehltritt von geradezu epischer Bedeutung gewesen sein. Sie stellen sich an, als gehörten ihre Familien zum englischen Königshaus. Ein Lupenblick auf Gesten und Blicke, als spielten diese Dinge eine irrsinnige Rolle.

Früher hätte ich wahrscheinlich mitgetobt und noch Beispiele beigesteuert. Heute bin ich gnadenlos auf Seiten der Gescholtenen – und schweige.
»Alles in Ordnung?«
Meine Schwiegermutter meidet meine Nähe ebenfalls, wie ihr Sohn, ich bin nicht mehr die erste Wahl. Vorher war ich ihr oft suspekt, diese wechselnden Jobs in den Metropolen, aber ich verdiente Geld und war präsent. Das hatte auch einen gewissen Reiz. Jetzt aber, als Möbelverkäufer mit Mindereinkommen, bin ich eher letzte Wahl.
»Wie du wieder aussiehst …«
Ihre Sprache ist gereizt, Respekt ist nicht mehr vorhanden.
Der Schwiegervater schweigt.
Wie auch meine eigenen Eltern.
Früher fand ich es schön, dass alle Familienmitglieder bei solchen Gelegenheiten vorbeikamen, um ihren Enkel zu treffen, heute ist es eher unangenehm. Die Atmosphäre, das Möbelhaus.
»Ich will diesen Job nicht mehr machen …«, sage ich.
Meine Mutter weicht erschrocken zurück.
»Ich bin mehr für die Sicherheit …«, sagt sie heiser.
Mag auch passieren, was will, die Eltern stehen heldenhaft an der Seite ihres Sohnes. Unerschrocken. *Jaja, blabla.*
»Ich kann das doch nicht noch fünfzehn oder zwanzig Jahre machen. Irgendwann bin ich alt oder sogar auf dem Totenbett, und dann werde ich mich dafür hassen, nicht noch mal was anderes probiert zu haben …«
»Du bist nicht mehr der Jüngste. In deinem Alter …« Sie atmet schwer und aktiviert augenblicklich die leidende Aura.
Das Wichtigste im Leben ist ein Beruf, das Schlimmste im Leben ist Arbeitslosigkeit. *Jaja, ich kann es nicht mehr hören!*
Ich *will* es nicht mehr hören!

Mir vorzustellen, tatsächlich bis zur Rente (zur nicht einmal lebensbrauchbaren Rente) weiter in diesem Möbelhaus zu laufen, und zwar nur zu laufen und zu laufen, und nichts weiter.
Nein ...
Erst ganz leise. Dann lauter. Letztlich als Entschluss: NEIN.

Während der restlichen Minuten meines einzigen freien Tages sitze ich einfach nur rum.
Ich spiele mit meinem Sohn. Das ist alles.
Leere.
»Such dir endlich einen anderen Job!«, umfängt Ulrike die abendliche Stimmung mit romantisierender Harmonie. »Wo du auch mal Geld verdienst!«
Es findet sich in ihren Worten nicht mal mehr der Versuch von Respekt.
»Es gibt nichts anderes ...«
»Das sind Ausreden! Die Zeitung ist voll von Stellenanzeigen!«
Sie hat meine Situation nie erlebt, denke ich. Sie macht einen Halbtagsjob, den immergleichen, seit fast zwanzig Jahren, im Büro, selbstverständlich, denke ich, und musste sich noch niemals bewerben.
»Wo denn?«, frage ich und öffne meine Hände. »Das sind Vierhundert-Euro-Jobs oder sie suchen Leute mit Qualifikationen, die ich nicht habe. Und ich bin zu alt!«
»Ausreden, Ausreden, nichts als Ausreden. Wer arbeiten will, findet auch was!«
Als ich noch ein erfolgreicher Journalist war, denke ich, hätte sie mich nicht einmal an den Tagen so angefaucht, an denen sie ihre Tage hatte.
Das ist der Punkt, der vor allen anderen schmerzt.

14

Die zweite Neue, die Schauspielerneue, ist schon wieder Geschichte.
Zu chaotisch.
Hollbeck hat Umsätze geschrieben wie der leibhaftige Satan, das hat dem Alten gefallen, aber sie hat verbrannte Erde hinterlassen. Das wiederum ist dem Alten auch eher recht – aber sie hat fast keinen Auftrag richtig bestellt.
Das war für sie eher zweitrangig.
Ein Grad an Galligkeit, an Gier, der so grenzenlos weiterwucherte, dass sie nicht mehr in der Lage war, anschließend korrekt zu bestellen. Es ging ihr nur darum, einen Auftrag zu schreiben. Um ihn anschließend in eine Schublade zu drücken. Bis sich irgendwann Hunderte von Aufträgen stapelten, oder wenn es doch mal zu einer Bestellung kam, waren fehlerhaft ausgelieferte Kommissionen die Folge.
Mich hat sie auch einmal betrogen.
»Wir kaufen nur bei Ihnen …«
Ich habe den Satz noch im Ohr, es ist die klassische Kundenlüge.
Nach einer Dreistundenberatung hatte ich endlich aufgeschrieben.
Am nächsten Tag stornierten die beiden Süßen wieder alles, aus irgendwelchen Gründen. Es gab eine Kaufverpflichtung. Angeblich wollten sie den Sommer abwarten und dann wiederkommen. *Und zwar nur zu mir …*
Jetzt waren sie schon nach vier Tagen wieder da, an meinem freien Tag, suchten sich irgendeine Verkäuferin, und zwar die Hollbeck, kauften dort, und Hollbeck verbuchte den kompletten Storno anschließend auf mich.

Dafür grinste sie großartig zur Begrüßung. Sie sah nur die eigenen Zahlen. Sie war ein Monster. *Geld, Geld, Geld*. Kurz vor dem Herzinfarkt, vor lauter Gier.
Und ich weiß noch, dass genau diese Kunden am nächsten Tag anriefen.
»Ach ... Guten Tag.« Meine Stimme deutlich reserviert.
»Alles gut?« Dieses Geflöte.
»Schade, dass Sie nicht bei mir gekauft haben ...« Offiziell ist das verboten, so ein Nachhaken, aber ich konnte es mir nicht verkneifen. Es war ein großer Auftrag, für den ich einige Stunden aufgewendet hatte, und nun: gar nix.
Doch, ein Storno.
Die beiden Süßen waren sofort beleidigt. Kunden sind immer sofort beleidigt. »Sie waren nicht da.« Schließlich habe ich zur Verfügung zu stehen. Wobei sie mich vorher eindringlich ermahnt hatten, dass ich sie bitte unentwegt anrufen sollte, falls neue Ware eintrifft, spezielle Ware.
Nur bei Ihnen ...
Aber jetzt ergaben sich gewisse Fragen im Zusammenhang mit dem Auftrag. Es war ihnen nicht ganz klar, wie die Zusammenstellung der Schränke und Lampen und ...
»Wenden Sie sich an meine Kollegin ...«
Aufgelegt.

»Das macht man nur ungern ...«, sagt Rotkäppchen mit bedeckter Stimme, »Leute gehen lassen ...«
Schwätzer. Jetzt will er von uns wieder die Absolution einholen. Wir haben nicht darauf gedrängt, neue Leute einzustellen. Wir haben uns auch nicht hingestellt und die Neue über den grünen Klee gelobt.
»Ich konnte sie nicht ausstehen«, sagt Eulenberg demonstrativ in die Runde, »aber es ist das erste Mal in meinem

langen Arbeitsleben, dass ich tatsächlich froh bin, dass jemand nicht mehr erscheint ...«
»Aber du weißt, was das heißt«, sage ich, »es kommen wieder Neue ...«
Rotkäppchen fordert Ruhe ein, er hasst es, wenn ihm seine Ansprachen entgleiten.
»Wir sollten uns auf das Wesentliche konzentrieren ...«, faselt er.
Hollbeck hat auch den Kampf gegen die Bukowski auf die Spitze getrieben, erinnere ich mich, mit Birnbaum und Pommerencke zusammen. Jetzt machen die beiden alleine weiter und wollen uns ins Boot holen, die Männer. Wir haben uns bislang da erfolgreich herausgehalten, aber weil Braun immer unberechenbarer wird, in seinem Liebeswahn, sieht es erfolgversprechend aus.
Es ist übrigens nicht richtig, dass nur Frauen lästern. Aber es gibt doch einen entscheidenden Unterschied: Der Grad an Vernichtungswille ist unterschiedlich. Die Männer in dieser Abteilung schimpfen über einen konkreten Vorgang und weichen anschließend der besagten Person aus, weil sie sie aufgrund des Vorfalls nicht mögen.
Die Frauen in dieser Abteilung hassen eine konkrete Person, zudem grundlegend, und es ist wirklicher Hass, blanker, roher Hass, ungefiltert – aber sie bleiben stehen, wenn die besagte Person vorbeizieht.
Und sie lächeln. Ihr wunderschönstes Kommunionslächeln.
»Du hast schöne Schuhe an ...«

Bukowski schreibt mit Hilfe von Braun äußerst ordentliche Umsätze, aber Birnbaum hält dagegen. Krupp wiederum, die ehemalige Nummer eins, ist weg.
Ein Machtvakuum. Ein Rennen.

Scharren und Treten.
Die Bukowski läuft und läuft, weil Braun sie protegiert und fördert, und vor allem, weil auch die Birnbaum läuft und läuft (um die Bukowski zu übertrumpfen), und beide immer mehr laufen, bis zur Erschöpfung.
Bukowski hatte schon einen leichten Zusammenbruch, mitten in der Ausstellung. Kreislauf unten, Lallen, Totenbleiche. Diese Anstrengung, physisch und psychisch, ist zu viel für ihr magersüchtiges Körperchen, aber sie kann nicht aufgeben. Sie *will* nicht aufgeben.
»Und wenn es sie umbringt«, kommentiert Eulenberg.
»Beide …«, antworte ich.
Sie müssen rennen und Aufträge schreiben. Die Bukowski muss rennen und schreiben, weil auch die Birnbaum schon wieder läuft und Aufträge schreibt.
Und beide lachen.

Julia Birnbaum schaut sich die Umsatzlisten vom gestrigen Tag an und stellt fest, dass Bukowski einen großen Auftrag verbucht hat. Gestern ist die Birnbaum früher gegangen.
»Was war das?« Sie fragt jeden.
Natürlich nicht die Polin.
»Als ich gegangen bin, war nix los, und danach schreibt *Es* einen Fünftausender …«
Birnbaum benennt Bukowski nicht mal mehr, sie ist nur noch ein *Es*.
Ihre Vermutung: Der Kunde war ein Wiederkommer von ihr, und die Polin hat einfach nur aufgeschrieben. Das macht die schon mal gerne (wie wir alle).
Wir haben auch alle dieses Misstrauen. Zum Teil berechtigt. Kunden kommen ja wirklich oftmals wieder, nach stundenlangen Beratungen, wo man kurz davor stand,

Brüderschaft zu trinken, und schnappen sich anderntags irgendeinen dahergelaufenen Verkäufer und sagen: »Wir wollen noch was haben …«

Und die erwählten Verkäufer folgen brav dieser Anweisung. Ohne weitere Nachfrage.

»Puh, Julia …«, sage ich, »keine Ahnung …«

Ich will mich nicht in Birnbaums Privatfehde hineinziehen lassen, aber das ändert sich schnell.

Sehr schnell geht das …

Auslöser ist ein Betrag von tausendzweihundert Euro. Verursacher ist ein gelernter Autoverkäufer, anwesend als frischgebackener Papa, auf der Suche nach der ersten gemeinsamen Wohnungseinrichtung; noch jung, Ende zwanzig. Ich meine sogar, wir seien uns sympathisch.

»Geht auch Null-Prozent-Finanzierung?«, fragt er.

»Oh, das hat noch keiner gemacht …«

Das ist zutreffend, bei der Summe, in dieser Abteilung. Und ich muss den Betrag auch noch mitfinanzieren, weil mir die Kosten dafür berechnet werden.

Er lächelt.

Er wolle kurz noch in den dazugehörigen, verbundenen Billigmarkt schauen. Und sich dann entscheiden.

»Kein Problem …«

Dann kommt er wieder, allerdings mit einer türkischen Verkäuferin aus dem Discounter im Schlepptau. Die wiederum winkt Ömer zu sich, und dann trabt der ganze Trupp zu genau der Schrankwand, vor der ich mit eben diesem Kunden verhandelt habe.

Mein Blutdruck steigt bedenklich. Die Situation ist offensichtlich.

Niemand gönnt hier keinem was, also hat sich das Mädel offensichtlich den Kerl geschnappt, wie immer mit Ömer

koaliert, als Landsmann, und beide zusammen schnappen mir jetzt eiskalt den Kunden weg. Daher auch das Tuscheln.
Ich will noch einige Minuten abwarten, weil Ömer mich bislang nicht ein einziges Mal getäuscht hat.
Birnbaum und die Pommerencke sind allerdings schon zur Stelle.
»Das kannst du dir nicht bieten lassen«, zischen sie. »Die Türken mauscheln wieder irgendwas, und wir Deutschen werden ausgetrickst …«
Je mehr sie fordern, desto stärker steigt mein Blutdruck.
»Das kannst du dir nicht bieten lassen!« Die Birnbaum ist wirklich gut darin, aufzustacheln. Ich bin längst auf zweihundertdreißig.
Also renne ich rüber, mitten in das Verkaufsgespräch, noch halbwegs freundlich, trotzdem peinlich, überdreht, und quatsche in einer Tour Unsinn.
Ömer flüstert: »Kisch, wir besprechen das nachher …«
Ich habe mich aber längst nicht mehr unter Kontrolle und sülze weiter und weiter. »Das weiß der Kunde alles schon!«
Ömer noch lauter: »Kisch! Wir regeln das später!«
Dann ziehe ich ab.
Nach einigen weiteren, langen Minuten verlässt der Kunde das Haus, ohne die Schrankwand noch in Betracht zu ziehen.
Dafür kommt Ömer zu mir an den Schreibtisch und rauft sich die Haare: »Mensch, Kisch, was ist los mit dir?«
»Was ist los mit dir!? Was war das für eine Aktion?!«
»Ich habe dich vor einer Beschwerde bewahrt, das ist los …«
Der Kunde war anscheinend tödlich beleidigt, bis ins Mark getroffen, weil meine Reaktion bezüglich der Finan-

zierung ihn angeblich als asozial hingestellt habe. Und das vor seiner Freundin. Nie mehr wollte er hier kaufen! Vor allem nicht bei mir. Man denke nur an meinen exaltierten Auftritt …

Ömer hat ihm dann wenigstens die Beschwerde ausgeredet.

»Na prima«, sage ich, »danke …«

Mein Verhalten ist so irrsinnig peinlich.

Hätte ich mich nur nicht von der Birnbaum aufstacheln lassen, denke ich, und bin längst gefangen in dieser Mühle aus Wahnsinn und Hysterie.

15

Keiner mag die Polin.

Ömer bleibt wie immer außen vor, ihm geht es nur um seinen eigenen Gewinn, alles andere ist ihm egal. Also quatscht er auch mit jedem.

Ansonsten redet niemand mehr mit Olga.

»Hi«, sagt sie und stellt sich ungefragt neben mich.

Ich mag Olga genauso wenig, vor allem ihr aufgesetztes Verhalten, aber sie bleibt penetrant neben mir stehen und beklagt sich dann, dass ich einen Kunden von ihr weggeschrieben habe.

»Ich nehme dir das nicht übel«, sagt sie, »aber warum ist das dann umgekehrt sooo schlimm, wenn mir das passiert?«

Sie ist fertig. Kurz vor dem Heulen.

Und plötzlich steht es mir glasklar vor Augen: Was wir hier in der Abteilung machen, das ist Mobbing. Ich bin

nicht der aktive Part dabei, aber ich bin umgekehrt auch nicht unbeteiligt an diesem Irrsinn. In diesem ganzen Wettbewerbsdreck. Ich weiche Olga aus, ich rede nicht mehr mit ihr, und ich lache dafür mit der Birnbaum. *Scheiße!* Nie im Leben hätte ich für möglich gehalten, dass ich Teil eines solchen Unterdrückungsszenarios werde.
Jetzt verstehe ich allerdings das Gerücht, dass die Rentnerin in die Pflicht genommen wurde, Bukowski wieder in die Gruppe zu integrieren. Normalerweise fördert Braun Mobbing, die ganze Unternehmensführung liebt Streit und Ausgrenzung und Hass. Aber im Fall der Polin bringt es ihnen keinen Vorteil. Sie befürchten, dass die Kleine zusammenbricht und das Unternehmen verlässt. Und das wollen sie augenblicklich nicht.
Vor allem Braun.
»Es tut mir leid …«
Ich nehme Olga in den Arm. Und rede mit ihr.
Plötzlich wird mir vieles klar: Ihr ganzes gekünsteltes Getue, als Ausweg, um nach außen hin nicht gebrochen zu wirken. Ihr Schleimen und Flirten mit der Geschäftsführung, weil es die einzigen Menschen sind, die noch mit ihr sprechen.
Und ihr Wegschreiben?
Ich bin doch keinen Deut besser. Außer in Selbstgerechtigkeit.
»Ich tue so etwas nicht!«
Der Spruch ist klasse. Vor den anderen klingt er super, auch vor mir selber, und der moralische Impetus rührt zu Tränen.
Ich tue so etwas nicht. Aber dann … Konkret, an einem schlechten Tag, wie heute, da steht manchmal so ein Kunde herum und sucht einen Verkäufer, der ausgerechnet an

diesem Tag nicht arbeitet. Ach schade, sagt dieser Kunde, ich wollte das Sofa jetzt doch bestellen …
Und was antwortet Herr Selbstgerecht?
»Kein Problem, ich mache das schnell …«
Streng genommen *müsste* ich den Umsatz teilen. Nicht in einem juristischen Sinne, denn es gibt keine Verpflichtung dazu, nicht mal von den Bossen, die nur den Auftrag haben wollen. Aber streng genommen *müsste* ich das mit dem abwesenden Kollegen teilen, wenn wir nicht gänzlich verrohen wollen. Man sollte so etwas vielleicht sogar komplett für den Kollegen aufschreiben, schließlich ist es schnell getan und der Kollege hatte die ganze Arbeit.
Andererseits …
Keiner schaut zu. Keiner merkt es. *Der Kunde hat nichts gesagt …*
Ich fühle mich dann mies.
Aber ich brauche den Umsatz.
»Ich werde das ändern, Olga«, sage ich hastig, »wir müssen mal einen Kaffee zusammen trinken …«
Sie freut sich.
Und im Augenwinkel sehe ich noch, wie Birnbaum und Pommerencke zusammenkletten und diese Annäherung spöttisch beäugen.

Provision heißt: Krieg.
Ich spüre die Dimension dieser Aussage inzwischen deutlicher. Die Birnbaum hat sich bei Rotkäppchen über mich beschwert. Hinter meinem Rücken, versteht sich. Richtig bösartig.
Ich habe es nur zufällig von Eulenberg erfahren, der manchmal mit Rotkäppchen quatscht, und ich war wie vor den Kopf gestoßen, weil die Birnbaum mich unverän-

dert *superfreundlich* begrüßt und mich gerne auch mal lobt, für mein Verkaufen. Und weil sie ständig lächelt.
Und weil sie unentwegt erzählt, dass sie dieses Hauen und Stechen ablehnt und lieber *positiv* denken möchte.
Provision heißt: Krieg.
Der Vorgang selber ist doppelt hinterhältig.
Ausgangspunkt waren zwei Familien, die zufällig bei dem gleichen Sofa ins Gespräch kamen. Ich habe mich einfach nur in deren Small Talk geschummelt. Eine Familie wollte exakt dieses Sofa kaufen, super, die andere vorher noch mal zu Hause messen. Und während ich mit dem Maßband hantiere, kommt Julia angelaufen und redet auf das kaufwillige Pärchen ein. Sie hatte die ganze Szenerie genau beobachtet.
»Ich mach das schon«, sagte ich zu Julia, aber verharrte mit dieser Aussage irgendwo in einem Paralleluniversum. Julia trieb das Pärchen scherzend vor sich her zum Schreibtisch, während es denen letztlich egal war, welcher nette Verkäufer sich um ihre Belange kümmerte.
Das war an sich schon ärgerlich.
Aber der größte Knaller bestand darin, dass sie anschließend einer befürchteten Beschwerde von mir zuvorkommen wollte und deshalb zu Rotkäppchen lief und sich bei ihm über mich ausheulte. Ich würde Doppelberatungen machen und die Kollegen ausbooten …
»Und was haben Sie dazu zu sagen?!«
Rotkäppchen steht jetzt vor mir, mit seinem bösartigen Timbre, und verlangt von mir eine Erklärung.
Das Einzige, was mir durch den Kopf geht: Julias Vorgehen ist derart hinterhältig, dass ich nicht weiß, wie ich zukünftig mit ihr umgehen soll.
»Es war ein Missverständnis …«, sage ich leise.

Letztlich ist Birnbaum für das Haus wichtiger, weil sie mehr Umsatz schreibt. Ich stehe auf verlorenem Posten.
»Ich glaube, Herr Kisch, wir müssen uns mal über Ihre Einstellung unterhalten …«

Es sind einfach zu viele Verkäufer, denke ich. Aber sie kosten den Alten nichts, weil er kein Gehalt zahlt, also stellt er einfach noch mehr ein. Und wenn nichts los ist, stehen wir uns auf den Füßen. Und die Aggressivität steigt. Und die Verzweiflung, weil wir kein Geld verdienen.
Deshalb entsteht Mobbing hier beinahe zwangsläufig. Auch, um die Zeit totzuschlagen. Aus Frust. Wenn einer was schreibt und die anderen nur doof herumstehen.
»Zigeuner«, hallt es dann von links, oder auch gerne: »Dickes Schwein …«
Die Besonderheit liegt darin, dass die Abteilungsleiter, vor allem aber Hausleiter und Geschäftsführer, die gelungensten Koseformen weitertratschen. Sie kultivieren diese Art des Demütigens. Es ist hier der ganz normale Umgang mit Mitarbeitern, bestehend aus Verachtung, auch offener Verachtung, Zurechtweisung, Übergehen, und immer wieder gerne: das Von-oben-herab-Delegieren.
Eisenherz kann damit einen ganzen Tag ausfüllen. Vor allem steht er damit demonstrativ herum. Er kontrolliert, ob wir auch brav laufen.
»Da läuft wieder unser Gefängniswärter …«, sagt Eulenberg.
Morgens patscht Eisenherz einem seine schlabbrige Hand entgegen, am Samstag folgt zudem ein kurzer Kommentar zur Bundesliga-Saison, hahaha, heute verliert Bayern, hahaha … Und alle sind glücklich.

Zumindest stellt er sich das so vor.
Vermutlich sind wir für den Geschäftsführer so eine Art Affenspezies. Bisschen Hahahaa, bisschen Fußball, Öhrchen kraulen, zwei Erdnüsse, und der Angestellte ist glücklich. Er scheint das wirklich zu glauben.
Nicht zu vergessen: die wunderbar aufgesetzte *Freundlichkeit*.
Er ist ein kleiner Mann, um ein Klischee zu gebrauchen. Aber er ist nun mal ein kleiner Mann. Der sofort beleidigt ist, wenn man seine Vorgaben nicht unmittelbar umsetzt. Mehr tut er nicht.
Mit dem Finger in eine Richtung deuten und gegebenenfalls murmeln: »Dahinten sind Kunden …« Mehr nicht. Meist steht er irgendwo in den Hallen, mittendrin, und stemmt seine Hände in die Hüften. Für einen Kunden wird das merkwürdig aussehen, aber das zählt nicht.
»Im Prinzip läuft so auch das ach-so-harmonische Weihnachtsessen ab«, erzählt Eulenberg. »Du musst hin, weil du bei Abwesenheit unverzüglich wieder gemobbt wirst, aber keiner will …«
Auch eine Karrierevoraussetzung: pausenlos beleidigt sein. Rotkäppchen beherrscht diese Disziplin geradezu weltmeisterlich, und Braun ist dazu noch nachtragend. Der kleinste »unpassende« Blick, irgendein »falsches« Wort, das alles wird unverzüglich mit Strafmaßnahmen belegt. Gleichzeitig aber verlangen sie, dass du sie ständig umgarnen und ihnen schmeicheln sollst. Vor allem sollst du ständig »Bitte, bitte« sagen. Für Selbstverständlichkeiten. Und noch mehr »Bitte, bitte«. Fehlt nur noch Füße küssen.
»Dieses Beleidigtsein ist typisch für den gesamten Einzelhandel«, erzählt Müller, der in einer großen Bekleidungskette stellvertretender Filialleiter war. »Ich war der beste

Buddy des Bezirksleiters, jedes Mal herzliches Grüßen und Nachfragen, das ganze Programm. Dann gab es ein Seminar, ich kam eine halbe Stunde zu spät – und von da an wurde ich von diesem Mann geschnitten. Er hat nie mehr auch nur einen Ton mit mir gesprochen …«
Manchmal habe ich sogar Mitleid mit Eisenherz.
Ohne Regung schleicht er durch die Hallen, seine Miene hellt sich nur kurz auf, wenn der Umsatz überraschend gut ist. Manchmal auch, wenn sein Lieblingsverein ein außergewöhnliches Tor schießt.
Und das ist alles?
Ja.
Mehr Umsatz, mehr Fußball, mehr Ärger.
Er stellt nicht mal was mit dem ganzen Geld an. Er hat keine Hobbys, unternimmt keine teuren Reisen, hat keine Laster. Er fährt einen dicken Mercedes, okay, hat ein großes Haus gebaut, selbstverständlich. Aber das ist auch schon alles. Das Leben ist ein einziger stinkender, fauliger Fluss.
Nur dass er sich diesen Mist selber ausgesucht und besagte Kloake eigenhändig verschmutzt hat.
Gerüchteweise hatte er im letzten Jahr eine Operation. Tatsächlich war er mehrere Wochen lang krankgeschrieben. Ungewöhnlich.
Gerüchteweise haben die Ärzte einen Tumor entfernt.
Warum hörst du nicht einfach auf? Denke ich.
An diesen Tagen, wo er mir leidtut, wenn er mit hängenden Schultern durch die Gänge schleicht. Und wahrscheinlich überlegt, wen er als Nächstes anblaffen kann.
Setz dich auf eine Parkbank, denke ich so, höre dir das Flöten der Vögel an, schau in die Sonne. Lausche auf das Leben!

Aber anscheinend liegt darin das Kernproblem.
Keiner weiß, was er ohne Maloche mit diesem Leben anfangen soll. Lieber schleppt sich einer wie Eisenherz mit Tumor durch diese Gefängnishallen, als auch nur eine Minute in Freiheit zu verbringen. Und lieber kommandiert er Untergebene herum, als sich auf den Tod vorzubereiten. Lieber steht er mit seinem Block im Gang und notiert sich vermeintliche Verfehlungen seiner Sklaven, die allesamt in einem Arbeitsgerichtsprozess ohne Bedeutung wären.
Richtig glücklich sieht keiner von denen aus. Auch Braun nicht. Rotkäppchen ist ohnehin ein verlogener Schleimer.
Man tut das. Weil das *Karriere* ist.
Und weil die Nachbarn so was bewundern.

»Schon gehört?«, fragt Huber.
Ich trinke meinen Kaffee im Pausenraum und erfahre dort, dass auch in der Speisezimmerabteilung ein Mitarbeiter gekündigt hat.
Einer, der auffiel. Alleine durch sein Äußeres: braun gebrannt, aus Marokko, und zusätzlich voller Elan. Das gefiel Braun. Das wurde uns auch täglich als leuchtendes Beispiel vor Augen gestellt.
»So muss das sein«, waren Brauns Worte, *»die Leute von da unten, die wollen noch arbeiten …«*
Das gefiel auch dem Alten. So ein Neger mit Kämpferherz, der sich für das Haus aufreibt, das entspricht genau seinem kranken Weltbild. Der Mann aus Marokko hatte drei Kinder, Schwestern, Brüder, eine große Familie, und er baute für den Zusammenhalt ein Haus.
Das alles gefiel Braun.

Allerdings muss er seinem Verehrer Braun gestern wohl gesteckt haben, dass das ganzes Ackern in der Speisemöbelabteilung keinen grünen Zweig erwirtschaftet. Also wollte er in die Polstermöbelabteilung. Nicht ins Junge Wohnen, sondern zu uns, also dahin, wo noch Geld zu verdienen sein soll.
Das wiederum gefiel Braun gar nicht.
Wo kommen wir denn da hin, wenn jetzt schon die Neger Forderungen stellen? Die sollen brav sein und kuschen. Und Umsätze schreiben.
Also hat der Neger heute gekündigt.
Und Braun ist beleidigt.
»Wie der schon aussah …«, lästert der Hausleiter pausenlos.
Er ist unübersehbar verbittert.

16

Sie reden von Solidarität …«, sagt Sophie.
Eine Redaktion soll verlegt werden, lese ich in der Zeitung. Die Redakteure, die sich an dem Umzug in eine andere Metropole beteiligen, bekommen dafür eine Menge Geld.
Und einige weigern sich. Es gibt eine Demo und eine doppelte Menge Gerüchte. Die Umzugsaktion sei in Wahrheit eine verkappte Entlassung.
»Am liebsten würde ich die Hand heben«, sage ich, während Sophie den Milchschaum von ihrem Kaffee leckt, »hier, hier, wenn die nicht wollen, ich will. Egal, wohin. Für das Geld! Ich will nur nicht mehr Möbel verkaufen …«

»Das Schöne ist …«, antwortet sie, »dass die überhaupt nicht solidarisch sind. Die können sich nur nicht vorstellen, dass man so tief fallen kann wie du …«
Unsere Gespräche machen Spaß, habe ich das schon erzählt? Weil wir uns dann nicht mehr ganz so alleine fühlen. Denn in der Welt da draußen gibt es nur strahlende Gesichter, erfolgreiche Schauspieler und vielbeschäftigte Autoren.
»Im Grunde sind die Arbeitsbedingungen als freiberuflicher Journalist noch schlimmer als im Einzelhandel, aber da stört es mich nicht so …«
»Kenn ich«, sagt sie lächelnd. »Du lässt dich bei einer Theaterprobe von einem durchgeknallten Regisseur beschimpfen und beleidigen, und das wird dann unter Persönlichkeitsentwicklung abgespeichert … Und ich liebe trotzdem das Theater …«
»Ich vermisse die Atmosphäre in einem Fernsehstudio, diese lächerliche Betriebsamkeit und Wichtigkeit, das Geschminktwerden. Ich vermisse die Arbeit in einer Redaktion, die Aufregung, die Hektik. Das kreative Gestalten …«
»Du glühst ja …«
Und wie …
Das Schlimme ist nicht die Armut, denke ich, es ist das Herausfallen aus der Glitzerwelt. Ich verstehe inzwischen all diese C-Promis, die ihr letztes Hemd herschenken, wortwörtlich teilweise, die den letzten Strohhalm nutzen, sich gewissermaßen prostituieren, nur um irgendwie drinzubleiben, in dieser Welt. In der Scheinwerferwelt.
Weil es da aufregend ist.
Das normale Leben ist tot. Und grausam.
»Das Fernsehstudio ist der einzige Ort der Welt, an dem du wirklich respektiert wirst …«, sage ich.

»Klar, für den Moment der Aufnahme«, entgegnet Sophie spöttisch, »und solange du deine Rolle brav ausfüllst …«
»Richtig … Aber trotzdem sind alle so nett und so aufmerksam. Du kriegst hier noch was zu trinken und da einen Snack, die Moderatoren stellen dir Fragen, sie hören geduldig zu, sie interessieren sich für dich …«
»Aber nur, bis die Sendung zu Ende ist …«
»Natürlich! Es ist völlig oberflächlich … Ja, und!? Wo bekommst du so was denn sonst?«
Zweimal musste ich sogar Autogramme geben, ein merkwürdiges Gefühl. Beim ersten Mal ohne sonderliche Beteiligung, weil diese Fans von jedem dahergelaufenen Teilnehmer Unterschriften sammeln wollten, ohne wirklich zu wissen, wen sie vor sich hatten. Aber beim zweiten Mal hatten die eingefleischten Fans einer Sendung von allen Teilnehmern Autogrammkarten aus Internetfotos gebastelt – und damit auch von mir. Diese Mühe, dachte ich.
»Du könntest Schauspieler werden …«, sagt Sophie und schmunzelt.
»Ich mag Callcenter nicht so sehr …«
»Hahahaa …« Es folgt ein ironisches Lachen.
Sophie wechselt ihre Callcenter-Jobs inzwischen alle vier Monate. Beliebt bei den Jobsuchenden ist das sogenannte *inbound*, das ist noch halbwegs seriös. Aber weil das alle machen wollen, muss sie auf *outbound* ausweichen. Das wiederum ist hart, mitunter kriminell. Inzwischen ist selbst dieses Drecksgewerbe heiß umworben. Einmal hat sie Lotterielose am Telefon verkaufen müssen, bei denen der Angerufene nur dann bezahlt, angeblich, wenn er im Lotto gewinnt.

Und fast alle Erwählten sagen deshalb: Ja, klasse, mach ich mit. Was sie nicht wissen, ist, dass sie in jedem Fall gewinnen werden. Etwa einen Euro. Und dann stecken sie in der Falle, Jahreslos, Gebühren und so weiter.
Zuletzt hat Sophie Zubehör für Handwerksbetriebe vertickt, Atemschutzmasken, Wegwerfkleidung, das ganze Programm.
Vermutlich schwärmt sie deshalb vom bedingungslosen Grundeinkommen, wie so viele Kreative. Es ist ihre Erlösung.
»Und es funktioniert«, wie sie mir immer wieder versichert, »das ist genau berechnet.«
»Mag sein, aber es setzt einen Sinn für Gerechtigkeit voraus, oder ein Gefühl von Gleichheit. Und wenn ich eines in dieser Hölle verstanden habe, dann dass Kapitalismus auf Ungerechtigkeit aufbaut. Und auf Spaltung. In angeschwächter Form sogar auf Krieg. Leute wie Braun oder Eisenherz wollen kein gerechtes System. Diese Leute arbeiten eher daran, noch Hartz IV abzuschaffen, weil sie damit ihrem Ziel näher kommen – und *du* träumst von einem bedingungslosen Grundeinkommen …«

17

Wie erwartet: Es gibt zwei Neue.
Darin besteht das ganze unternehmerische Umdenken in den Zeiten nach Krupp: zwei Neue.
Und Rotkäppchen sabbert auch schon wieder. Vor Wut. Und ist wieder pausenlos beleidigt. Und er schleicht wie-

der heimlich herum, um uns zu belauschen. Das kann er wirklich ausgezeichnet. Jeder Mensch hat bekanntlich ein besonderes Talent.
Sobald er merkt, dass zwei Verkäufer zusammenstehen und quatschen (und deren Tonfall ernsthaft, verschwörerisch anmutet), will er sofort wissen, was da los ist. Dann schleicht Rotkäppchen sich entweder von einer abgelegenen Seite an oder er trippelt in den zweiten Stock, um von einer Empore herab zu lauschen. Sobald er bei diesen Spähaktionen entdeckt wird, reißt er sein Telefon ans Ohr und spricht sinnfreie Mantren hinein. Mit einem imaginären Anrufer.
»Wenn das Haus neu gebaut würde, würden die mit Sicherheit überall Wanzen einbauen«, sagt Eulenberg. »Die würden jeden Zentimeter überwachen …«
Eine völlig absurde Angst, dass die Verkäufer auf den Tischen tanzen. Sobald sie unbeobachtet sind.
Wäre es nicht viel sinnvoller, denke ich, die Mitarbeiter »mit ins Boot zu nehmen«, so dass sie sich wirklich einbringen müssten?
Nein.
Allerdings lässt sich der Alte in den Nach-Krupp-Zeiten weniger in den Hallen sehen, er delegiert mehr.
Der Alte hat sich wahrscheinlich gesagt: Ein Krupp = zwei Neue.
Minus eine Frau.
Denn Frauen sind erst mal tabu.
Das ist normal in einem mittelständischen Einzelhandelsunternehmen. Erst gibt es eine neue Philosophie (»Frauen sind besser!«), weil man die stärker anstacheln, richtig aufgeilen kann, dann aber funktioniert das nicht, weil sie sämtliche Grenzen überschreiten, weil sie alles kurz und

klein schlagen, bis alles im Chaos versinkt – daraufhin hat es den ursprünglichen Satz nie gegeben.
»Wir wollten niemals bevorzugt Frauen einstellen ...«
Jetzt stehen zwei langweilige Männer vor dem Pult.
Und es folgt Phase 2.
Nur noch Männer.
Jetzt heißt es: Die halten durch, die zicken nicht rum und verursachen kein Chaos am Computer. Und sie halten gewisse Regeln ein.
Ungewöhnlich: Es sind junge Männer, gerade mal Mitte zwanzig. Aber beide aus der Versicherungsbranche (»Haifischbecken«) und als solche gnadenlos arbeitgeberfreundlich.
Und sie sind voller Elan, voller Hoffnung. Und sie glauben wirklich, einem Bewerbungsgespräch entsprungen, also wirklich ausgewählt worden zu sein.
Sie erzählen und erzählen, schimpfen über die Versicherungsbranche, und ahnen nicht einmal ansatzweise, dass sie vom Regen in die Traufe geraten sind. Ihre Hoffnung auf ein normales Leben stößt mir unangenehm auf: »endlich« nicht mehr die Pseudoselbständigkeit als Versicherungsvertreter absolvieren zu müssen, sondern »ein sicheres Einkommen« zu haben.
Sie verstehen Eulenberg nicht, wenn er nölt und grantelt.
»Lass die mal ein Jahr hier arbeiten«, sage ich, um Eulenberg von seiner Abscheu abzuhalten.
»Welcome in the new century«, krakeelt Eulenberg, der vor dieser geballten Hoffnungswelle kapituliert.
Und sich gleich danach in unserer heimlichen Rückzugskammer aufregt. »Das kann man doch nicht machen«, schimpft er, »man kann doch die Leute nicht so belügen ...«

»Wieso belügen?«, frage ich ironisch. »Jeder kann hier reich werden, das ist doch keine Lüge. Es liegt nur an einem selber ...«

»Blablabla ...«

Rotkäppchen führt die beiden Neuen derweil fröhlich umher und ignoriert geflissentlich die abweisenden Blicke der restlichen Belegschaft.

»Jetzt werden die erst mal gebrieft, sich nicht von den *negativen* Subjekten beeinflussen zu lassen ...«

»Es ist halt immer das Gleiche ... Du weißt doch, wie das hier läuft ...«

Rotkäppchen bleibt manchmal vor einem beschämten Kollegen stehen und erzählt pathetisch, wie lange alle schon hier arbeiten. Im Grunde ist das die größte Unverschämtheit, wird aber pausenlos praktiziert.

»Bei uns sind die Mitarbeiter bis zur Rente angestellt«, quakt Rotkäppchen mit glühenden Wangen. »Wir haben Leute hier, die sind schon dreißig Jahre da!«

Das ist nicht gelogen. Allerdings sind das drei Urgesteine aus den goldenen Zeiten, die nie den Absprung geschafft haben. Und ansonsten ausnahmslos Verwaltungsangestellte.

Im Verkauf hält kaum jemand länger als fünf Jahre durch. Aber die beiden Neuen nicken brav. Was sollen sie auch sonst tun?

»Jede Wette ...«, sagt Eulenberg und beobachtet das Schaulaufen, »die erfüllen schon in ihrem jungen Alter das Kriterium der Abhängigkeit ...«

So etwas testet Eisenherz vorher nämlich genau ab, er will keinen Mitarbeiter, der problemlos einen neuen Job kriegt. Dem Alten wäre es ohnehin lieber, wir hätten fünf Millionen Arbeitslose und keine Sozialleistungen. Er wünscht sich, dass die Leute auf Knien um einen Job bei ihm betteln. Das mag er.

»Bei meinem Vorstellungsgespräch habe ich beiläufig erzählt, dass der Journalismus tot sei … und da haben sie interessiert zugehört …«

Bei solchen Passagen wird Eisenherz scharf. Auch verschuldete, gerne ältere Arbeitnehmer, die niemand sonst mehr haben will. Es müssen Menschen sein, die man schnell abhängig machen kann. Damit sie die Klappe halten. Gerne auch frisch in Scheidung lebend. Da bietet der Alte den Männern einen großartigen Deal an: *»Wir zahlen ihnen offiziell nur einen Garantielohn, und sämtliche Provisionen kommen auf ein geheimes Extrakonto. Dann müssen Sie weniger Unterhalt zahlen …«*

So was liebt der Alte – denn damit hat er die Leute in der Hand.

Und gleichzeitig, versteht sich, liebt er es, auf den Staat zu schimpfen. So ein Verhalten ist bei diesen Ausbeutern normal, oder anders gesagt: Der Hass auf den angeblichen Sozialschmarotzerstaat rechtfertigt überhaupt erst ihr kriminelles Handeln.

»Diese Jungs sind schon ein interessanter Schlag …«, sage ich. »Sie sind jung, intelligent, motiviert, aber sie haben kein Studium. Und sie sind keine Handwerker …«

Damit offensichtlich schon aussortiert. Für derartige Biographien zeigt das System keine Verwendung mehr.

»Und beide haben Schulden …«, zischt Müller von der Seite, »weiß ich aus erster Quelle …«

»Taraaa …«, flötet Eulenberg. »Tusch!«

Der eine ist frischgebackener Vater, der andere frisch getrennt.

»Herzlich willkommen«, sagt Eulenberg, »damit gibt es für euch nur noch das Schweinesystem …«
»Insofern hat der Kapitalismus wieder einmal gesiegt …«
»Prinzipiell auf der Seite der Bosse, wie kann man nur so blöd sein …«
»Ein merkwürdiger neuer Charakterschlag«, überlege ich, »sie wollen nichts mehr ändern in dieser Gesellschaft, aber sie saufen und kiffen sich ins Koma …«
»Das erzählst du doch sonst den ganzen Tag … Das System löst sich in Drogen auf …«
Ach, ich erzähle so viel, wenn der Tag lang ist …

WINTER

1

Die Trennung ist vollzogen, Ulrike hat einen anderen Mann.
Es war nicht einfach, meine Mutter anzurufen, um ihr diesen Tatbestand zu beichten, aber mein Gesamtzustand ist wohl derart gefasst und ruhig, dass selbst eine Hysterikerin mit apokalyptischen Wahrsagetendenzen eine Scheidungsnachricht wie einen überraschenden Regenschauer zur Kenntnis nimmt.
»Und wie geht's dir?«
»Gut ...«
Es ist die Wahrheit. Ich bin Ulrike nicht einmal böse. So ist der Lauf der Dinge, es war doch alles *zwangsläufig.*
Wir haben uns sogar umarmt.
Aber die Trennung ist unumkehrbar. Offiziell, also in Kindersprache, arbeite ich nun bald so weit entfernt, dass Papa in einer anderen Wohnung übernachten muss. Ich werde also wieder zum Pendler und schlafe in Wahrheit nur etwa zwanzig Kilometer Luftlinie entfernt. In einem kleinen, möblierten Dachappartement. Vollausstattung, heißt: Drittbesitzerkühlschrank, Altherd, Spanholzschrank mit lockeren Griffen, Einmannmatratze und höhenverstellbarer Eichenholztisch.

Viertbesitzerduschvorhang. In einer schäbigen, heruntergekommenen Notlösung also, die vermutlich für viele Jahre mein Zuhause werden wird, so wie ich mich kenne. Mir fehlt das Geld für eine neue, eigene Wohnungseinrichtung, für den Umzug, und vor allem fehlt mir die Lust. Ich will nur noch schlafen.
Und die wenige, freie Zeit, die mir bleibt, will ich für den Junior verplanen. Er ist das Einzige, das mich noch interessiert.
Es gibt nur diese zwei Möglichkeiten, denke ich, wie so oft in meinem Leben: entweder kapitulieren oder durchhalten.

War das Ganze abzusehen? Schwierig, denke ich. Ich war ja kaum zu Hause. Ulrikes gute Laune, die ist mir aufgefallen, diese alberne Fröhlichkeit, die hat mich beschäftigt, aber ich konnte, ich wollte mir nicht vorstellen, dass es immer nur diese eine blöde Ursache für eine *positive* Lebenseinstellung bei einer Frau gibt.
Da habe ich mich wohl getäuscht.
Und das Bizarre ist, zu wissen, dass die beiden schon ewig miteinander poussieren konnten, ohne dass ich auch nur eine leise Ahnung davon hatte. Weil ich doch nie zu Hause war.
Und was jetzt?
Wie immer, denke ich, wie immer weiter. Ich muss Geld verdienen, unverändert, für den Kleinen. Und ich brauche dieses Einkommen regelmäßig. Ohne meinen geliebten Sohn würde ich spätestens jetzt kündigen und mit den letzten Kröten auf eine ferne Insel auswandern.
Oder in eine pulsierende Metropole trampen, nur weit weg …

Aber ich will meinen Sohn sehen.
»Unser Festhalten an anderen Umständen«, lese ich unter einem blässlichen Funzellicht, »an anderen Gegebenheiten, an besseren Zeiten, an besonderen Bedingungen macht unglücklich. Ausschließlich im Umarmen der Gegenwart, wie sie auf mich zukommt, sei es Freud, sei es Leid, kann ich glücklich werden. Kein anderer Weg ist möglich …«
Und vor allem muss ich schlafen.

2

Es geht darum, immer wieder Leute anzulabern, immer wieder Leute anzulabern. Jeden Tag erneut. Immer wieder. Leute anlabern: fremde Leute, unsympathische Leute, nette Leute; anlabern.
Immer wieder.
Jeden Tag.
Leute anlabern. Immer wieder Leute anlabern.
Und immer wieder von vorne.
»Ich hasse inzwischen Menschen …«, sagt Huber.
»Es gibt einen spirituellen Schriftsteller«, sage ich, »namens Thomas Merton, der hat mal geschrieben: Hölle ist dort, wo niemand irgendetwas mit irgendwem gemeinsam hat …«
»Willkommen in der Hölle …«
»Du kannst noch weiter gehen: Willkommen im Einzelhandel«, sage ich.
»Und noch weiter: Willkommen in der Marktwirtschaft!«
»Hauptsache, willkommen …«

Wenigstens der Humor ist uns geblieben. Zumindest so lange, bis Rotkäppchen sich wieder heranschleicht, um genau diese Art von Gesprächen zu verhindern.
Oder bis ein Kunde anruft. Mit der Vorwahl im Display, einer Stadt aus einem anderen Bundesland, ist schon wieder klar, in welche Richtung sich das Ganze entwickeln wird.
»Guten Tag«, sagt eine dominante Stimme, »ich suche ein Highboard von Joop, schwarz, Hochglanz. Was kostet das?«
»Sie wissen doch, was das kostet …«, antworte ich trocken.
Schweigen. Verblüffung.
»Äh, was meinen Sie?«
»Sie haben doch längst einen Preis.«
»Äh … ja, schon, und jetzt?«
»Jetzt können Sie das Highboard kaufen …«
Meine anderen Kollegen gehen schon gar nicht mehr ans Telefon. Und ich bewerkstellige diese Aufgabe auch nur deshalb, um Leuten die Laune zu verderben. Mein Menschenhass ist, wie bei Huber, inzwischen chronisch. Dieses »Beim-Frühstück-mal-eben-schnell-Preise-Vergleichen«, es kotzt mich nur noch an. Weil es mich Zeit und Geld kostet.
»Unverschämtheit!«
Der Mann legt einfach auf.
Fünf Minuten später das gleiche Spiel.
»Ich suche …« Diesmal eine Schrankwand. Kompliziertes Programm, tausend Einzelteile. Katastrophe! Und hat natürlich auch schon einen Preis, jede Wette.
»Kein Problem …«, flöte ich (auch diese Form des fröhlichen Zynismus macht inzwischen Spaß), »schicken Sie

einfach eine Mail an das Haus, dann bekommen Sie unverzüglich eine Antwort.«
Das ist besonders lustig, weil solche Mails immer gleich Chefsache sind. Das heißt: Rotkäppchen muss sich darum kümmern.
»Das geht ganz schnell«, insistiert der Kunde aus der weit entfernten Stadt, der hier ohnehin nicht einkaufen wird. Und der mich nur eine Unmenge Zeit kostet. »Ich habe alle Artikelnummern!«
Trotzdem wird das bestenfalls zwanzig Minuten dauern. Unbezahlt! Und wofür?
»Klasse«, sage ich, »schicken Sie einfach eine Mail, und alles …«
Aber der Kunde will nichts schicken, er ist sauer und brüllt rum. »Wenn Sie nicht arbeiten wollen, müssen Sie sich nicht wundern, wenn ich irgendwo anders kaufe!«
»Mein Name ist Krupp«, sage ich, »beschweren Sie sich bitte über mich …« Und lege auf.
Ja, die schöne Geschichte mit der Faulheit, die kommt immer wieder. Selber ist er zu bequem, auch nur eine einzige kleine Mail zu schreiben, aber ich soll für ihn springen und tanzen, ohne einen Pfennig dafür zu kriegen. Nur weil er es sich zum Ziel gemacht hat, heute noch zehn Möbelhäuser zu vergleichen.
Bitte, bitte, denke ich, bleib weg, wie angedroht, so ist es ohnehin am besten.

Mittags lese ich manchmal tatsächlich noch im Feuilleton. Wenn eine Zeitung kostenlos herumfliegt. Selten also …
Es ist eine besonders perfide Form des Masochismus, denke ich, sich in diesem Umfeld, bei diesen Arbeitsverhältnissen, mit einer neuen Ausstellung in einem Museum zu

beschäftigen. Das ist so fremd alles, so weit weg. Diese affektierte Hysterie, dieses universitäre Aufregen und Beklagen über Dinge, die so *fremd* sind. Inzwischen. Dabei war das mal meine Welt.

Und ich vermisse diese Welt.

Aber als Teil der arbeitenden Bevölkerung durchpflügt ein einziger, schrecklicher Virus mein Denken: *Wer braucht so einen Scheiß?*

Mein Gott, ich bin fürs Feuilleton gestorben, es war das Einzige, das mich an einer überregionalen Zeitung interessiert hat. Abgesehen von einer gut geschriebenen Reportage, aber wo gibt es denn so was noch …

Und heute … lese ich Riemann. Er schreibt wieder einen seiner Leidartikel. Leistung muss sich lohnen, brabrabra, fehlende Motivation der bildungsfernen Schichten, sich anzustrengen, brabrabra, fehlendes Interesse breiter Schichten an Karriere und Aufstieg, brabrabra, die Notwendigkeit von Eliten, brabrabra …

Im Grunde salbadert er dieses Zeug seit zwanzig Jahren. Nur als ich selber noch ein Teil dieser Salbaderclique war, habe ich besagtes Geschwafel für notwendig erachtet. Ein provokanter Stachel, habe ich mich ereifert und ähnlichen Quatsch formuliert.

Heute, in der Mittagspause, umgeben von genau diesen verachteten Schichten, kommt mir nur noch die Galle hoch. Ich weiß immer weniger, ob dieses ganze Zeug wirklich eine statistische Grundlage hat und ob darin wirklich ein wahrer Kern liegt – ich sehe stattdessen Riemanns Gesicht vor mir. Sein Büro. Seine Entourage. Seine Spesenrechnungen.

Und dann schaue ich mich wieder in meinem Pausenraum um.

Was leistest du denn so Irrsinniges, Riemann?
Du bist in einen großen Topf Glück gefallen. Mein Gott, wenn ich zurückdenke, du warst als leitender Redakteur eine Fehlbesetzung, du hast als Chefredakteur ein Magazin in die Pleite getrieben – und heute setzt du dich hin (jawoll, *du* sitzt den ganzen Tag) und quakst als wohlhabender Gewinnler von einer notwendigen Elite, die man dir, schmoll-schmoll, nicht gewähren will.
O ja, ich erinnere mich, die Pleite der Zeitschrift, das waren selbstverständlich »die Umstände«, der »Werbemarkt war schwierig«.
Überall der gleiche Dreck, die Ausreden könnten fast von Rotkäppchen stammen. Das ist mir vorher tatsächlich auch nicht so aufgefallen.
Früher dachte ich, Erfolg sei eine Pyramide, gerade in der Kunst. An der Spitze steht der Könner, das Genie, allseits respektiert und geachtet, ohne jeglichen Einwand. Mitunter wird so was auch immer noch ausgebreitet, gerade von konservativen Feuilletonisten. Bach und so. Goethe. Über Jahrhunderte hinweg geachtet.
Und dann, denke ich, siehst du mit jedem Schritt in diesem Kunst-Business, wie schmal der Grat zwischen Erfolg und Scheitern ist. Zwischen Weltruhm und Vergessen.
Viele Gescheiterte hätten auch Stars sein können, denke ich. Und manche werden es sogar, nach ihrem Tod.
Heute finde ich das erstaunlicherweise tröstlich. Es war eben nicht die fehlende Gabe, das eine fehlende Gen, das fehlende Talent.
Es war: der fehlende *Blubb*.
Mehr noch: Es ist letztlich völlig egal, wie erfolgreich man wird (außer für die Geldbörse).

Witzigerweise ist das auch hier im Möbelhandel nicht anders. An machen Tagen verkaufe ich besser als Krupp oder die Birnbaum. Nur eben nicht immer, nur manchmal. Mir fehlt da die Konstanz.
Ach ja, fällt mir ein, die Einzigen, die diesen Pyramidendreck unverändert weiter propagieren, sind meine verehrten Verkaufstrainer. Sie schreiben ganze Buchreihen über »Erfolgsleitern« und halten Seminare über »die Besten an der Spitze« ab. Bei ihnen geht es ausschließlich um »Erfolg, Erfolg« und, fast hätte ich es vergessen, um »Erfolg«. Manchmal reden sie auch über »Scheitern«, aber das nur im Hinblick darauf, sofort und unverzüglich wieder »aufzustehen«. Und weiterzumachen!
»Erfolg! Erfolg!«
Sie quaken daher wie Leistungssportler, über *Sieger-Gene* und ähnliche Scheiße. Und sie sehen dabei so zweitklassig aus wie Unteroffiziere der Bundeswehr. Immer ein bisschen prollig und dümmlich.
Aber wahrscheinlich muss man genau so werden, um als Sieger zu enden.

3

Ein doofes Klischee, aber leider Tatsache: Der Deutsche jammert.
»Wo soll ich bloß mein Geld anlegen?«
Das fragen mich Kunden während der Sofasuche. Und jammern. Und sie verlangen, dass ich ihre existenzielle Sorge gefälligst begreifen soll.

Für sie ist dieses Thema wichtiger als Krieg oder Terrorismus, Leid und Elend. Oder zumindest in einer Linie. Wobei Krieg und all das Zeugs ja irgendwo anders stattfindet, also dort, wo die Menschen ohnehin nicht so entwickelt sind.

»Gold ist auch schwierig …«, meldet sich die Gattin, die bei diesem Thema keinen Zentimeter von ihrem Mann abrückt. Wenn es um den Mammon geht, harmonieren beide Geschlechter in perfektem Wohlklang. Ansonsten können sie sich nicht einmal auf eine Farbe einigen.

»Möbel sind eine gute Wertanlage«, versuche ich den Mann wieder ins Gespräch zu kriegen.

Aussichtslos.

»Es ist schlimm, alles …«, antwortet der Mann, schüttelt den Kopf und schwafelt mir unbarmherzig weiter von seinen Anlageproblemen vor.

Ich weiß nicht, wovon ich meine Familie ernähren soll. Ich weiß nicht mal mehr, ob ich überhaupt noch eine Familie habe. Aber dieser Mann gegenüber fühlt sich tatsächlich arm, verlassen und einsam. Weil er nicht hinreichend berechnen kann, wie er seine verdammten Überschüsse am gewinnbringendsten anlegen soll.

»Es soll sicher sein«, quakt er an mir vorbei, »und gleichzeitig eine hohe Rendite bringen …«

»Ja, ja«, entgegne ich kalt, »das sind wirkliche Probleme …«

Er nickt. Es fehlt jetzt nur noch, dass er anfängt zu flennen. Einerseits entlockt dieses Pärchen mir tatsächlich einen Flaum von Mitleid, weil sie offensichtlich leiden. Andererseits würde ich ihnen beiden am liebsten links und rechts in die Fresse schlagen. Und zwar abwechselnd. Damit sie endlich aufwachen!

»Womit habe ich das verdient?«, sagt er, ohne einen letzten verbliebenen Hauch Realitätsbezug, und nickt immer noch weiter.
Lange halte ich mein Versteckspiel nicht mehr durch, dann muss ich platzen. Dieser Tonfall, diese gekrümmte Silhouette, alles so verzweifelt, als ginge es um das Wesentliche. Nein, es geht diesen Menschen tatsächlich um das Wesentliche. Es *ist* das Wesentliche, es ist Gott Mammon.
Wobei, nebenbei, räusper räusper, die neue Garnitur soll natürlich nichts kosten. Aber »Spitzenqualität« haben, klar doch.
»Wir verstehen uns …«
Und dann geht es gleich wieder weiter mit der Armutsplatte.
»Aber Leder muss es schon sein …«
»Alles kein Problem …«, sage ich.
»Gutes Leder!«
»Kein Problem …«
Ein guter Verkäufer strahlt immer größtmögliche Kompetenz aus – bei völliger Ahnungslosigkeit. Du kannst nicht alles wissen, von den Produkten, von der Lederverarbeitung, von Stoffen. Aber die Kunden wissen bekanntlich alles noch viel weniger.
»Was kostet das denn?«
Mir geht dabei durch den Kopf, was es für eine Maloche ist, so ein Sofa zusammenzubauen. Es gibt schlimmere Arbeit, klar, aber es ist trotzdem noch Handarbeit. Mühselig. Das kann kein Roboter. Deshalb ist es auch so schwierig geworden, in Deutschland zu produzieren.
Wenn einer dieser »preisbewussten« Konsumenten erleben dürfte, wie schweißtreibend und *proletarisch* es gerade in den kleinen Firmen zugeht, wie es stinkt, wenn Le-

der gegerbt und verarbeitet wird, dann wären sie fast alle schockiert.

Und sie würden nicht mehr ständig nach dem Preis fragen.

»Wie groß ist denn ihr Wohnzimmer?«

Das nennt man: Bedarfsanalyse. Und soll vor allem von der doofen Kostenfrage ablenken. In einem speziellen Seminar haben wir gelernt, es sei am besten, das Wohnzimmer auf einen Block zu malen und dabei zu notieren, wo die sonstigen Möbel hinkommen und wie groß sie sind. Im Grunde ist das Beschäftigungstherapie. *Zuhören. Ernst nehmen.* Es ist immer wieder erstaunlich, wie geil die Leute darauf sind, dass man ihr lächerliches Zimmer malt und sie dazu ausfragt, wo sie ihre verfluchten Möbel hinstellen wollen. Mit allen Maßen. Aber dann bist du schon fast drin in ihrem Herzen. Das ist das Entscheidende. Kaufen findet letztlich tatsächlich nur im Herzen statt, und wenn sie dich, den Verkäufer, nicht leiden können, dann bist du erledigt.

»Wobei …«, drängelt sich die Göttergattin ins Wort und eröffnet einen meiner geliebten Nebenschauplätze, »Leder ist kalt …«

»Nun ja«, antworte ich und nehme den Mann ins Visier, »es hängt alles davon ab, wie stark das Leder pigmentiert wurde. Preiswerte Leder sind stärker pigmentiert, also mit Farbe zugeknallt, und fühlen sich tatsächlich kalt an. Spaltleder muss sehr stark pigmentiert werden, denn hier bildet die Farbe den Ersatz für die natürliche Lederoberfläche …«

Allerdings ist mir jetzt schon klar, dass ich die beiden verloren habe. Zu viele Worte.

»Je stärker die Pigmentschicht, desto steifer das Leder. Preiswerte, pigmentierte Leder werden vor der Zurichtung abgeschliffen. Dadurch werden Naturmerkmale entfernt. Das ermöglicht den Einsatz von billigen, mit vielen Naturmerkmalen behafteten Häuten. Diese Leder müssen, um wieder ein natürlich aussehendes Narbenbild zu erhalten, künstlich auf Walzen oder mit Plattenpressen geprägt werden. Im Gegensatz zur natürlichen Narbung …«

Der Mann nickt zustimmend, aber ich weiß natürlich, dass er höchstens noch auf meine hüpfenden Hände achtet. Viel zu viele Worte.

Sie reden alle über Qualität, aber in Wahrheit wollen sie nichts darüber hören, denke ich. Und vor allem nicht über die mitunter brutalen Produktionsbedingungen. Moderne Gerbereien in Europa verwenden weitgehend unproblematische Chrom-III-Salze, aber in Bangladesch beispielsweise springen die Arbeiter in purem Gift herum. Und anschließend gibt es noch eine fette Ladung PCP drauf. Hauptsache: *billig*.

Manchmal läuft eine Fernsehreportage über Lederverarbeitung in der sogenannten Dritten Welt – und die Leute sind am nächsten Tag geschockt. Also einige wenige.

Für einige wenige Stunden.

Die meisten interessieren sich nicht dafür. Sie wollen das alles nicht sehen, denke ich. Weil die ganzen Sicherheitsstandards, der »Blaue Engel«, sämtliche Emissionsprüfungen, bei denen die Leder auf Formaldehyd, CMR-Stoffe, Biozide, Gerbmittel und Farbstoffe untersucht werden, sich schlussendlich im Preis niederschlagen.

Und damit zu teuer werden …

»Also konkret«, unterbricht der verzweifelte Investor mein Locken, »was kostet das Prachtstück am Schluss …?«

Ich nenne eine Summe.

»Oh …«
Danach: Schweigen. Nachdenken.
»Sie wollten Qualität haben, und hier haben Sie die beste …«
»Wir melden uns …«
Es ist immer das Gleiche. Jetzt wird drei Tage lang betroffen beim Mittagessen geschwiegen, und anschließend kaufen sie dann doch das »preiswerte« Sofa inklusive Kinderarbeit. Nur nicht bei mir.
Es ist nun mal billiger!

Abends, alleine in meinem kleinen, möblierten Appartement, höre ich auf das Hupen der Autos in der Nähe einer Diskothek. Der Bruch zwischen Werktätigkeit und »Freizeit« nennt sich Einsamkeit und hat einen äußerst herben Charme.
Bei der Arbeit erzähle ich nichts von meinem neuen Hupen-Hobby und dem neuen Vereinsheim, weil sie sich sonst wieder alle nur das Maul zerreißen. In der Buchhaltung habe ich lediglich eine neue Adresse und einen neuen Steuerstatus angegeben, ohne Begründung, und ich hoffe, dass diese vertraulichen Informationen ausnahmsweise auch genau so behandelt werden.
»Hallo, Fernseher«, sage ich, »du bist mein bester Freund …«
Unten, im Parterre, wohnte bis letzte Woche ein weiteres, sogenanntes Scheidungsopfer. Eine arme Sau, Alkoholiker, verlassen, kein Job und dafür Kettenraucher. Angeblich kam dann auch noch ein Tumor dazu.
Und zu allem Überfluss ist er abends gestürzt und in seinem Appartement krepiert. Er hat eine gigantische Blutlache hinterlassen, das ist alles.

Mein Alptraum.
Gefunden vom Vermieter.
Jetzt wohnt ein Russe in der Bude, der keinen Ton Deutsch spricht.
Er hört ausschließlich slawische Radiosender, über das Internet. An der Wand hängt eine Gitarre, habe ich gesehen. Und er ist nachts lange auf.

4

Immer wieder: Die Abrechnung stimmt nicht.
Es sind immer nur Kleinigkeiten, nur wenige Euro, aber da und dort wird falsch abgezogen.
Rotkäppchen wiegelt ab. »In der Buchhaltung sitzen auch nur Menschen«, sagt er, »die machen auch mal Fehler.«
Aber die Quote ist zu hoch. Zu auffällig. Und vor allem: Es sind immer nur Abzüge. Es kommt niemals vor, dass auch nur ein Cent zu viel überwiesen wird.
Kaum ein Verkäufer rechnet jeden Umsatz auf Heller und Pfennig nach, aber es gibt eben Aufträge, die einem am Herzen liegen, und da fällt es auf.
Und dann spricht es sich wie ein Lauffeuer in der Belegschaft herum: »Da stimmt was nicht.«
Die erfolgte Nachfrage wird zwar prompt und anstandslos erledigt, kein Problem, aber es bleibt ein schaler Nachgeschmack. Wir gehen in der Tat davon aus, dass es Vorsatz ist. Alles in diesem Haus ist Lug und Trug, warum sollten die Verkäufer davon ausgenommen werden? Schließlich werden wir sonst auch wie Affen behandelt.

Diese kleinen Fehlbeträge, multipliziert mit der Anzahl der Provisionsverkäufer, pro Monat, machen aufs Jahr gerechnet einen bestimmt fünfstelligen Betrag aus. Dafür kann man schon mal ein wenig schummeln.
»Und es passt zur Grundhaltung«, sagt Eulenberg.
Er selber rechnet allerdings kaum noch nach, er hat resigniert. Und er mag den Bittgang in die Buchhaltung nicht. Auch in diesem Haus ist es schließlich so, dass sich die (wenigen) Büroangestellten für etwas Besseres halten. Sie sind pampig im Umgangston, fordern viel, sind aber prinzipiell unwillig, etwas zu erledigen. Und, wie wahrscheinlich überall: Sie separieren sich.
Das ist so lächerlich, denn gerade in diesem Unternehmen wäre es kein Problem, sämtliche Büroarbeiten in ein rudimentär Deutsch sprechendes Billiglohnland zu verlagern – aber nicht den Verkauf.
Alle diese höchst wichtigen Büromenschen leben einzig und ausschließlich von dem, was wir verkaufen. Niemand von ihnen kann auch nur ein winziges Pfund Butter davon erwerben, was sie sich so an ihren Schreibtischen zusammentippen.
Ich finanziere also deren Unverschämtheit.
Aber, wie gesagt, dieser Gedankengang ist in Deutschland verloren gegangen. Man ist wohlhabend, weil man einen guten Job hat. Und im Büro zu sitzen ist ein guter Job. Also ist man etwas Besseres.
Umgekehrt gibt auch der Alte ihnen nur die besten Arbeitsbedingungen. Sie haben einen vernünftigen Tarifvertrag, sie haben geregelte Arbeitszeiten, und alles wird erledigt.
Einzig die Büroangestellten, die direkt mit dem Verkauf zu tun haben, *haha*, die werden eingezogen. Die müssen auch an den verkaufsoffenen Sonntagen ran, die werden

auch vom Alten bearbeitet. Bei denen greifen plötzlich keine arbeitsrechtlichen Gesetze.
Allerdings … fühlen die sich auch irgendwie nicht privilegiert.
Für die anderen, für die Herrenmenschen, müssen wir immer mehr Arbeit übernehmen. Weil die Mitarbeiter dort sich beim Alten beklagt haben, es sei *zu viel*, alles, *viel zu viel*. Dort hat man nämlich noch *Zeit*.
»Ich bin auf der Arbeit, nicht auf der Flucht«, solche Kalenderweisheiten zieren in deren Abteilung den klimatisierten Gang.

Nachmittags: Aufruhr. Wegen der Abrechnung.
Ömer ist zum Alten marschiert. Das muss man ihm lassen, auch er hat Eier in der Hose. Zusammen mit Tayfun aus der Küchenabteilung, ebenfalls ein Top-Verkäufer, ist er zum Alten aufgebrochen, um dem Patriarchen wortlos seine Brutto-Werte aufzuzeigen. Vor allem den Schwund in der Abrechnung, im Vergleich zum Vorjahr, bei identischem Umsatz.
Der Alte hat nur irgendwas dahergeknurrt. Das kann er gar nicht haben, wenn man ihn an seiner Schokoladenseite bedrängt. Wenn man ihn überhaupt anders angeht als mit Speichellecken. Sämtliche sonstigen Vorwürfe (seien es Arbeitsbedingungen, Überstunden, Demütigungen) kann er auf die »linken« Medien oder verzogene Ansprüche zurückführen – aber Unstimmigkeiten im Gehalt, und dabei vor allem Unstimmigkeiten im Verdienst seiner Top-Leute, die dürfte es offiziell natürlich nicht geben. Denn darauf fußt seine ganze Philosophie. Das ist doch der Eintritt in Reichtum und Wohlstand. Der Verdienst allein rechtfertigt doch die ganze Scheiße …

Und wenn ihm nun zwei Spitzenkräfte trocken aufzeigen, dass es ihm wohl ausschließlich um seinen eigenen Profit geht – dann bricht dieses ganze Konstrukt zusammen.
Die beiden haben, wie gesagt, eine ganz simple Rechnung aufgemacht: Schau hier, Boss, identischer Umsatz wie in den Jahren davor, identische Steuergesetzgebung – aber auf dem Konto fehlen mehrere hundert Euro. Pro Monat.
Sie haben sogar die ganzen Mauscheleien in der Buchhaltung angesprochen, die mitunter obskuren Abrechnungen, und vor allem, immer wieder, dass weniger übrig bleibt. Obwohl der Alte doch – seine Rede – die besten Provisionen zahlt. »*Weit und breit!*« Lassen wir mal beiseite, dass er in diese Gesamtzahl alles reinrechnet, was ihm gerade so durch die Finger rieselt, heißt: Weihnachtsgeld, Urlaubsgeld, den Geburtstag seiner Mutter und das Schaltjahr.
Tatsache bleibt: »Es ist weniger …«
»Sie verstehen das nicht«, hat der Alte geknurrt, »das ist höhere Buchführung, das übersteigt Ihr Wissen, das müssen Sie allerdings auch nicht wissen …«
»Chef, ich habe Prozentrechnung gelernt, und wenn ich die Summe nehme, minus Mehrwertsteuer, müsste ich Folgendes rausbekommen. Es sind aber vierhundert Euro weniger …«
Der Alte wurde irgendwann richtig aufgebracht. »Ihr Türken seid alle gleich, ihr könnt den Hals einfach nicht vollkriegen!«
Und das war zu viel. Ömer und Tayfun schmissen ihre Namensschilder auf den Tisch und standen auf. »Das hätten Sie nicht sagen dürfen, Chef. Jetzt reicht's …«

Und das wäre es auch gewesen, für die beiden.
Aber draußen passte sie Eisenherz ab und schleimte sich um Kopf und Kragen. Und bettelte. Und bekniete sie: »Bitte, nehmt das nicht persönlich. Bitte. Das war ein blöder Spruch …«
Bitte, bitte, bitte …
Ihm war klar, was das Geschwätz des Alten für Folgen gehabt hätte.
Zwei Top-Verkäufer auf einen Schlag zu verlieren, das könnte das Haus möglicherweise nicht verkraften.
Dem Alten wiederum ist längst alles gleichgültig.
Allerdings will er *reden*.
Nur zwei Stunden nach Ömers Aufbegehren ist das Chaos im Laden perfekt. Jetzt marschiert der Alte im Stechschritt herum, um jedem, den er irgendwo greifen kann, seine Sicht der Dinge mitzuteilen.
»Hau so schnell wie möglich ab!«, warnt Eulenberg und rennt in einen schattigen Seitengang.
Wenn der Alte seine Runden dreht, dann ist das wie im Mäusestall – alle weg. Mich inbegriffen. Es gibt verschiedene Eingänge in jede Halle hinein, verschiedene Treppen, aber dadurch auch genauso viele Ausgänge. Und Zwischengänge, Übergänge, Stockwerke, alles das, was Kunden so verwirrend finden (und was es für die ersten Monate ja auch ist), aber es bietet dir einen Haufen Fluchtmöglichkeiten.
Kommt der Alte links die Treppe runter, rennen alle Verkäufer hinter Säulen oder gebückt hinter Schrankwänden rechtsrum raus. Und er hat automatisch das Gefühl, es gäbe zu wenig Verkäufer.
Es geht ein bisschen zu wie im Kindergarten.
»Wo sind die alle?«, ruft er.

Sofort Panik bei ihm: Wenn jetzt ein Kunde kommt!
Ömer hat ihn gewissermaßen herausgefordert. Eulenberg erzählt im Schutz unzugänglicher Anbauwände, dass sich dieses ganze Theater ungefähr alle zwei Jahre wiederholt. Immer dann, wenn sich eine neue Gruppe von Top-Verkäufern traut, ihren Unmut über die Provisionsbedingungen zu äußern. Dann rennt der Alte anschließend runter in die Abteilungen und predigt, dass es nur hier die besten Konditionen gebe. Zum Beweis präsentiert er geheime Zahlen der umliegenden Konkurrenten, aber selbstverständlich nur in den Bereichen, wo es ihm in den Kram passt.
»Ich habe die Umsätze der einzelnen Mitarbeiter mitgebracht«, deklamiert er in einer derartigen Lautstärke, dass Eulenberg und ich noch in unserer Geheimnische mithören können, »und kann Ihnen jetzt genau sagen, was jeder Einzelne von Ihnen mich kostet ...«
Das ist seine Haltung.
Es folgt eine wirre Kaskade von Dezimalzahlen, die allesamt natürlich weder nachprüfbar sind noch irgendeinen Bezug zum Thema haben, durchsetzt von einer ebenso wirren Ansammlung von Satzteilen. Aber er redet und redet. Und redet. Und alles ist angeblich toll und einzigartig, und nur wir sind zu blöd, um all das zu verstehen. Kein Wort über die nackten Ömer-Fakten.
Stattdessen: Angeblich ist es soooo toll, im Verkauf zu arbeiten.
Das ist übrigens auch das Credo sämtlicher Industrievertreter, die regelmäßig im Hause eintreffen, um ihre Produkte vorzustellen.
Vor der Arbeit. *Freiwillig*, versteht sich.
»Soo ein toller Job ...«

Als wären wir ein Haufen Geisteskranker, denen man nur oft genug eine Meinung eintrichtern muss. Bis sie daran glauben.
Nur ja nichts anderes sagen. Sonst fällt das denen noch auf …
Wie überhaupt alle, die den Verkauf toll finden und das auch pausenlos verkünden, komischerweise entweder gar nicht erst dort arbeiten, oder sie flanieren an der Spitze der Nahrungskette und schöpfen lediglich die Sahne ab. Lassen wir mal die Damen und Herren Motivationstrainer außen vor, mit ihren jeweils eigenen Beweggründen. Solchen für »Gewinner«, versteht sich.
»Sie können hier viel Geld verdienen!«, tönt der Alte.
Okay, das ist nichts Neues. Und es hat vor allem nichts mit Ömers Vorwürfen zu tun. Also, was soll diese Wortkette?
Ist das Strategie? Viel reden, noch mehr reden? Nicht zuhören?
Also diabolische Hintersinnigkeit?
Eulenberg glaubt das.
Ich befürchte, es ist noch viel schlimmer. Der Alte glaubt tatsächlich, uns überzeugen zu können. Mit seinem Geschwätz.
Ich befürchte, der meint das wirklich ehrlich. Weil er uns für so blöd hält (wie alle Menschen), dass man nur ein bisschen labern muss und die Leuten glauben das.
»Das Urlaubsgeld ist eine freiwillige Zahlung!«
Was für ein Held! Er betont diesen Umstand mehrmals im Monat und lässt es auch stets über Rotkäppchen ausrichten. Eine freiwillige Zahlung! Und das, obwohl die Mitarbeiter in dieser Zeit nicht arbeiten. Er verschenke also Geld.

Und er wisse nicht, ob er sich diese Geschenke in den kommenden schweren Zeiten noch erlauben könne.
Wenn er so plaudert (und er plaudert viel, im Prinzip unaufhörlich), dann fallen immer wieder die gleichen Worte: »Die arbeiten nicht, die kosten mich mein Geld …«
Er meint Mitarbeiter, die krank sind oder Urlaub nehmen. Er sucht auch unentwegt nach einer Strategie, um beides wieder abzuschaffen. Weil er es *ungerecht* findet. Er müsse schließlich sein hart erwirtschaftetes Geld dafür herschenken, damit diese Subjekte Spaß haben.
Erstaunlicherweise hat er den Gerechtigkeitsvorsatz noch nicht in die Tat umgesetzt. Das kann nur daran liegen, dass ihm hierbei entweder Eisenherz oder seine Tochter eingeflüstert haben, dass die Konsequenzen möglicherweise unangenehm sein könnten.
Wenn man den Alten dazu bekäme, denke ich, mal von der Leber weg in ein Mikrofon zu pusten, was er wirklich so von der deutschen Gesellschaft hält, wäre das ein echter *Scoop*. Also nicht dieser pseudoliberale Sprech, den er in der Öffentlichkeit formuliert, sondern eine Dokumentation dessen, was diese Unternehmergeneration wirklich denkt. Diese Leute wollen nämlich hinter die Zeiten von Bismarck zurück.
Mittelständische Unternehmer sind ein anderer Charakterschlag als Vorstandsvorsitzende, die letzlich nur Angestellte sind und daher von diesen mittelständischen Unternehmern auch verachtet werden. Und ich verwette meinen Arsch darauf, dass der Alte nicht einmal weiß, was Bismarck durchgesetzt hat. Der abgenudelte Spruch: Wer Geschichte nicht kennt, ist dazu verdammt, sie zu wiederholen, hat einen wahren Kern. Denn der Alte will – wenn er frei von der Leber weg redet – den guten alten Man-

chester-Kapitalismus. Keinerlei soziale Absicherung und stattdessen Verelendung der Arbeiterklasse.
Nur ohne Revolution.
Interessanterweise hat er nicht die leiseste Ahnung. Wie so ziemlich alle Könige, Diktatoren oder einfach nur handelsübliche Tyrannen sieht er sich als unangreifbar, unverletzlich und zudem als *Wohltäter*.
Den die Menschen lieben …
Manchmal denke ich, man müsste ihm die Augen öffnen und sagen: *Niemand liebt dich! Wir hassen dich!*
Aber was nützt das?
Er würde vermutlich nicht einmal zuhören.
Vermutlich weiß er es sogar, im Unterbewusstsein, und daher rührt sein gigantisches Misstrauen.
Und umgekehrt: Wenn er es nun tatsächlich nicht erwartet hätte?
Dann würde er zusammenbrechen.
Auf jeden Fall würde er nichts mehr ändern.
Der Alte sieht sich in einem positiven Sinne als Patriarch, als Familienoberhaupt, das alles alleine regelt. *Wir brauchen keine Gewerkschaft.* Das ist die zentrale Aussage, an der man a priori diesen Charakterzug erkennen kann. Wobei, es soll tatsächlich irgendwo ein Unternehmen geben, in dem übertariflich bezahlt wird und die Mitarbeiter auf Händen getragen werden. Da braucht man wahrscheinlich tatsächlich keine Gewerkschaft.
Aber der Alte und seine Gesinnungsgenossen sind geizig.
Und, bei allem Respekt, sie sind bösartig.
Allerdings … Noch ist alles friedlich.
Die Meute schweigt.
»Haben Sie das verstanden!«, fragt der Alte zum Abschluss in einem Tonfall, der selbstverständlich kein biss-

chen nach Frage klingt. Das ist eine Ansage: Klappe halten!

»Mich erinnert dieses ganze Gebaren an ein Gespräch mit einem Buren«, erzähle ich Eulenberg in unserem Verschlag. »Das war zu Zeiten der Apartheid in Südafrika. Ich traf ihn in Deutschland, war ein naiver, kleiner Junge, aber politisch interessiert. Und die Schwarzen standen mit Knüppeln auf der Straße … Und was sagte der Bure zu mir? Die sollen ruhig kommen, wir werden sie alle erschießen …«

Völlige Überschätzung. Bei völliger Verachtung.

5

Der Russe hat sich erhängt.

Der zweite Tote innerhalb von wenigen Wochen, kein schlechter Wert. Also beginnt mein neuer Lebensabschnitt morgens schon mit Getrampel im Hausflur und Polizeibefragung der Nachbarn.

Die verfluchte Einsamkeit, denke ich. Das Alleinsein.

Aber plötzlich wächst in mir auch ein verschüttgegangenes Gefühl von Solidarität mit all den anderen Armen und Einsamen. Mit all den Kranken, den Alten, den Schwachen.

Das kannte ich vorher nicht.

Heute sage ich: *Hilf mir zu danken.*

Für die Sonne am Morgen, das Vogelgezwitscher, einen Gedanken an meinem Sohn.

Die meisten Menschen, die ich kenne, würden jetzt kotzen. Einschließlich Ulrike. Das ist ihr zu wenig.

Zudem: *So ein pathetischer Unsinn.* Anstatt einen neuen Job zu suchen!
Und wenn nun tatsächlich eine Wahrheit darin steckt?

»Geht das?«
Birnbaums Vater wird heute achtzig Jahre alt. Julia will also früher gehen.
Das verkündet sie direkt nach der Morgenbesprechung.
»Wir schauen mal, wie der Lauf ist …«
Wenn man Rotkäppchen mit einem privaten Ereignis bedrängt, welches nur das eine Ziel kennt, nämlich: spätestens um 17 Uhr zu gehen, dann ist er, welch Wunder, augenblicklich wieder beleidigt. Wobei er selber, versteht sich, bei so einem Anlass schweigend noch viel früher verschwindet. Und zwar um 15 Uhr.
»Also, geht das?«, fragt Julia erneut.
Und wie immer verweigert Rotkäppchen eine klare Zusage.
Also scharwenzelt sie den ganzen Vormittag vor ihm herum und erzählt von diesem Geburtstag, heute, in der Hoffnung, dass er den Wink verstehen möge und sie früher nach Haus entlässt.
Sie vollführt dieses Affentheater auch noch zum Mittagessen.
Es passiert aber nichts.
Um 18 Uhr 30 kommt er dagegen gönnerisch angeschwebt und säuselt: »Frau Birnbaum, möchten Sie heute nicht etwas früher gehen, Ihr Vater hat doch Geburtstag …«
Er verlangt dann ein freudiges Lächeln und begeistertes Kieksen. Man möge ihn bitte schön abbusseln, lieben und ihm einen Heiratsantrag machen. Er ist dann selber gerührt von seiner unglaublichen Großzügigkeit. Aber er

verlangt nun mal das Rutschen auf den Knien, wenigstens das muss möglich sein.
Birnbaum wiederum rauscht angesäuert ab.
Rotkäppchen schüttelt den Kopf. Jetzt ist er erst recht wieder beleidigt. *Sooo großzügig, und es wird nicht gewürdigt.*
Das Schlimme an seiner angesäuerten Verfassung ist allerdings, dass er anschließend wieder einen Grund konstruiert, um auf uns einzuschlagen.
»Es gibt neue Reklamationen …«, sagt er und versammelt die verbliebenen Verkäufer um seinen Schreibtisch.
Reklamationen sind unbeliebt, Rotkäppchen ist mürrisch. In der ausliegenden Schriftform fehlt ihm nämlich noch eine entscheidende Ausrichtung: der Schuldige.
Rotkäppchen muss sich für jede Reklamation rechtfertigen und bekam als Vorgabe, die Quote möglichst gering zu halten.
»Haben Sie den Kunden auf legere Faltenbildung hingewiesen?«, fragt er Huber in einem konkreten Fall.
Mein Lieblingskollege verzieht nur die Mundwinkel.
Es ist alles so durchschaubar, denke ich, immer erst die Schuld auf den Verkäufer abzuschieben, dann ist Rotkäppchen fein raus. Er darf vielmehr, zum krönenden Abschluss, wieder schreien und demütigen.
»Herr Kisch … haben Sie …«
»Alles erledigt …«, unterbreche ich seine Argumentationskette, »es war ein Fabrikationsfehler …«
Was ich bei meiner Verteidigung unterschlage: Die Hersteller werden besagten Fehler wahrscheinlich erst einmal nicht akzeptieren. Alle zusammen haben es nämlich am liebsten, dass der Verkäufer schuld sein soll. Der Kunde übrigens auch. Dann darf er rumschreien und spucken.

Ein *Herstellerfehler* ist so unpersönlich.
Viele Kunden schreiben dann trotzdem bittere Beschwerden – über den Verkäufer, versteht sich.
Solcherlei Grollbriefe sind inzwischen eine wahre Volksmode geworden. Dabei stammen die schlimmsten – und gefährlichsten – dieser Attacken übrigens von anderen Geschäftsleuten. Sie haben selber Angestellte. Selbstsüchtig achten auf sie jeden kleinen »Fehler« fremder Verkäufer.
Rotkäppchen zitiert einen solchen Brief, in dem mir von einer Autohausbesitzersfrau »Arroganz« vorgeworfen wird. Von einer der arrogantesten Personen, die mir jemals untergekommen ist – und selbstverständlich hat sie sich sofort bei der Geschäftsleitung beschwert. Und ich bekomme unverzüglich einen Einlauf. Dass ihr Verhalten unverschämt war, spielt keine Rolle. Dass sie mich nur ausnutzen wollte, spielt keine Rolle. Dass sie ursprünglich gar nicht kaufen, sondern nur wieder Preise vergleichen wollte, steht nicht zur Diskussion. Eine Krähe hackt der anderen kein Auge aus. Es geht offensichtlich darum, die Sklaven in der Spur zu halten.
Autohausbesitzersfrauen sind der fleischgewordene Alptraum, denke ich. Sie wollen umfächert und umbuckelt werden wie eine Angehörige des europäischen Hochadels, am besten soll sich die ganze Abteilung mit allen Verkäufern nur um sie drehen – und wenn das ansatzweise nicht läuft, flattert sofort eine dicke Beschwerde ins Haus. Und plötzlich auch ganz gezielt gegen einen Verkäufer.
Und das Allerbeste: Sie wollen deine Kündigung. Darauf legen sie es an.
Du bist ohnehin eine Null.
Du bist das Letzte. Wertlos.

Aber immer schön lächeln …
Beschwerden sind mysteriös, denke ich. Niemand in dieser Gesellschaft hat angeblich Zeit, zumindest wenn es darum geht, den kranken Nachbarn zu besuchen oder irgendetwas Vernünftiges zu tun. Aber wenn es darum geht, sich hinzusetzen und einen langen Hasserguss zu schreiben, eine Beschwerde, da fehlt merkwürdigerweise nie die Zeit.
Und die Lust.
Eisenherz wiederum nimmt solche Beschwerden persönlich.
Erstaunlicherweise interessieren ihn keine bösen Briefe, wenn sich ein Kunde über zu hohe Preise beklagt. Er will auch nicht wahrhaben, dass sich so etwas rumsprechen könnte. Aber wenn Neurotiker sich sinnlos aufplustern, fühlt sich das für ihn an wie eine Abmahnung.
Psychologisch interessant, wie gesagt, aber Eisenherz interessiert sich nicht für Seelengänge.
Kundenbeschwerden stammen dabei fast immer von giftigen, hochneurotischen Spinnern. Aber das darf man natürlich nicht öffentlich schreiben. Vor allem nicht sagen oder denken, du musst es alles schlucken.
»Herr Kisch«, tobt Rotkäppchen in seiner Unvergleichlichkeit, »wir müssen uns wohl mal wieder über Ihre Einstellung unterhalten!«
Braun und Eisenherz machen stets einen Riesenwirbel aus diesen Beschwerden, aber dabei geht es mehr darum, einen sogenannten Anlass zu haben, um dich wieder zu quälen. Das ist der entscheidende Grund. »Und jetzt an alle!«
Angeblich habe sich ein Kunde fünfzehn Minuten in den heiligen Hallen bewegt, ohne dass sich ein Verkäufer um ihn kümmerte.

Montags früh. Einer von uns habe gar am Computer gestanden, ohne den Kunden zu begrüßen. *Todesstrafe!*
Rotkäppchen tobt.
Ich frage mich dagegen immer noch, was diese Menschen zu solchen schwachsinnigen Briefen motiviert. Eine einzige Handbewegung hätte gereicht, vielleicht ein kurzes Räuspern.
»Und?«, fragt Müller, nachdem Rotkäppchen sich den ersten Schaum vom Maul abgewaschen hat, »hat der Kunde gekauft?«
»Natürlich nicht«, schreit Rotkäppchen, als sei dieser Kunde die Lösung aller Probleme.
»Wirklich interessant«, sagt Müller, »da fährt jemand hierher, kauft nichts, aber schreibt danach eine lange Beschwerde ...«
Also genau die Sorte Kunde, denen man zu Recht aus dem Weg geht.
Troublemaker.

6

Ich brauche eine Brille. Auch was Neues.
Hat nicht unbedingt mit dem Job zu tun, das deutete sich schon länger an. Und ich muss alleine gehen, Ulrike ist bekanntlich nicht mehr an meiner Seite.
Also kaufe ich etwas, an meinem freien Tag. Ich bin ein Kunde.
Und sehe die Werbung: »Wir sind die Preiswertesten.« Es wirkt bei mir, tatsächlich, obwohl ich keine Ahnung habe, was Brillen normalerweise kosten. Und ich bin auch zu faul, das nachzuprüfen.

Kurz muss ich zucken, als mich die bereits bebrillte Maus in ungelenkem Deutsch fragt: »Darf ich Ihnen paar Fragen stellen?«
»Äh, wie bitte?« Ich möchte eine Brille kaufen.
»Darf ich Sie mit Namen ansprechen?«
Ich brumme nur.
Ich will das nicht. Das ist der gleiche Verkaufspsychologiescheiß, den ich jeden Tag ausscheide. Ich will aber doch nur eine Brille kaufen – keine Marketingschulung absolvieren.
»Es dauert nicht lange …«
Die Maus stellt Pseudofragen, die scheinbar Fachinteresse andeuten, die aber doch letztlich nur Geblubber sind, um mich aus der Reserve zu locken. Sie ist schätzungsweise Mitte zwanzig.
»Und Sie erhalten gratis eine Geld-zurück-Garantie …«
Wie im Möbelhaus, *jajaja*.
Als ob ich am nächsten Tag durch alle Brillengeschäfte latsche, um mein Modell zu vergleichen. Das hätte ich ja schon vorher tun können.
Ich blicke also nach unten und hasse diese Fragen, dieses ganze durchdachte System, und ich hasse mich selber, dass ich nicht freundlich blicken kann. Obwohl sie so schöne grüne Augen hat. Ich bin ein elendig schwieriger Kunde, und ich weiß, dass sie mich hasst.
»Ich hätte zwei Möglichkeiten für Sie …«
Dann addiert sie einige Zahlen aus einer Kladde zusammen, die ich nicht hinterfrage. Es liegt mir auf der Zunge, einen Einwand anzubringen, und tatsächlich, ja, irgendwie *wäre* das auch richtig. Diese blöden Zahlen, die für alles und nichts stehen und die ich zumindest mal vorsichtig anfragen sollte, denn sie machen den Preis aus.

Und so weiter. Aber dann denke ich doch an meine Solidarität mit allen Verkäufern, *sie muss das so machen*, und wahrscheinlich kriegt sie auch nur einenUeckslohn, für den sie sich abstrampeln muss, damit der Konzernbesitzer sich endlich seinen fünften Bentley kaufen kann. Um dann in Interviews am Strand von Saint-Tropez von der verweichlichten deutschen Arbeitnehmermentalität zu erzählen.

Früher war das anders, denke ich.

Früher hätte ich diese Schnuckelmaus auseinandergenommen. Ich hätte sie auflaufen lassen, mit ihren auswendig gelernten Phrasen, und ich hätte mich bei meinen Freunden und Kollegen über sie lustig gemacht. Auf die ganz gehässige Weise. Und ich hätte erzählt, wie grandios ich ihren Job erledigen würde. *Wenn ich so arbeiten würde …*

Früher war ich allerdings auch noch ein 1-a-Unternehmerfreund.

Im Grunde bin ich in einem Jahr vom CDU-Sympathisanten stramm nach links gewandert. Auch nicht übel.

Ich liebe inzwischen sogar deren Sprache: »Die Besitzer«. »Die Bosse«. *Die da oben …* Ein Vokabular, das in der deutschen Öffentlichkeit verpönt ist. Wir haben uns daran gewöhnt, das »große Gemeinsame« zu betonen. Der berühmte »gemeinsame Strang«, an dem Unternehmer und Angestellter ziehen.

Ich sehe ihn nicht mehr, den gemeinsamen Strang. Ich sehe nur noch Stricke.

Früher …

Ja, früher, in meinem vorigen Leben, hätte ich wahrscheinlich wieder an einem »Lob der Marktwirtschaft« gedichtet. So was in der Art habe ich früher gerne geschrieben.

Kapitalismus ist cool, könnte fast aus *Tempo* stammen. Zumindest war es unser Denken.

Gewerkschaftsarbeit, o Gott, alleine der Ausdruck, das waren bärtige Zausel mit Plastiktüten auf dem Kopf. Blödsinnige Parolen auf stumpfsinnigen Demos, Trillerpfeifen und leeres Gelaber. Und ich war ein aufstrebendes Genie mit Lebensplänen. *Vielleicht mal ein Jahr nach New York gehen?*

Heute stecke ich mittendrin. Und kann nur noch krächzen, kein Loblied mehr.

Mag sein, dass die Marktwirtschaft als Konstrukt Innovationen ermöglicht – und nur die Markwirtschaft Veränderungen durchsetzt –, aber ich stehe mitten im Orkan, unten, und mag nicht mehr singen.

Heute schreibe ich allerdings auch keine feuilletonistischen Feinsinnigkeiten mehr.

Früher …

Eine eklige Welt, für die ich mich heute oft schäme.

Ich wusste nicht, was viele Menschen täglich durchleben müssen.

»Haben Sie das verstanden?«

Ups, ich habe nur genickt und nicht auf die Worte der grünäugigen Blondine geachtet.

»Jaa, mmh …«

Und dann stehe ich einen weiteren Moment unschlüssig vor einem gläsernen Sarkophag und weiß bei der Vielzahl der Brillen tatsächlich nicht, welche ich erwerben soll. NEIN! Ich wünsche mir tatsächlich, dass die Süße mir bei meiner Entscheidung hilft! Robert, du Vollidiot! *Du bist ein bescheuerter Kunde …*

»Okay«, stottere ich, in einem Anflug von Aktionismus, »Sie geben mir noch ein Pflegemittel dazu, und wir machen das so …«

Natürlich will ich ein Plastikdöschen haben, irgendwas dazu erhalten, wenn ich schon nicht am Preis herumnerve. Für meine Kontaktlinsen.
Mal ehrlich, Junge, so ein Pflegemittel kostet ein paar Euro. Muss das wirklich sein?
Ja, ich will was haben. *Auch* was haben. Den ganzen Tag nerven mich diese Mittelschichtsgewinner mit ihren Nachlässen, jetzt will ich auch was vom Kuchen abhaben. Ich bin also genauso bescheuert wie all die Idioten, die mich tagtäglich angiften. Anstatt einfach nur zu kaufen und meine Klappe zu halten, würde ich tatsächlich die Sache noch eskalieren lassen und einfach rauslaufen – falls ich mein dämliches Pflegemittel nicht als Gratispäckchen bekomme!
»Ich frage mal nach …«, sagt sie.

Anschließend hole ich den Kleinen vom Kindergarten ab, um ihn morgen früh wieder dort abzuliefern. Wie jeden Mittwoch. Ansonsten sehe ich ihn alle zwei Wochen sonntags. Bis Montag früh. Das ist etwas anders als die klassische Regelung, jeweils ein Wochenende, alle vierzehn Tage.
Bei meinen Arbeitszeiten ließe sich das nicht anders bewerkstelligen, und ich denke, es ergibt sich bei diesem Rhythmus sogar mehr Gemeinsamkeit.
Ich bin nicht ganz so fremd für den Kleinen.
»Sollen wir schwimmen fahren?«
Ich bin ein bemühterer Vater, das fällt mir auf.
Ich versuche jedes Treffen mit meinem Juwel wie einen Abschied zu inszenieren. Für *mich.* Er bekommt das nicht mit. Aber etwas soll hängen bleiben. Bei jedem Treffen.
Es soll nie beiläufig sein.
Wenn ich den Kleinen allerdings am nächsten Tag abgebe, bleibt eine Leere in mir.

Und als Folge dessen: eine Sehnsucht nach Leben. Nach salzigem Meerwasser auf der Haut, nach einer durchtanzten Nacht in einem versteckten Bassbunker, immer wieder nach einem fremden Körper, im Sand, in der Sonne, nach Kitsch und Pathos, nach Lachen und Freudenschreien, und vor allem: nach einem *richtigen* Leben.
Das hatte ich früher nicht.
»Papa, was arbeitest du eigentlich?«, fragt der Kleine plötzlich.
Und ich druckse herum.
Tröstlich ist, dass ihn das alles sowieso nicht interessiert. Es sei denn, ich wäre Bauarbeiter, auf einem Kran beschäftigt oder Lastwagenfahrer.
Oder Rennfahrer.
Und irgendwann werde ich diese doofen Sprüche anbringen, von denen ich dachte, sie seien in den sechziger Jahren ausgestorben: *Sei fleißig in der Schule. Lerne was Vernünftiges, damit du nicht so leben musst wie ich. Mach nicht so einen Blödsinn wie Journalismus, mach was Vernünftiges!*
Damit du nicht so endest wie dein Vater.

7

Weihnachten droht …
Früher mochte ich die Vorweihnachtszeit.
Ich erinnere mich an eine Freundin, die immer von der »besonderen Atmosphäre« sprach, die in den Tagen vor und nach dem Heiligabend die Herzen der Menschen erreiche.
Das hat sich geändert.

Denn jetzt spüre ich, sehe ich, dass diese besondere Atmosphäre darin besteht, einkaufen zu gehen. Und ich muss arbeiten.
Im Restaurant herrscht Hochbetrieb.
Ein Kunde beschwert sich lautstark, dass es aufgrund der verkürzten Öffnungszeit kein warmes Mittagessen geben wird. In diesen sogenannten besonderen Tagen herrscht schon morgens Krieg im Restaurant. Sobald die Tore für die Frühstücker geöffnet werden, laufen sie in Gruppenstärke zu den Tischen und verbreiten Chaos. Als ob es was umsonst gäbe. Aber, ehrlich, selbst dann: Muss man da wirklich rennen, schreien, boxen? Für ein Frühstück? In Deutschland?
Und würde ich mich dafür in Zehnergruppen verabreden?
»Ganz ruhig«, sagt Eulenberg, der meinen Blick verfolgt, »es sind Tiere, nicht vergessen ...«
Weihnachten ist auch die Zeit der Brückentage. Ein Wort, das mir früher nichts sagte.
Brückentage.
Im Zivilleben zelebriert, werden sie oft schon zu Jahresbeginn ausgelost und eingetragen. Ein einfacher Weg, noch mehr Urlaub zu schaffen, es gibt sogar Unternehmen, die an diesen Tagen schließen.
Im Einzelhandel wiederum sind das dann die Hauptkampftage.
Die Leute fallen in Scharen schon zum Frühstück ein und parken selbst die Feuerwehreinfahrten zu. Sie sind gut gelaunt, erzählen pausenlos Witze, und sie freuen sich unüberhörbar.
Wochenende ...
Das alles stellt einen gewissen Kontrast zu den vereinzelten Autos dar, in denen Verkäufer sitzen. Mies gelaunt und ag-

gressiv. Nur bemüht, nicht allzu dicht aufzufahren, weil in dem Vorderwagen ein späterer Kunde sitzen könnte.

»O Gott, ein Brückentag …«, begrüßt Huber den Rest der Versprengten.

Heute fallen die richtig Harten ein, wissen wir, eine Negativfolie zu den Normalmenschen.

»Moin …«

Damit bin ich gemeint. Ein Pärchen winkt mich mittels Zeigefingerkreiseln heran wie eine Hexe im Märchen. Beide führen über den Schultern verknotete Pullover spazieren. Rot und blau.

Und beide verstecken ihre Hände in den Hosentaschen.

Der Blick sagt: Untermensch, putz mir die Schuhe.

»Ist Ihnen kalt?«, frage ich.

Die blonde Holde schreckt daraufhin mit einem eindeutigen Seitenblick hoch: *Un-ver-schämtheit!*

»Hören Sie mal zu …«, sagt der Dominator, und ich liebe es, wenn der Tag in dieser Weise startet. »Wir interessieren uns für diese Eckbank …«

Rolf Benz, versteht sich, sie haben sich informiert, sehr gut recherchiert, sie wollen einen Preis vergleichen. Das Übliche.

»Gute Wahl …«, sage ich.

Keine Antwort.

Keine Kinder, keine Freunde, völlig fixiert auf diesen Preis. Sie haben noch nie hier gekauft, erfahre ich, sie kaufen nirgendwo, nur weil es ihnen gefallen könnte; es geht ausschließlich um den Preis.

Kein Spaß, keine Ablenkung, nur das Modell mit den richtigen Rückenlehnen und dem richtigen Leder. *Zu welchem Preis?* Und wenn der Preis nicht so stimmt, wie sie sich das vorstellen, dann sind sie, schwupps, wieder draußen.

»Sie sind der Kunde der Zukunft«, sage ich fröhlich. Der blanke Horror, denke ich, aber glücklicherweise fehlt ihnen jede Zugangsmöglichkeit in das weite Reich des Humors.
»Wir machen das für zweitausendneunhundertneunundneunzig Euro …«, sage ich triumphal, aber mir dämmert plötzlich: Ich habe mich verrechnet. Zu ihren Gunsten.
Und das wissen sie. Weil, sie wollen plötzlich kaufen. Auf der Stelle.
»Gebongt!«
Es ist ein Aktionsmodell, aber mit den Rückenlehnen, die sie bevorzugen, müsste ich in einer anderen Spalte schauen.
»Also genau so, wie es hier steht!«, betont der Dominator.
»Ja, ja …«, antworte ich leiser, schreibe auf, und sie sind weg.
Kein Lächeln, kein Grüßen, kein menschlicher Kontakt.
Es sind Menschen, denen es gleichgültig ist, ob hier morgen die Lichter verlöschen oder ob gleich die ganze Welt untergeht. Hauptsache: Sie haben noch ihren Vorteil herausgezogen und ihr eigenes Haus steht auf den Klippen.
Es ist die falsche Spalte, denke ich, mit Sicherheit.
Als ich das in Ruhe überprüfe und meine Vermutung sich bestätigt, rufe ich die Kunden auf dem Handy an.
»Guten Tag, Frau Seidel, kaum verabschiedet, schon wieder der Verkäufer …«
Keine Antwort. Eiskalt.
Ich versuche ein wenig blumig über verschiedene Aktionsmodelle zu sprechen, aber sie fällt mir direkt ins Wort.
»Worauf wollen Sie hinaus?«
Nachbelastung, auf gar keinen Fall.
»Wenn Sie einen Fehler gemacht haben, dann schauen Sie, wie Sie damit klarkommen. Wir haben einen gültigen Vertrag.«

Eiskalt.
»Sie sind unerbittlich …« Ich bin fast schon belustigt. Sie haben mich wissentlich übers Ohr gehauen und würden vermutlich sogar töten. Für ihren blöden Vorteil.
»Was erlauben Sie sich!« Ihr Mann greift den Hörer und beschwert sich. Mit der Ankündigung, er werde sich noch weiter oben beschweren.
»Fröhliche Weihnachten …«, antworte ich und lege auf.
Was kaum jemand weiß: Wir als Verkäufer haben tatsächlich die Möglichkeit, zwei Wochen lang vom Kaufvertrag zurückzutreten. Und genau das versuche ich Rotkäppchen schmackhaft zu machen. Die Seidels haben mich eiskalt über den Tisch gezogen. Und der Nachlass ist enorm. Aus unerfindlichen Gründen denkt er nicht mal darüber nach. Dafür gibt er mir die angekündigte Beschwerde weiter. Klar, hätte ich mir denken können, mir einen reinzuwürgen, das ist Rotkäppchens Lieblingsbeschäftigung. Da kann er wieder toben und schreien.
»Guten Tag, Frau Seidel, kaum verabschiedet, schon wieder der Verkäufer …«
Wie von Rotkäppchen befehligt, rufe ich meine Lieblingskunden an und erkläre ihnen, dass wir den Deal zu ihren Konditionen ausführen. Obwohl wir dazu nicht verpflichtet sind. Aber sie müssen den veränderten Kaufvertrag unterschreiben, mit der richtigen Modellbezeichnung. Zu ihrem Preis. Ein bisschen arbeiten sollen sie schon noch, denke ich.
»Darüber muss ich nachdenken«, sagt der Mann trocken, »schicken Sie mir den Kaufvertrag erst zu.«
Die Seidels haben Angst, dass wir doch noch einen Trick finden, ihr Spiel zu durchkreuzen. Sie befürchten, ein Teil aus der Ausstellung zu bekommen. Leider ist Rotkäppchen für solche Manöver viel zu feige.

»So können wir es nicht bestellen«, erkläre ich. »Es ist nun mal die falsche Artikelnummer. Dann bekommen Sie es nicht so, wie Sie es wollten …«
Nämlich zu Dumpingpreisen. Es ist eine kleine Rache.
Natürlich hätte ich dem Hersteller erklären können, wie die Bestellung in Wahrheit aussehen soll, aber eine kleine Retourkutsche muss sein. Wenigstens einmal müsst ihr noch zur Post rennen.
»Und, selbstverständlich …«, flöte ich, »ein frohes Weihnachtsfest!«

Dafür meldet sich wenigstens Familie Breitenbach wieder an, eine sichere Bank.
Ein älteres Pärchen; kultiviert, gebildet, angenehm. Er ist Frührentner, war mal ein hohes Tier. Sie ist eine belesene Hausfrau, überdurchschnittlich intelligent. Sie haben gestern ein Sofa gefunden und sind glücklich. Sie mögen auch nicht ständig durch verschiedene Kaufhäuser laufen.
Alles passt.
»Sollen wir zum Schreibtisch gehen?«, frage ich.
»Wir haben heute unsere Tochter mitgebracht«, druckst das Familienoberhaupt herum, »die muss das erst sehen …«
»Wohnt die Tochter bei Ihnen zu Hause?«
»Nein«, antwortet die Gattin, »das ist auch ein bisschen schwierig, die studiert nämlich in Frankfurt und kommt nur alle zwei Monate mal für ein Wochenende …«
»Aber die Tochter muss …?«
»Unbedingt.«
Es ist mir nicht möglich herauszukitzeln, warum die Tochter so wichtig für die Entscheidungsfindung sein soll. Aber sie ist es. Darüber wird auch nicht diskutiert. Jeglicher Versuch der Nachfrage wird lächelnd abgetan, als ob

ich nach der Notwendigkeit täglicher Nahrungsaufnahme gefragt hätte. Ich muss auch vorsichtig vorgehen, um meine Kunden nicht zu verärgern.
Zumindest aber erscheint die Tochter im Hintergrund. Schlendernd. Die Eltern sitzen derweil mit glühenden Wangen auf dem Sofa. Es gefällt ihnen alles noch besser als beim ersten Mal.
Die Tochter ist (wie soll ich das vorsichtig formulieren, um nicht eklig und gehässig zu wirken): dicklich, dümmlich, primitiv. Und sie sagt nur den einen Satz: »Find ich doof …«
Die Eltern sind enttäuscht. Sie hatten sich so auf das Sofa gefreut.
Ich frage nach, um den Auftrag zu retten. »Eine andere Farbe … oder vielleicht eine andere Form …?«
Die Tochter schüttelt nur ihr Doppelkinn.
»Schade«, sagt die Mutter, »ich hätte mir das schön vorstellen können …«
Es ist ein – ungelogen – stilvolles, klassisches Ledersofa. Und das macht mich ein wenig sauer. Abgesehen vom schwindenden Vertrag.
»Entschuldigen Sie meine Frage … Sie kaufen das Sofa nicht für Sie beide, weil ihre Tochter das *doof* findet?«
Achselzucken der Mutter. Auch der Vater schweigt.
»Entschuldigen Sie …« Zweiter Anlauf. »Sie beraten auch Ihre Tochter in dieser Weise, oder wie darf ich das verstehen?«
»Nein, nein«, erklärt die Mutter hastig, »wir mischen uns selbstverständlich nicht in das Leben unserer Kinder ein. Die sollen machen, was ihnen gefällt.«
»Aber …«
Kein Aber, der Vater steht auf. Der Kauf ist gescheitert. Das schwabbelige Monster schaut mich nicht an, sie hasst mich. Kein Problem, mir geht es genauso.

»Wir sind nicht mehr so auf dem Laufenden«, versucht die Mutter einen letzten Erklärungsversuch, »und bevor wir was Falsches kaufen …«
»Aah, die Jugend«, ätze ich zynisch, »stilsicher, formvollendet …«
Keine Chance.
Die Mutter hat Angst, altmodisch zu wirken.

Manchmal sitze ich dann da und betrachte meine Situation.
Was ist das Schlimme am Scheitern?
Je öfter ich das mache, je häufiger ich mir diese Frage stelle und tiefer hinabsteige in den Hades meines Unterbewusstseins, desto deutlicher verliert die Frage an Schreckenspotenzial.
Nach mehr als einem Dreivierteljahr Gefängnisaufenthalt sitze ich also zum ersten Mal an meinem geliebten Tümpel, unter meiner vertrauten Tanne, und denke: nix.
Das Schlimme ist, ein Niemand zu sein.
Aber wäre das so schlimm?

8

Wir haben hier vor zehn Jahren ein Sofa gekauft …«
»Stimmt, ich erinnere mich …«, antworte ich tonlos.
»Echt?!« Voller Freude.
Da wieder rauskommen, denke ich und huste theatralisch.
Sie wären vermutlich sofort beleidigt, wenn ich nicht die Kurve kriege.
»Was kann ich denn heute für Sie tun?«
»Wir brauchen ein neues …«

Das klingt erst mal einfach und vielversprechend, aber im weiteren Gesprächsverlauf zeigt sich ein ungeahnter Haken.
Der Nachbar.
Er hat nämlich über alles hergezogen, was ihnen beiden von einem konkurrierenden Verkäufer erzählt wurde, und der Nachbar hat zudem noch einen Artikel gelesen und was Weiteres gehört. Und alles ist Mist.
»Und jetzt sind wir verunsichert …«
Der GAU also: Der Nachbar lacht einen aus.
Das Problem dabei: Das Geschwätz des Nachbarn ist genauso substanzlos wie das Geschwätz eines Verkäufers. Es gibt im Handel keine *Wahrheit*. Es gibt im Handel keine *Unfehlbarkeit*.
Das verstehen die Menschen aber nicht mehr, sie wollen wissenschaftliche Eindeutigkeiten. Obwohl längst bewiesen sein müsste, dass es eine solche wissenschaftliche Unfehlbarkeit nicht gibt. Aber die Leute wollen das. Vor allem, wenn der Nachbar lacht.
Mir ist dieses Gartengeschwätz manchmal unheimlich. Warum maßen sich gewisse Menschen Entscheidungskompetenzen an, obwohl sie offensichtlich keine Ahnung haben?
Das ist natürlich immer wieder das Problem mit dem aufklärerischen Journalismus, nebst Hunderten von Scoops. Mir war das vorher nicht klar, aber die Leute sind dadurch nicht aufgeklärter, sondern nur noch verunsicherter. Sie sind nunmehr hyperkritisch, aber an der falschen Stelle, und haben trotzdem keine Ahnung. Woher auch?
Allerdings wächst beständig die Angst, betrogen zu werden.
Vor allem, wenn der Nachbar lacht.

»Ich vermute, ihr Nachbar ist Polsterer …?«, frage ich angesäuert.
»Nein, der ist Verwaltungsangestellter … Aber der hat superviel Ahnung, von vielen Dingen …«
»Mmh …«
Es geht, wie meist, um das Mysterium »Federkern«. Für viele Kunden ist das unumgänglich *das* entscheidende Qualitätskriterium. Und der Nachbar hat diesbezüglich was im Fernsehen gesehen.
»Man müsste eigentlich …«, plustere ich mich ein wenig auf mit meinem rudimentären Zweitwissen, »auch über die Holzverwendung beim Sitzrahmen sprechen. Weichhölzer, wie Fichte oder Tanne, verformen sich durch die Zugkraft der Wellenfedern. Konstruktionen aus Spannplatten sind Schrott … Nur ein Sitzrahmen aus Hartholz, wie Buche, Eiche oder Esche, ist stabil. Das ist aber wahrscheinlich wieder teurer …« Erstaunlich ist immer wieder, wie präsent dieses angelesene und auswendig gelernte Zeugs sich in meinem Mundraum ausbreitet.
»Ein hochwertiges Polstermöbel«, doziere ich, »hat eine Polsterung aus Polyurethan-Schaumstoffen in hoher Dichte, damit also ein hohes Raumgewicht. Bei niedrigem Raumgewicht sind die Schaumbrücken so dünn, dass der Schaumstoff unter Belastung schnell zusammenbricht. Das Raumgewicht gibt an, wie viel Kilogramm Material pro Kilometer Schaum verwendet wurde. Und von der Menge des verarbeiteten Materials hängt ab, wie formbeständig und dauerelastisch der Schaum ist. Dazu kommt die sogenannte Stauchhärte. Sie bezeichnet eine Kraft, die notwendig ist, um einen Schaumstoff um eine bestimmte Höhe zusammenzudrücken. Sie bestimmt den Festigkeitsgrad beziehungsweise den Weichheitsgrad. Raumge-

wicht und Stauchhärte müssen im richtigen Verhältnis zueinander stehen ...«

»Aha ...«, sagt der Mann.

Ich habe gewonnen!

»Die Härte der Polsterung sagt also nichts über die Qualität aus«, fasse ich meinen Vortrag in einem Satz zusammen. »Vor allem: Der Federkern ist kein Qualitätskriterium ...«

Wo sind die Fanfaren?

»Ist da also Federkern drin?«, fragt die Frau ungerührt.

»Federkern muss nämlich sein«, sagt der Mann, »das hat der Nachbar betont ...«

»Äh, klar ...« Als Dekokissen. Mehr ist das oftmals nicht.

»Und was hält der Stoff so aus?«, fragt die Frau.

»Sie meinen die sogenannten Scheuertouren?«

»Ja, genau so heißt das, das habe ich mal im Fernsehen gesehen ...«

Letztlich ist das eine Erfindung der Industrie, denke ich, mit der sie ein Qualitätskriterium erfinden wollten. Um ihre Ware gewissermaßen objektiv besser darstellen zu können. Nur: Es war die Büchse der Pandora, weil jeder Hersteller nunmehr bestrebt ist, noch bessere »Zahlen« darzustellen. Um damit mehr zu verkaufen. Beinahe wie bei den Olympischen Spielen.

»Die alleinige Angabe der Scheuertouren ist Blödsinn«, sage ich und ernte skeptische Blicke. »Die Qualität eines Bezugsstoffes setzt sich aus mehreren Parametern zusammen, wie Reißfestigkeit, Nahtschiebefestigkeit, Lichtechtheit, Farbechtheit, Pillingverhalten sowie ökologischer Verträglichkeit ... Die reine Messbarkeit von Scheuertouren ist äußerst fragwürdig, denn die Unterschiede bei der Prüfung desselben Stoffes führen bis zu einer Differenz von drei Klassen ...«

»Wir wollen natürlich den Stoff mit der höchsten Scheuertour!«, betont die Gattin.
»Selbstverständlich«, antworte ich.
Aufschreiben. Nur darum geht es.
Du schaffst Gemeinsamkeit, Vertrauen – aber das führt auch dazu, dass sie ihre gesammelten Schwachsinnigkeiten rauslassen. Ihre wahre Seele, Volkes Stimme, wie es heißt. Wieder und wieder und wieder. Täglich.
Ich kann es nicht mehr ertragen.
Es geht nicht mal so sehr um die Inhalte, wenn das Volk anzustimmen beginnt, es geht auch nicht darum, dass es vielleicht dummes Zeug sein könnte (ich bin auch nicht sonderlich intelligent), aber ich ertrage diese Überzeugtheit nicht mehr. Diese Aggressivität.
Wie soll ich das formulieren, ohne dass es eklig-arrogant rüberkommt? Während es in einer Redaktion um die ungewöhnliche, die neue Sicht ging, den Zusammenhang, das große Ganze, geht es in einem Verkaufsgespräch, in Volkes Zusammenfassung, nur um eines: um Vernichtung …
Um *Eindeutigkeit.*
»Der Euro hat ja alles teurer gemacht …«, sagt der Mann, wie auf Knopfdruck. Dieser Satz muss immer kommen. Täglich.
Bums. Zack. Einfach so. Ohne jedes schlechtes Gewissen, ohne Nachdenken. Das ist so.
Einhundert Prozent Klischee, aber ohne schlechtes Gewissen deswegen. Weil es schließlich Wahrheit *ist.* Und die kennt kein Klischee.
Übergangslos. »Einmal muss Schluss sein«, sagt er, während ich noch mit dem Euro kämpfe und mit der gewünschten Breite des Sofas in den Herstellerlisten, »mit der Schuld der Deutschen am Zweiten Weltkrieg …«

Hä? Wir sitzen in einem Möbelhaus.

Es gibt dabei übrigens kein Interesse an einer sogenannten Gegenmeinung, also einem Austausch, einem Disput. Das führt nur zu prompter Kundenverärgerung. *Politik* dient einzig dem Zweck, sich gegenseitig zu bestätigen. Wobei klar sein muss (aber völlig ernsthaft): Alle Politiker sind Betrüger.

»Mir hat einer erzählt …« Und damit fügt sich das Übel ins große Finale. Tonnenschwere Sätze. Weil angeblich einer was erzählt hat, vermutlich wieder der Nachbar. Also der, der ohnehin alles weiß.

»Ahaa …«

Ich höre sowieso nicht mehr zu, was der Nachbar selber wieder irgendwo gelesen oder im Fernsehen erlebt hat. *Aufschreiben!*

»Die Franzosen wären längst auf die Barrikaden gegangen. Aber mit den Deutschen kann man es ja machen!« Beschwert sich einer, der als Made im Speck prima in diesem System sitzt und vor lauter Geld nicht mehr weiß, was er machen soll.

»Die anderen Länder lachen über Deutschland …«, begeistert sich die Frau an ihrem Gatten.

Wer lacht? Worüber?

Aber ich darf nichts sagen, ich will verkaufen.

Ich suche nach Stoffmustern für ein gewünschtes Sofa.

»Wir zahlen Milliarden Reparationszahlungen an Länder, die nur darüber lachen …«, empört sich der Mann.

»Welche Länder denn?« Ich kann es nicht mehr ertragen. Bei aller Geilheit auf den Vertrag.

»An … Japan …«

Hä?

»Japan war doch mit uns verbündet. Das sind doch auch die Bösen …«

»Ich weiß nicht mehr …«, bröckelt der Mann, »irgendwelche Länder halt …«
Das ist kein Witz. Der Mann meint das ernst. Und zwar todernst.
Und er schimpft über diese Zahlungen. Von denen er nicht die Höhe kennt, den Grund sowieso nicht, und vor allem, welche Länder das sein sollten. Aber alle diese Bösen lachen.
Und er hat einen dicken Bauch.
Doofer Zusammenhang, keine Frage, aber ich ertrage diese Gemeinsamkeit nicht mehr. Was ich inzwischen gelernt habe, ist: Der Deutsche hat eine Meinung. Die hat er so unübersehbar wie den dicken Bauch. Und diese Meinung wird lautstark vertreten. Auch so angekündet: *»Meine Meinung ist …«*
Aber es geht nicht um ein »Ringen der besten Argumente« oder ähnlichen Blödsinn, wie das vielleicht Intellektuelle tun. Nein, man haut seine Meinung raus, und das war's. Es hört auch keiner zu. Man soll lediglich nicken. Nächstes Thema.
Aufschreiben. Dafür erträgst du dieses ganze Gesülze …
»Kommen wir mal zum Punkt!«
Wie befürchtet, schwenken die beiden überraschend wieder zurück auf den Boden der Tatsachen. Wir sitzen schließlich in einem Möbelhaus. »Was geht da noch?«
»Wie?«
»Ja, komm, da muss noch was runter!«
»Warum?«
»Weil ich ein Sparfuchs bin«, sagt er und kichert gemeinsam mit seiner Ehefrau. »Auf der Autobahn fahre ich immer nur hundert. Damit verbrauche ich bloß sechs Liter!«
»Sie sind ein Held!«

Er lächelt. Ich sehe dieses Geschleiche vor mir, und seinen Stolz, und dieses alberne Gespare. Der Mann verdient einen Haufen Geld.
Aber die penetrante Nachfrage nach Prozenten, bis hin zur Unverschämtheit, bis hin zu Beleidigungen, gehört zum Abschlussritual dazu.
»Sie sind ein ganz harter Brocken …«, sage ich und grinse. Dabei sehe ich mir diese Gesichter an und gehe jede Wette ein, dass sie den Gegenwert eines solchen Zusatzrabattes an einem einzigen Wochenende versaufen.
Einfach so. Ohne nachzudenken.
Was ist da passiert?
Die Büchse der Pandora wurde geöffnet, und seitdem schwirren den Leuten die Köpfe. Sie kennen nur noch »Prozente, Prozente, Prozente« und verteidigen diesen Konsumentenkampf stets mit dem fast schon aggressiven Unterton: *Jeder muss gucken, wo er bleibt …*
Manchmal erlebe ich einen Moment des Innehaltens, des Nachdenkens, bei den Kunden, die selber ein Geschäft, ein Unternehmen haben. Und vor allem bei denen, die selber im internationalen Kampf stehen. Aber die meisten vergessen ihr Grübeln gleich wieder.
»Wir haben uns ein wenig umgesehen …«, kiekst er heiser. »Wir haben das gleiche Modell auch schon mal woanders gesehen …«
Und beide grinsen, *hähähä.*
»Sagen Sie mir *Ihren* Preis«, drängt der Mann weiter. »Ich kaufe da, wo es am günstigsten ist.«
Genau das will jedes Möbelhaus, überhaupt jeder Händler, in jeder Branche, verhindern. Selbst die Möbelindustrie appelliert inzwischen in Presseerklärungen daran, der Handel solle das ganze Getue mit Prozenten und Rabatten sein

lassen. Höchstens noch bei Sonderaktionen. Ansonsten beschädige dieses Vorgehen auf Dauer die Industrie.
Sind wir sofort dabei!
Wenn es auch die anderen machen. Aber solange nur ein einziger Laden ausschert und alleine dasteht, als *der Billigste*, und ihm die Kunden deshalb die Bude einrennen, so lange wird das nicht funktionieren. Weil dann augenblicklich alle nachziehen.
»Sagen Sie mir einfach den tiefsten Preis«, gebe ich den Ball zurück, »und wir steigen darauf ein.«
Das wiederum will jeder Kunde, egal in welchem Interessensgebiet, verhindern. Es könnte ja noch günstiger gehen. Also folgt das obligatorische Geschrei. »Nennen Sie mir Ihren Preis!«
»Können Sie sich denn vorstellen, hier und heute ...«
»Nennen Sie mir Ihren Preis!«
»Den Preis gibt es nur heute. Aktion!«
»Ach Quatsch, das krieg ich morgen auch noch ...«
Großkotz, denke ich.
Natürlich hat er recht, aber warum denkt er sich dann nicht seinen Teil? Was soll überhaupt dieses ganze Theater? Es wird immer klarer, dass er wahrscheinlich überhaupt nichts kaufen, sondern sich nur profilieren will, als großer Durchblicker. Er benutzt diese Verkaufsgespräche, um sich vor seiner Frau zu beweisen.
Es ist aber meine Arbeitszeit. Ich bin hier nicht zum Spaß.
So wie du.
»Ich rede mal mit dem Abteilungsleiter ...«
Und als ich mich umdrehe, flüstert er: »Dem hab ich's gezeigt ...«
Genau, richtig. Du hast es mir gezeigt, du Affe. Der Deutsche ist stolz darauf, zu handeln, er ist stolz darauf, sich

nicht mehr vom erstbesten Orientalen auf dem Basar über den Tisch ziehen zu lassen, nein, er ist auch darin Profi. Aber, wie immer, um den Preis der Ernsthaftigkeit, der Verbissenheit – und der Ungerechtigkeit.

Dem hab ich's gezeigt ...

Was hast du mir denn gezeigt? Vor allem, dass du nicht weißt, dass dein vermeintlicher Gegner, der Verkäufer, oft nur ein Prozent Provision erhält. Wir sind nicht auf dem Basar. Der Boss, die Geschäftsführung, selbst die Abteilungsleiter, die haben allesamt ihre Schäfchen im Trockenen. Aber der, dem du es angeblich gezeigt hat, dem nimmst du die Butter vom Brot. Denn, um es zu wiederholen: Wir erhalten eine »Aufwandsentschädigung« von vielleicht vier Euro pro Stunde. Der Rest ist Provision. Deshalb, von oben her geduldet und gefördert, die Vorgabe, »etwas reinzurechnen«, sich »in der Zeile zu vertun«, irgendwo Geld reinzuholen, damit der Nachlass nur dem Kunden ein gutes Gefühl gibt. Man erhöht die Preise, damit der Kunde ein *prima Feeling* hat. Damit er wieder und wieder seine dämlichen Rabatte bekommt.

Unsere Marktbegleiter ziehen inzwischen von völlig überhöhten Preisen ebenso irrsinnige Prozente ab. Es ist halt alles nur Show, aber der Kunde freut sich.

»Okay ...«, sage ich leise bei meiner Rückkehr, »wir machen das zu Ihren Konditionen. Sollen wir zum Schreibtisch gehen?«

»Nein ...«, sagt der Kunde gedehnt. »Heute wollten wir noch nicht kaufen. Wir müssen eine Nacht darüber schlafen, das machen wir immer so. Aber wir kommen morgen wieder. Hundertprozentig! Sie können sich auf mich verlassen, ich gebe Ihnen meine Hand drauf ...«

»Machen Sie gaaanz in Ruhe ...«, antworte ich.

Er wird sowieso nicht wiederkommen. *Raus ist raus.* Das ist auch nicht schlimm, so sind alle Kunden. Aber warum muss es so dick sein, warum so viel Pathos? Waren solche Begriffe wie »Ehrlichkeit« und »zu seinem Wort stehen« nicht genau jene deutschen Tugenden, von denen diese Kunden unentwegt palaverten?
»Und von ganzem Herzen wünsche ich Ihnen ein erfolgreiches, neues Jahr ...« Richtig mit Schmelz in der Stimme, das kann ich inzwischen gut.
Arschloch!

9

Der Höhepunkt des Jahres nennt sich schlichtweg: Weihnachtsfeier.
Zumindest für Rotkäppchen.
»Wir sind ein Team ...«, formuliert er, und seine Stimme kippt fast vor Rührung. »Wir sind alle zusammen ein großartiges Team ...«
Hurra!
Das ist das Merkwürdige an diesen Ausbeutern: dass sie sich tatsächlich allesamt auch noch für Wohltäter halten. *Warum?* Weil die Abteilung zum Essen eingeladen wird?
»Ein wunderbares Team ...«
Rotkäppchen faselt, trinkt und wird von Minute zu Minute melancholischer, wenn er an das abgelaufene Jahr denkt.
»Und was für eine tolle Feier wieder ...«
Ömer und Eulenberg rächen sich auf ihre Art, indem sie von allen Gerichten nur das Teuerste bestellen, und dabei die größte Portion, mit doppelter Vorspeise und mehrfa-

chem Nachtisch, und dann, zum Schluss, nicht mal ansatzweise aufessen. Es geht nur darum, den Alten auszubeuten. Eine schwache Rache, denke ich.
In Wahrheit (nüchtern) besteht diese tolle Feier lediglich aus der üblichen Verachtung: Wir lachen über die Schwächen der anderen.
»Die Meier kommt immer zu spät …«, eröffnet Bukowski den Reigen.
»Der Kisch schlabbert beim Essen …«, folgt als Nächstes. Als einzelnes Bonmot vielleicht noch ganz witzig, aber es gibt nichts anderes.
Und jeder kichert mit, weil er somit hofft, nicht selber erwählt zu werden. Weil Rotkäppchen hierbei am lautesten lacht.
»Pommerencke … was macht das Herz?«
Status, denke ich plötzlich. Das ist das Zauberwort.
Das ist der Grund, warum sich Rotkäppchen bis zur Unkenntlichkeit verbiegt. Im Grunde ist er eine arme Sau. Aber im Möbelhaus, mit Namensschild, ist er *Abteilungsleiter*. Und manchmal sogar stellvertretender Hausleiter. Er ist folglich kein Hanswurst mehr, zumindest in seiner Weltsicht, und dafür geht er über Leichen.
»Ich gehe gerne arbeiten …« Das betont Rotkäppchen selbstredend auch bei diesem bedeutsamen Zusammentreffen.
Dabei weiß ich von Eulenberg, dass er diesen Job ebenso sehr hasst wie wir. Ihm hat er es nämlich einmal gestanden. Aber er ist so feige.
»Wo ist eigentlich Birnbaum?«, fragt Grusitzky plötzlich scheinheilig.
Julia hat schon vor einer Woche gemeldet, dass sie an der Feier »leider« nicht teilnehmen könne. Genauso wie Mül-

ler. Daraufhin haben Rotkäppchen und später sogar die Juniorette die beiden bearbeitet, drei Tage lang. Sie wollten die Absage nicht akzeptieren, Arztbesuch hin oder her. Es sei ein Affront gegenüber dem Abteilungsleiter, hatte die Juniorette gequakt, und wie das denn aussähe. Typisch, denke ich, wenn es um diese Banalitäten geht, dann ist es ihnen plötzlich wichtig, wie etwas wirken könnte. Hauptsache, der Schein wird gewahrt und alles glänzt.
Und: Wir haben gefälligst fröhlich zu sein.
Damit Rotkäppchen am nächsten Morgen in der Abteilungsleiterrunde erzählen kann, wie harmonisch alle zusammenarbeiten.
Was für ein tolles Team!

10

Birnbaum ist krank. Und zwar richtig krank.
Krankenhaus, Zusammenbruch, Verdacht auf Tumor.
»Sie hat sich nicht geschont ...«, erklärt Rotkäppchen.
Er will so was nicht hören, Krankheit und so. Das geht nicht. Vor allem darf die Arbeit nicht schuld sein.
Damit hat er den Bogen überspannt, denke ich, selbst Müller fällt das auf. »Julia begehrt nie offen auf, die macht den ganzen Scheiß mit. Und dann wird sie richtig schlimm krank ...«
Rotkäppchen hat vor allem Angst um seine Umsatzzahlen, denn der Alte will wissen, wie lange Julia ausfällt. Letztlich wird Rotkäppchen dazu verdonnert, Blumen zu kaufen und bei ihr zu Hause aufzulaufen.

»Die wird sich freuen«, sagt Eulenberg ironisch. Vor allem, weil diese scheinbare Freundlichkeit so durchschaubar ist.
Bei aller Hinterhältigkeit, denke ich, ist es unglaublich, mit welcher Energie sie sich hier entfaltet hat. Julia ist morgens schon gegen 8 Uhr 30 an ihrem Schreibtisch aufgetaucht, erinnere ich mich, nur um Aufträge vom Vortag zu bearbeiten. Und sie ist fast immer bis abends um 20 Uhr geblieben.
»Manchmal«, hat sie mir mittags erzählt, *»schaffe ich das nicht … Am Ende des Monats bin ich so platt, dass ich nicht mehr aus dem Bett komme …«*
Sie hat auch Braun davon berichtet. Mehrmals.
Aber der wollte das nicht hören. Sie solle sich nicht so anstellen.
»Manchmal«, hat sie mittags erzählt, *»gehe ich samstagabends in eine Bar, bei mir um die Ecke, und setze mich da alleine hin. Ich will dann einen Kerl. Für eine Nacht …«*
Sie zwinkerte ironisch, weil ihre Aussage nicht ganz ehrlich gemeint wäre. Aber ihre Stimmlage war tief und ernst.
»Ich trinke drei, vier Cocktails, danach bin ich so besoffen, dass ich nicht mehr weiß, wie ich noch nach Hause gekommen bin. Und mein Notstand ist behoben …«
Wo soll ich denn einen Mann kennenlernen?, sagte sie leise. Ich arbeite doch nur. Und ich bin abends viel zu kaputt, um noch irgendwohin zu gehen. Ich falle nur noch ins Bett.
Sie hat Braun auch davon berichtet. Mehrmals.
Aber der wollte das nicht hören. Sie solle sich nicht anstellen.
Wenn sie solche Sachen erzählt, denke ich, dann liebe ich sie. Dann ist da eine unglaubliche Nähe und Vertrautheit.

Und eine bezaubernde Verletzlichkeit. Dann will ich wirklich mit ihr ins Bett.
Aber nur fünf Minuten später rennt sie wieder in der Ausstellung herum, denke ich, als habe sie mir nie ein Geheimnis mitgeteilt. Dann wirbelt und redet und verkauft sie, bis ich sie nur mehr hasse.
Kundenbindung, denke ich, das große Geheimnis des Marketings, des Verkaufs, das kann nur die Birnbaum. Sie kriecht hinein in die Seele der Menschen, für oftmals drei Stunden am Stück. Wenn diese Menschen tatsächlich einmal nicht gleich am ersten Tag bestellen sollten, dann kommen sie garantiert wieder. Und tatsächlich nur zu ihr. Lehrbuchmäßig!
Aber wenn ich mir dann die Hintergründe anschaue, denke ich: Ende vierzig, seit zwölf Jahren alleinstehend, keine Kinder, keine Freunde. Der einzige Kontakt zur Außenwelt besteht darin, widerwillig ihre kranke Mutter zu pflegen.
Interessanterweise braucht der Kapitalismus genau solche Psychowracks, um perfekt zu funktionieren.
Wobei, ganz wichtig, Julias Oberfläche stellt ein strahlendes Paradies dar. Positive Einstellung in Reinform, positives Lebensgefühl und wahre Begeisterung für die Arbeit!
Reine Fassade.
Das Absurde ist, dass selbstverständlich niemand den Kapitalismus abschaffen will, denke ich. Aber sie wollen alle, dass der Kapitalismus ihnen zu Diensten steht. Und für sie den größten Vorteil herausholt.
Pustekuchen …
Unsere Kunden wollen vor allem alles geschenkt haben, denke ich. Sie reden über »Marktwirtschaft« und favorisieren Preisvergleiche, um alles noch günstiger zu erwerben – aber mit den negativen Auswirkungen wollen sie

nichts zu tun haben. Sie wollen alle reich sein, ohne eine Hand dafür zu heben.
Und sie wollen meckern und rumschreien.
Wenn Birnbaum eines Morgens nicht mehr zur Arbeit erscheint, weil sie sich umgebracht hat, denke ich, dann ist das nur folgerichtig. Obwohl sich dann hier alle tränenreich in den Armen liegen werden: »Wie konnte das nur passieren? Sie war doch so glücklich …«
Ja? Wo denn?

11

Alleine, inzwischen.
Bizarr, denke ich, ich gebe mein Leben auf, für den Kleinen, gehe beispielsweise nicht ins Ausland, nicht mal in eine andere Metropole, um ihm sein Leben nicht zu versauen – und jetzt sitze ich alleine da, und ein anderer Mann spielt und tobt mit meinem geliebten Sohn.
»Bist du eifersüchtig?«, fragt Ulrike bei der sogenannten Übergabe.
»Darum geht es nicht …«
Denn die Frage zielt viel tiefer.
Mein Sohn hat meine Laufbahn ausgehebelt. Vielleicht hätte ich Karriere gemacht, denke ich, vielleicht wäre ich in einer Metropole besser aufgehoben.
Aber es ist und war richtig so! Das merke ich erstaunlicherweise gerade im Scheitern. Lieber Leben geben, als alleine »erfolgreich« sein.
Das kann man nicht argumentieren. Das kann man nur verstehen, wenn man Kinder hat.

Das Absurde ist inzwischen mein Gemütszustand. Ich habe keine berufliche Perspektive, verdiene kaum Geld, wohne in einer Peripherie ohne Freunde, verbringe meine Zeit damit, einen öden, geisttötenden Job zu absolvieren, damit ich die Restzeit mit meinem Sohn zelebrieren kann, ja, ganz dramatisch: *alleine, gescheitert, ärmlich* – aber stärker als jemals zuvor ist mein Leben durchzogen von Frieden und Harmonie. Und von Glück.
Es ist bizarr.
Weil ich alles aufgegeben habe, denke ich, sämtliche Illusionen, Träume, Ziele, Hoffnungen oder Wünsche.
Nichts mehr.

12

Und zwischendurch gibt es noch Kunden.
»Haallooo …«
Wieder eine Mutter am Rande des Nervenzusammenbruchs, vermutlich nach einer Trennung. Nach einer gewollten Scheidung. Und jetzt durchleidet sie das Angebot an Farben und Stoffen alleine. Ende vierzig, elegant verunstaltet, die obligatorische Sonnenbrille auf dem Kopf, und irgendwo in den neunziger Jahren stehengeblieben.
»Mehr so …?«, stöhnt sie und schüttelt den Kopf.
Wobei andererseits all das noch nicht ausreicht, weil sie mal irgendwo etwas gesehen hat, in einer Zeitschrift, oder war es im Fernsehen, und das war mehr, also mehr so grün, nein, nicht grün, mehr so grau.
»Zwischen Grün und Grau, verstehen Sie?«
»Nein …«, sage ich.

Es geht um einen Sessel.
Es geht nicht um die Frage, wie wir unser Leben leben sollen, ob es einen Gott gibt oder ob das Leiden einen Sinn hat.
Es geht um einen beschissenen, erschwinglichen Sessel.
»Was gibt es denn sonst noch für Farben?«
Es folgt eine weitere Stunde Verzweiflung. Weil: so viele Farben.
Und ich habe keine Lust mehr, lange schon nicht mehr. Was soll das?
Es ist ein verfluchter Sessel, nichts weiter, und ganz ehrlich: Es ist völlig egal, welche Farbe das Ding haben wird.
»Blau gibt es hier auch …«
»Nein, nicht Blau, es war so zwischen Grün und Grau. Ich hab das genau gesehen, ich spinne doch nicht …«
Das würde auch niemand behaupten.
Ihre Tochter hockt ausdruckslos neben uns und nickt mit dem Köpfchen. »Es muss dir gefallen. Ich bin doch kaum noch da …«
Eine katastrophale Aussage, wie sich den Gesichtszügen der Mutter entnehmen lässt. Soll das heißen, sie soll das jetzt hier alleine entscheiden? So ganz alleine?!
»Was hältst du von dieser Farbe?«, fragt sie verzweifelt.
»Mutter, meine Meinung ist irrelevant. Es muss dir gefallen …«
Mutter schweigt. Sie steht kurz vor dem Heulen.
Wie haben diese Menschen überlebt?
Ich bin ein Mann, ich bin dumm, ich verstehe nicht, was daran so existenziell belastend sein kann, sich für eine Farbe zu entscheiden? Was sollen das überhaupt für Entscheidungen sein? Was für ein Druck?
Aber sie kann nicht. Das ist augenscheinlich.

Sieh dir das Häufchen Elend an, denke ich, bleich und eingefallen, als habe man ihr mitgeteilt, dass ihre beiden Söhne an der Front gefallen sind.
Plötzlich erhellt ein Lächeln ihr Gesicht. »Ich glaube … ich kaufe einfach den Schrank daneben …«
»Du musst es wissen …«, antwortet die Tochter tonlos.
Schweigen.
Dieser Satz ist so voller Deutungsmöglichkeiten.
Schweigen.
»Lass dir Zeit, wenn du dich nicht entscheiden kannst«, sagt die Tochter. »Du musst nicht heute kaufen …«
Das Totschlagargument.
Natürlich hat sie recht. In ihrer Welt.
In meinem Universum umschreibt dieser Satz einen Alptraum. Nämlich eine Stunde therapeutischer Begleitung für umsonst.
»Lass uns einen Kaffee trinken …«, beendet die Mutter die Diskussion mit einem Machtwort.
Und genau so endet es. Die Mutter geht hinaus, kauft nichts – und sie taucht auch in den nächsten Wochen nicht mehr auf.

Das Schweigen überrascht mich.
Ich konnte das nie: schweigen. Einfach da sitzen, nichts tun, still sein.
Jetzt bin ich gescheitert, denke ich, alleine, einsam, arm, aber erstaunlicherweise nicht einmal unglücklich. Das ist der merkwürdigste Punkt.
Und es liegt nur am Schweigen.
Ich habe eine Bank für mich entdeckt, an einem Hügel, an einem kleinen Fluss, und dort sitze ich und mache *gar nichts.*

In den ersten Tagen habe ich mir dort vor allem Vorwürfe gemacht. Was ich alles hätte ändern sollen, in meinem Leben, und vor allem hätte ändern *können* (erstaunlicherweise bezieht sich diese Einsicht nie auf meine gescheiterte Ehe; die ist einfach nur kaputt), und ich denke oft zurück an eine Frau, die ich früh verlassen habe, aus bestem Hause, wie man sagt, mit besten Beziehungen in die Gesellschaft, die ich verlassen habe, weil mir irgendetwas fehlte, und zu der ich mir nun einflüstere, an meinem Tümpel, sie wäre die Partie meines Lebens gewesen.
Bis ich mich energisch wieder zur Ordnung rufe. Du redest schon wie die Pommerencke daher, denke ich, genau der gleiche Kram! Dieser Unsinn, denke ich, von wegen finanzieller Absicherung und dass Erotik nicht so wichtig sei, und natürlich hätte ich mit dieser Frau zwei nette Kinder zeugen können, in einem netten Haus, und wäre heute glücklich und zufrieden …
1-a-Tussengeschwätz, denke ich.
Betrachte mir diesen *glücklichen* Robert vor meinem geistigen Auge, mit seinen beiden Kindern und dem dicken Auto und dem Anzug und dem ganzen bürgerlichen Wohlstand, und finde ihn ziemlich übel. Wie ein Zombie wirkt er.
Lächelnd.
Dabei ist es doch das, wonach ich mich sehne.
Aber trotzdem, wenn ich mir diese Biographie verbildliche und mir dazu all meine ehemaligen Kollegen vor Augen führe, die genau das geschafft haben und jetzt mit ihrem Zahnpastalächeln durch die Republik stiefeln, dann kommt mir der ersehnte Weg *falsch* vor.
Bizarr ist tatsächlich (und ich verlange nicht, dass irgendjemand das versteht), dass ich mir einsam und arm und

verstoßen *echter* vorkomme, stärker lebendig, und mitfühlender für all das Elend, das tatsächlich in weiten Teilen der Welt herrscht, als in der bürgerlichen Mitte.
Ohne Schweigen hätte ich das nicht gekonnt.
Aber diese Einschätzung muss ich für mich behalten. Das versteht niemand sonst, erst recht Eulenberg nicht, der würde mich prügeln.
Und Ulrike auch nicht.
Sie würde es wohl so zusammenfassen: *Faulpelz*.

13

Ich kämpfe mich trotzdem jeden Tag zur Arbeit, weil ich meinen kleinen Sohn vor Augen habe, und ich höre auch dann noch zu, wenn Kunden nach vier Jahren wieder ins Haus kommen, um sich zu beschweren.
»Wir sind enttäuscht …«
Irgendwie seien die Lehnen inzwischen rauh, und der Sessel wirke nun doch zu groß. Irgendwas halt. Es interessiert mich einen Dreck.
Vor allem, weil die Leute über diesen ganzen »Stress«, wie sie sagen, krank geworden sind.
»Ich musste sogar in Kur …«, sagt die Frau weinerlich.
Das macht mich beinahe aggressiv.
Ich will jetzt nicht mit dem ewigen Hunger und der Armut in der Welt kommen, vielleicht mit ein wenig Verzweiflung und Einsamkeit auch hier in dieser Stadt – aber diese deutschen Mittelschichtsidioten sind tatsächlich *krank* geworden, weil ihr Sessel nach vier Jahren größer wirkt als gedacht. Und die Lehnen rauh geworden sind.

»Wir haben uns verkauft …«, sagt die Frau mit Leichenbittermiene, als meine sie ihre Seele.

Nein, sie meint einen beschissenen, doofen Sessel. Für vierhundert Euro.

Es fehlt nur noch, dass sie hier und jetzt zu flennen beginnt, und ich drehe ihr die Gurgel um.

Eisiges Schweigen meinerseits.

»Jaja …« schluchzt die Frau, »Sie können nichts dafür, das verstehe ich schon … aber wir sind sehr enttäuscht von diesem Haus …«

»Sehr enttäuscht …«, assistiert ihr Mann.

Ich glotze nur noch.

Wenn ihr was Neues kaufen wollt, denke ich, dann bekommt ihr Mitleid, weil ich das machen muss, als Verkaufsargument, aber ansonsten interessiert mich das nicht die Bohne.

»Ich wünsche Ihnen trotzdem einen schönen Tag«, sage ich.

Alleine, inzwischen, sitze ich manchmal sonntags auf einer Bank.

Wenn die Sonne scheint.

Es ist ein stark frequentierter Spazierweg, unten mäandert ein Flüsslein, von grünen Wiesen umschmiegt, und zwei beliebte Ausflugslokale warten auf Gäste.

Niemand sonst im weiten Umfeld sitzt hier auf einer Bank.

Hinter mir brummt die Autobahn, vor mir der Ausflugsbeton. Dort wird gejoggt, gewalkt, Rad gefahren und geskatet. In einem hohen Tempo. Es wird geklingelt, gekeucht, überholt und gehechtet.

Aber niemand sitzt auf einer Bank.

Die Rentner schon lange nicht mehr.

Die sind entweder demenzkrank, weggesperrt, oder aber sie fahren hier stundenlang mit ihrem Fahrrad hin und her, oder sie walken in Rudeln.
Dabei scheint die Sonne. Und der Fluss plätschert.
Es ist schön auf der Bank. Aber die vereinzelten Blicke demonstrieren: Das ist *verdächtig*.
Man sitzt nicht einfach so auf einer Bank. Und schließt womöglich noch die Augen.
Wenn man stattdessen doch viel besser noch einen Kilometer laufen, walken oder skaten könnte. Oder zumindest hockt man in einem Biergarten zusammen, um zu *reden*.
Das ist überall auch deutlich zu vernehmen, es herrscht ein Redebedürfnis, als habe es ein zweijähriges Verbot gegeben.
Was haben die sich alle zu erzählen?
Ich sitze dagegen bloß auf meiner Bank. Und schweige.
Es fehlt nicht viel, spüre ich, und bald zeigen die ersten Kinder mit dem Finger auf mich: »Mama, was ist mit dem Mann da? Der sitzt einfach so rum?«
Selbst die Hundebesitzer, in Scharen, zerren ihr Tier als Alibi hinter sich her. Und niemand hockt bloß schweigend auf einer Bank.
Obwohl dieses stumpfe Ausharren mir tatsächlich zum ersten Mal seit langer Zeit das Gefühl gibt, *lebendig* zu sein.

14

Pommerencke ist erneut krank. Sie ist wieder einmal zu Hause zusammengebrochen.
Kreislauf, das Herz, Nervenzusammenbruch, Angstzustände. Das volle Programm. Sie ist am Ende.

Es ist alles zu viel.
»Ich verdiene nichts«, sagt sie Rotkäppchen am Telefon, »dabei stundenlanges Beraten für einen Tisch, und dann noch der Druck. Ich will nicht mehr … Ich kann nicht mehr …«
Rotkäppchen schüttelt lediglich den Kopf.
»Die ist zu sensibel. Hat sich wieder was eingeredet …«
Aber ich kann auch nicht mehr. Ich bin wohl ebenfalls zu sensibel für die Marktwirtschaft.
Was soll ich in Zukunft machen?
Das kann ich doch nicht ewig durchhalten!
»Diese ganze Ungerechtigkeit«, schreie ich beinahe zu Eulenberg hinüber, »und niemand unternimmt etwas!«
Buckeln und treten (töten), denke ich, das ist hier blutige Tatsache. So ist die freie Wirtschaft, das ist Brauns Devise. Und auch der Alte liebt diese Haltung.
Was in der ach-so-freien Wirtschaft von seinen Wortführern aber nicht verkündet wird, ist, dass an der Spitze der heiligen Pyramide ein Vollidiot steht. Ein seniler Choleriker, der sich nichts, aber auch wirklich überhaupt nichts sagen lässt. Ein Trottel, der lediglich nach unten leitet. Der dafür aber angebetet werden will.
Der Alte würde am liebsten *auslagern.* Sein Traum: Ein Haufen billiger Sklaven, die für einen Hungerlohn zwölf Stunden täglich schuften und trotzdem noch dankbar strahlen. Sein Problem besteht darin, dass er auf deutsche Verkäufer am Standort angewiesen ist. Er kann nicht einfach nur hier die Gewinne kassieren.
Das ist aber auch so was von schade …
Und alle lächeln.
Ein ewiger Kreislauf. Unser aller Hass auf den Abteilungsleiter, wie umgekehrt sein Hass, seine Verachtung

uns gegenüber. Es ist wirklich Hass. Und es sind wirklich starke Gefühle. Und ein Kampf gegeneinander.
Wobei wir vordergründig natürlich alle *lächeln …*
Manchmal sage ich mir noch: Er ist doch ein Mensch, im Kern ist er gut. Aber das hält nicht lange vor, nur bis zur nächsten Demütigung.
Bis zur nächsten Schikane. Wenn Rotkäppchen mir wieder nicht früher freigibt, nicht mal dreißig Minuten. »Nein! Überall Kunden!«, brüllt er, obwohl ich inzwischen über hundert Überstunden vor mir herschleppe.
Dann ertrage ich auch seine grenzenlose Mimosenhaftigkeit nicht mehr. Er ist aus dem Stand beleidigt und zeigt es. »Wie ein Mädchen«, sagt Eulenberg immer wieder, und ich will damit keine Mädchen beleidigen. Unter sofortiger Androhung von Vergeltung, von Strafe, von Rache – und das gilt als die größte Stärke einer Führungskraft.
Macht zu demonstrieren, so viel habe ich verstanden, *das* ist die größte Eigenschaft einer Führungskraft. Und es ist der einzige Sinn von Hierarchien.
Weil, umgekehrt, ist es dem Vorgesetzten erlaubt, zu beleidigen und zu quälen, bevorzugt in einem »Coaching-Gespräch«, unter vier Augen, in seinem Büro. Nach einer kurzen Einleitung teilt er erbarmungslos aus, trifft einfach nur unter die Gürtellinie.
»Ich kann das nicht länger ertragen …«, sage ich zu Eulenberg.
Ich rutsche langsam aus allen sozialen Strukturen.
Es interessiert weder Staat noch Nachbarschaft, nur noch die kleine Familie. Nur noch der Sohn.
»Diese Form der Arbeitgeber produzieren tickende Zeitbomben«, sage ich. »Es ist doch kein Zufall, dass immer mehr Leute um sich schießen und töten …«

»Weißt du was, Kisch, du kannst etwas ändern …«, antwortet Eulenberg, »schreib das einfach mal alles auf …«
Er ist seit über zwanzig Jahre in dem Gewerbe und immer noch voller Hass. »Damit die Welt mal sieht, was in solchen Häusern vor sich geht …«
Das kann ich nicht, denke ich.
Alle fertigmachen, denke ich, das ist doch unfair.
Und dann so eine merkwürdige Melancholie: Die stecken doch selber in diesem Kreislauf fest, die sind doch selber gefangen.
»Ja und«, sagt Eulenberg, »sie sind Ausbeuter.«
Mach es für uns, betont er, schreib den ganzen Scheiß auf.
»Du weißt, was passiert, wenn sie das lesen …«
»Ja, klar, sie werden enttäuscht sein. Menschlich enttäuscht, wie das immer so schön heißt. All das Gute, das sie angeblich den Mitarbeitern gegeben haben, das werde vergessen, genauso all die Wohltaten …«
»Und der Autor sieht immer nur das Negative …«
»Willst du doch auch …«, sagt Eulenberg und lacht.
»Meinst du wirklich?«
»Komm jetzt, fang endlich an … Zeig den Leuten da draußen, was hier wirklich abgeht …«

Fang endlich an!